五克拉的 Mr. Right

〔美〕劳伦·薇丝伯格 著　张云尘 刘真仪 译

南海出版公司

新经典文化有限公司
www.readinglife.com
出 品

小裤裤？这个词听起来真脏

星期一晚上九点，当蕾家的门铃突然响起时，她没去想：老天，是谁啊？却是想：可恶，快滚！有谁会热烈欢迎那种路过然后顺便"进来坐一下"或"打声招呼"的不速之客？若非闷得发慌的宅男宅女，大概只有连续剧《大爱》里那种会端出苹果派亲切地招待客人的中西部小镇村民（现实中她从没遇见过这种人）才会不介意这个时间有人来访吧？

选这时间来按门铃实在太过分了。每星期一晚上是只属于她自己的独处时光，严禁打扰，神圣不可侵犯。每星期也只有这天晚上，蕾能优哉游哉地换上一件运动衫，一集接一集好好享受之前用数字录像机录下的《天桥骄子》。蕾费了好大一番劲，才把她的朋友、家人与男友罗素，都训练到能严格遵守这项规定。从十年前开始，她的好姐妹们就懂得不再问她星期一晚上有什么计划。罗素呢？虽然刚开始曾经对此公开抗议过，现在也乖乖闭嘴不唠叨了（美式足球开赛期间的星期一晚上他可是乐得逍遥）。经过这些年，蕾的妈妈也总算学会在星期一这一晚忍住不打电话，并认清了这个现实，即星期二早上以前，无论她按多少次重拨键，女儿都不会回电。就连她的发行人老总也学会不在星期一晚上指派阅读任务，或是打电话来骚扰她。因此今晚门铃响起时，蕾不由得大惊失色——这一响是如此令人难以置信，足以导致她的恐慌症发作。

也许是公寓管理员来换空调滤网，或是附近墨西哥餐馆的外卖员来发菜单，要不然就是有人把她和邻居的门铃给搞混了……蕾一边猜想，一边按下电视遥控器上的静音键，然后像只拉布拉多犬般歪着头，一动也不敢动地侧耳倾听，想确知门外的人究竟离开了没。然而，她只听见楼上隐约传来的咔啦声，单调且连续。她之前的精神科医生曾说她"对声音过度敏感"，其他人的说法则是"你他妈的神经有问题"。当然，蕾在耗尽毕生积蓄买下这户公寓前就已经仔细调查过楼上邻居的身家背景。就算这房子是她寻寻觅觅一年半以来看过最合适的，她也不想冒任何风险。

蕾曾经问过密友阿吉亚娜关于楼上17D住户的种种，可她只是朝蕾噘噘嘴、耸耸肩就算了事。尽管打从二十年前阿吉亚娜的父母从巴西圣保罗搬到纽约起，阿吉亚娜就住在这栋大楼顶楼整层的豪华公寓里，但她完全奉行纽约人对邻居"人不犯我，我不犯人"的生活态度。因此，去年圣诞节前那个寒风飕飕的星期六，蕾只好以邦德情报员之姿塞给门房二十美圆，让她能在大厅里假装阅读一份文稿。过了三个小时，蕾已经不知看了那篇文章几百遍后，才听到门房大声咳嗽，视线越过眼镜上沿向她示意。蕾抬眼一瞄，顿时宽心不少。站在她面前、正从没上锁的信箱里拿出电视购物商品目录的女士，不但体型过胖，还身穿小圆点花样的家居服。这女人起码有八十岁，蕾这么想，并如释重负地松了口气。这公寓未来肯定不会有高跟鞋在木地板上咔咔作响的声音，也不会有午夜举办的狂欢派对，更不会有川流不息的访客。隔天，蕾马上开了张支票付订金，两个月后就兴奋地搬进了这栋保养得当的梦幻公寓。这间一室一厅的公寓有新装潢过的厨房，浴室里还有个大澡缸，外加美不胜收、可以看到帝国大厦北侧的豪华窗景。就算这是整栋大厦里面积最小的几户公寓之一（老实说，就是最小的一户），但自从阿吉亚娜聊到，这栋大厦里唯一的帅哥在她还没机会展开引诱大计前就要搬出去时，蕾就觉得自己注定要拥有他的公寓。瑞士信贷银行把那个帅哥调到伦敦分公司任职。在不想拖泥带水以尽快成行、银行又提供了丰厚迁居费的条件下，他没多考虑就立刻接受了蕾开出的超低价。这房子简直是场梦，一场小而美丽、她从没想过自己能负担得起的幸福之梦。房里昂贵到令人咋舌的每一寸，都是她用辛苦工作存下的血汗钱换得的。

但谁会料到楼上这看来与人无害的邻居竟然会一年到头穿着一双特大号的复健木屐呢？自从搬进来以后，蕾就时时刻刻咒骂着自己，竟天真到以为高跟鞋是唯一潜在的噪声源。尚未亲眼目睹她的邻居穿着那双惹人厌的鞋子下楼开信箱前，蕾曾经替楼上持续不断的噪音编了个繁复的理由。她认为那个女人一定是荷兰人（每个人都知道荷兰人穿木鞋），而且还是一个人丁众多、以荷兰血统为豪的家族里的大家长，每天有无数儿子、孙子、外甥、外甥女、亲兄弟姐妹、堂表兄弟姐妹，以及一群寻求指点的闲杂人等前来造访，而这些人也全都爱穿荷兰木鞋。这样的幻想持续了一阵，直到有一天蕾看到她的邻居穿着气压式足部护具在大厅现身。她假装关心地询问，这才得知那女人正承受着各式各样的足部疾病的折磨——包括足底筋膜炎、趾甲内生、足部神经瘤和拇趾外翻等等。蕾当场尽可能表达了同情，回头马上冲上楼查自己那本住户公约。公约上写得很清楚，住户需用地毯盖住百分之八十的硬木地板。但这点有跟没有一个样，因为在公约的下一页，蕾发现她的邻居就是大楼管理委员会主席。

蕾已经忍受了将近四个月夜以继日的咔啦咔啦声，这件事要是发生在其他人身上，听起来可能还颇有笑点，可是她的神经似乎已经和木屐踩踏的音量与频率直接相连，会随着它们抽动不已。她试着告诉自己是她疯了才会这么想，不然就是她出现了偏执狂的早期症状，但她就是没办法克制自己。此刻，当楼上规律的砰、砰、砰节奏转为咔啦滴、砰，咔啦滴、砰的模式时，她的心脏也不由自主地随这个节奏跳动。蕾试着深呼吸，但呼气时却又短又急，还间隔着轻微的喘气，让她感觉自己活像尾孔雀鱼。蕾在走廊柜子上的镜子里看到自己苍白的面容（蕾妈形容她是"不食人间烟火"，而其他人则觉得这是"面无血色"），她看见自己额头上正冒出一层薄汗来。

这个出汗加呼吸困难的问题似乎越来越常发生，已经不止在听到木屐踩地板的时候才有。有时，蕾会从熟睡中惊醒，发现自己心跳加速，满身大汗浸湿了床单。上星期瑜伽课平躺下来做"大休息式"时，本来她一直感觉很好，能达到深度放松（即使瑜伽老师不晓得哪根筋不对，中途竟用音响放起清唱版的《奇异恩典》来），但忽然间，蕾只要一吸气，胸口就感到一阵刺痛。就在今早，看着上班族一窝蜂地往北线列车挤（她强迫自己搭地铁，但痛恨这过程中的每一秒），蕾的喉咙就开始紧缩，心跳也开始加速。这似乎只有两种可能的解释：尽管蕾有点疑病症的倾向，但就连她也不认为自己会是冠状动脉疾病患者。因此显而易见，这就是"恐慌症"发作了。

蕾用手指抵住太阳穴，左右运动脖子，试着让恐慌消失。但这些方法一点用也没有，她的肺好像只剩下十分之一的机能。就在蕾想着她死了谁会发现她的尸体时，突然听到一阵喘不过气的轻微啜泣声，门铃随之再度响起。

蕾蹑手蹑脚走到门边，从猫眼窥视出去，却只看到空荡无人的走道。我才不会上当呢！她这么想着，顾不得保持安静，急忙打电话给门房。这就跟以前有人在纽约被抢劫、被强奸的情况完全一样——陷入歹徒的骗局然后引狼入室。就算这栋大楼的安全性堪比联合国总部，就算住在这城市八年她也不曾听到有哪个熟人被偷盗过，就算变态杀人狂从这大厦的二百二十多户里挑上她的几率实在太小……但一切的悲剧往往就是从这种不经意的疏忽开始的。

电话响了如永恒般漫长的四声后，门房才接了起来。

"杰拉德，我是住 16D 的蕾·艾丝娜。有人在我门外，好像打算破门而入,你能马上赶来这层楼吗?我该报警吗?"这几句话蕾因为惊慌失措而讲得不清不楚。她在狭小的玄关来回踱步,一片片地剥开戒烟锭的锡箔纸然后往嘴里送。

"艾丝娜小姐,我会马上派人上去,可是也许你把所罗门小姐误认成别人了?她几分钟前刚到,直接搭电梯上楼了……只要她的名字还列在你永久接纳的访客名单上,那她是有权这么做的。"

"艾米来了?"蕾问道。她马上把想象中即将面临的惨死命运抛在脑后,拉开大门,随即看到艾米坐在走道地板上,身体前后摇晃,手把双膝紧紧抱在胸前,双颊布满泪水。

"小姐,我还能帮上什么忙吗?还需要我……"

"谢谢你的帮忙,杰拉德,我们没事了。"蕾说完就把手机啪的一声关上,丢进运动衫前的大口袋里。她想也不想就跪了下来,双臂搂住艾米。

"亲爱的,你怎么了?"她轻声问,顺手把艾米被泪水浸湿的头发束成马尾,"发生什么事了吗?"

一听见好姐妹发自内心的关怀,艾米的眼泪更是掉个不停,哭得整个纤瘦的身体都在颤抖。蕾把所有能够使她如此痛苦的原因都想了一遍,最后归结为三种可能:亲人过世、亲人快过世或男人。

"甜心,是不是你父母……是他们还是伊莎出了什么事吗?"

艾米摇摇头。

"跟我说吧,艾米。和邓肯还好吗?"

话音刚落,艾米哭得更惨了,蕾不仅听得心里难过,连耳朵也痛了起来。还真猜对了。

"一切都结束了。"艾米抽噎着说,声音哽在喉咙里,"彻彻底底地结束了。"

艾米与邓肯交往的五年里,她这样宣告分手已有八次之多,可今晚的情况似乎有些不一样。

"亲爱的，我想这都只不过是……"

"他遇到别的女人了！"

"他什么？"蕾环绕艾米的手臂霎时滑落，向后跌坐在脚踝上。

"抱歉，让我换个说法：我花钱替他买了一个女人来。"

"你到底在说什么啊？"

"还记得他三十一岁生日时，因为他很想恢复身材，我办了健身房的会员卡送他吗？之后他一次也没去过，整整两年，他妈的一次都没去过。因为他是这么说的，去那里只不过在跑步机上跑跑，没法妥善配合他的时间。我没有把那该死的会员证取消掉，然后就把整件事忘了，反而还替他买了一套私人教练课程，这样他就不用和其他人一样为了运动浪费哪怕一秒钟时间了。"

"我想我大概猜得出接下来发生的事了。"

"什么？你以为他上过那个女的了？"艾米大笑，笑声听起来十分空洞。听到艾米这样随随便便地讲话，有时候的确会觉得很吓人（毕竟她身高不过五英尺一英寸，年纪看起来顶多十七八岁），可是蕾几乎已经不会觉得奇怪了。"我原本也这么想，可是比这还糟糕。"

"听起来已经够糟了，甜心。"蕾觉得表达怜惜与支持之意是她现在唯一能做的，可是艾米看起来并没有好过些。

"你大概在猜怎样会更糟是吧？嗯，让我告诉你吧！他并没有和她上床，如果只是上床，那我或许还能应付。不不不，光那样，我的邓肯还不会满意。他'爱'上她了。"艾米伸出双手的食指与中指在空中做出引号的样子，还翻了翻她布满血丝的眼睛，"他在等她'准备好'和他上床，她还是个处女。我的天啊！我忍受他五年的背叛、谎言与性爱怪癖，难道就是为了让他去爱上一个我付钱从健身房里找来的处女教练？他爱她！蕾，我该怎么办？"

蕾为自己总算能做些什么松了口气，她握住艾米的手臂扶她站起来。

"进来吧,亲爱的,我们一起进去。我来泡杯茶,你告诉我事情发生的经过。"

艾米擤擤鼻子。"哦!天啊,我忘了……今天是星期一。我不想打扰你,我没事的……"

"别开玩笑了,我又没在忙什么。"蕾撒了个谎。"快进来吧!"

蕾领着艾米到沙发上,拍拍扶手,示意她可以把头靠在上面,然后转身绕到分隔客厅跟厨房的墙后。整间公寓里,蕾最喜欢的就是厨房,包括里面斑点花岗岩打造的流理台,还有崭新的不锈钢厨具。蕾所有的锅碗瓢盆都按照大小排好挂在橱柜下方,所有餐具和香料也都搭配合适的玻璃罐和不锈钢罐,一丝不苟地整理好。一眼望去,看不见一丁点面包屑、包装纸或没洗的碗盘,流理台一尘不染,冰箱看起来也像是用吸尘器吸过一样干净。如果说房间能体现屋主的神经质特性,蕾的厨房和蕾可说是同卵双胞胎。

蕾把上周在布鲁明戴尔高档百货的家用特卖会上买的热水壶(谁说只有准备结婚时才能用新东西奖赏自己)灌满,并把奶酪片和小麦饼干在餐盘上堆得像山一般高后,才从窗户偷瞄客厅里的艾米有没有好好休息。一看到她在沙发上躺平还用手臂遮住眼睛,蕾马上偷偷拿出手机,从电话簿里找出阿吉亚娜的名字,然后写下短消息:SOS。艾米和邓肯分了。赶快过来。

"你有头痛药吗?"艾米在沙发那头问道,然后小声说,"邓肯总是会随身携带。"

蕾本想回嘴说,邓肯除了头痛药外还会随身携带很多东西,包括他最喜欢的伴游服务的名片,一张大小刚好可以装在皮夹里他小时候的照片,偶尔还附带一两个尖锐湿疣(虽然他发誓那只是"皮赘"),可她控制住自己没把话说出口。现在没必要讲这些,艾米已经受够罪了,而且这么讲只会让她觉得自己虚伪(与大家想的相反,蕾自己的男女关系也不完美)。她强迫自己暂时把罗素抛到脑后,专心处理眼前艾米的问题。

"头痛药?有啊!等等,我帮你拿。"她说。水已经沸腾,水壶发出尖叫声,她关掉火。"茶泡好了。"

女孩们才刚啜了一口茶,门铃声便再度响起。艾米望着蕾,蕾只说:"阿吉亚娜来了。"

"门没锁!"蕾对着大门叫道,但阿吉亚娜已经发现了。她大步跨进客厅,双手叉腰检视目前的情况。

"你们在干什么?"她询问道。阿吉亚娜讲话时有轻微的巴西口音,这种口音在她平静细语时听来性感而欢快,但当她为某人或某事"热血沸腾"(她自己这么形容)时,也就是阿吉亚娜处于正常状态时,几乎没人听得懂她在说什么。"饮料呢?"

蕾朝厨房走去。"水刚烧开。你去看看微波炉上方的柜子,我有很多不同口味的茶……"

"喝什么茶啊。"阿吉亚娜指着艾米尖声喊道,"你看不出来她心情很差吗?我们需要真正的饮料,我来调甘蔗酒。"

"我家里没薄荷,没柠檬,搞不好连当底的酒都没有。"蕾说。

"我什么都带了。"阿吉亚娜露齿一笑,把一个大纸袋高举过头。

蕾常觉得阿吉亚娜的鲁莽很烦人,有时候甚至有点太过分,让人难以招架。可是今晚蕾很感谢她一来就马上控制住了场面。蕾第一次看见阿吉亚娜的笑容已是将近十二年前的事,但直到现在,那抹微笑仍让她觉得惊艳,甚至有些不安。怎么会有人美成这样?蕾看着她,心里闪过这个想了千百次的问题。是怎样的造物者会创造出如此完美的基因组合?是谁决定了哪个女人能够天生丽质并有那么好的皮肤?这世界实在太不公平了。

几分钟后酒调好了,每人都拿了一杯坐下来。艾米与阿吉亚娜靠在沙发上,蕾盘腿坐在地上。

"告诉我们事情发生的经过吧。"蕾说话时把一只手放在艾米的脚踝上。"慢慢来,不急,给我们从头到尾说明白。"

艾米叹口气,从走进蕾的公寓开始就一直在哭的她,似乎总算哭累了。"没什么好说的。那女的非常讨人喜欢,可爱得不得了。而且很年轻,真的真的很年轻。"

"'真的真的很年轻'指的是几岁?"蕾问道。

"二十三岁。"

"那没多年轻啊!"

"她在社交网站 MySpace 上有个人简介。"艾米说。

蕾面露苦相。

"而且她也在用 Facebook。"

"老天爷啊!"阿吉亚娜喃喃自语。

"是的。还有,她最爱的颜色是薰衣草色,最爱的书是《迈阿密饮食养生法》,她爱死了曲奇饼、营火晚会,还有星期六早上的卡通节目。哦!还有,她每晚非睡满九个小时不可,不然她的心情会非常、非常不好。"

"还有呢?"蕾问,虽然她已经可以猜到答案了。

"你还想知道什么?"

阿吉亚娜摆出猜谜节目主持人的架式,开始发问。

"那女的姓名?"

"布里安娜·谢尔登。"

"哪间学校毕业的?"

"南卫理公会大学,主修传播,卡伯卡伯伽玛姐妹会的会员。"艾米在发最后这几个字音时,腔调就和电影《山谷女孩》里成天打扮却头脑空空的加州女孩一样。

"家乡?"

"生于里士满，在查尔斯顿的郊区长大。"

"爱听的音乐？"

"这还需要问吗？乡村歌手肯尼·薛士尼。"

"高中运动？"

"我们干脆一起说吧……"艾米说。

"……拉拉队。"阿吉亚娜和蕾异口同声。

"简直太容易了。"艾米叹口气，但难得地微笑了一下，"我从她姐姐的婚礼摄影师网站里找到几张她的照片，她竟然能把蓝绿色塔夫绸穿得很好看，真是令我反胃。"

女孩们都笑了，这种姐妹间博感情的老法子，她们都是老手了。当前男友突然出现在婚礼注册网站，而自己的生活又不如意时，没有什么比批评他的现任女友更爽的了。事实上，这也是她们当初成为好朋友的原因。蕾和艾米是在基础天文学的课堂上认识的，她们都为了无聊的科学基础学分才选了那门课，却太晚才发现天文学其实是化学、微积分和物理的艰深综合体，并不是学习辨认星座与欣赏美丽星空的最好途径。她们是实验小组里理解最慢、成绩最差的成员，等到助教暗示明示全都用上了，她们这才明白自己最好有所进步，否则就等着不及格吧。因此，蕾和艾米只好每周在艾米宿舍的读书室碰三次面，一起背书。那是一个用玻璃隔开、灯光明亮、夹在厨房与男女共享浴室之间的小空间。那晚，两个女孩正准备开始温习期中考的复习笔记，突然听到远远传来重物敲撞的声音，还伴随着女人的尖叫声。艾米和蕾互看一眼，边窃笑边听着楼下怒火冲天的争吵声，猜想一定又是哪个姐妹联谊会的女孩在和酒醉后与她上床、隔天却没与她电话联络的家伙吵架。然而过了一阵子后，争执声开始朝读书室移动。没多久，艾米和蕾就看见一位顶着一头蜜色秀发、口音性感的美女正忍受一位歇斯底里、满脸通红、外表比她差太多的金发女孩的谩骂。

"我不敢相信我投了你一票！"那个满脸通红的女生尖叫，"我还真的在所有联谊会会员面前替你说话，而这就是你回报我的方式？和我男朋友上床？"

那个讲话带口音的超级美女叹了口气，淡淡地用容忍的语气回答："安妮，我已经说过对不起了。如果我知道他是你男友的话，我是绝不会那么做的。"

这可没有让那个一直叫喊的女孩安静下来。"你怎么会不知道？我们已经交往好几个月了！"

"我不知道是因为昨晚'是他'带我出去、挑逗我、请我喝酒、邀我参加他兄弟联谊会的派对！很抱歉，他这么做让我根本想不到他是有女朋友的人。如果知道的话，我向你保证，我不会对他有兴趣的。"那个美女伸出手，表达和好与道歉的意愿，"拜托，男人没那么重要。我们把这事忘了好吗？"

"把这件事忘了？"那个女孩咬牙切齿地咆哮，"你只不过是个小贱人，自以为受男孩们欢迎就和他们上床。离我远一点，也离他远一点，你这个滥交的新生别在我身边出现。懂了吗？"那个女孩声音越来越大，讲到"懂了吗"时已经变成了大吼大叫。

阿吉亚娜意味深长地看着那个高年级的女孩，好像心里在衡量些什么，最后又决定不那么做，只说了一句："完全了解。"愤怒的金发女孩踏着彪马休闲鞋大步离开了。当阿吉亚娜终于注意到艾米跟蕾正从读书室里看着她时才让自己露出了笑容。

"你们都看到了？"阿吉亚娜边问边朝着门口走来。

艾米咳嗽一声，蕾脸红了一下，点点头。"她真的气坏了。"

阿吉亚娜朗声一笑。"正如她所说，我只不过是个蠢新生。我怎么会知道这里谁是谁的男朋友？尤其是那个男的整晚都在跟我说，在被绑住四个月后又恢复单身有多好。我能怎么办？带他去测谎吗？"

蕾往椅背上一靠，啜了一口自己的健怡可乐。"也许你该随身带着印有学校里每位女孩名字和电话号码的名单，这样每次你碰到一个男的，就可以打电话给名单上的每一个人，以确保那个男的真的是单身。"

阿吉亚娜露出灿烂的笑容，蕾马上被迷住了。她立刻了解昨晚那个男的为什么在阿吉亚娜身边时会完全忘了自己有女友。"我是阿吉亚娜。"她说，先对蕾然后再对艾米挥挥手，"很显然也是这一届新生中的贱人女王。"

蕾介绍自己："嗨，我是蕾，本来打算下学期多选些课程跳一级的，直到我见识到你'师姐'的德性。谢谢你替我上了有用的一课。"

艾米在教材书页上折个角，对阿吉亚娜微笑。"我的名字是艾米，又被称为'本届新生的最后一个处女'。很高兴认识你。"

那个晚上，女孩们聊天聊了三个钟头。聊完后，她们替那学期剩下的几个星期定了计划：阿吉亚娜退出姐妹联谊会（当初入会完全是她妈妈给的压力）；蕾会撤回下学期超额学分的申请书，而艾米会在碰到适合的男孩时告别处女之身。

那晚之后的十二年来，这三个女孩从未断了联络。

艾米继续说下去："我还看到那女的在社交网站Friendster上的网页，当然是用邓肯的密码。她想要两个儿子和一个女儿，希望能当个年轻妈妈。是不是很少见？而这竟然一点都没让邓肯打退堂鼓。"

蕾和阿吉亚娜交换了个眼色，回头看着艾米。成为目光焦点的艾米正专心拔除她拇指上的死皮，努力不让自己哭出来。

这才是问题的关键。那个女孩的年纪、拉拉队经历，甚至她超——级——可——爱的名字虽然都已让人够光火的了，但还不至于无法忍受，但她也渴望赶快成为母亲这点才是问题的核心。就蕾和阿吉亚娜的记忆所及，艾米一直将渴望生小孩的心愿挂在嘴边，甚至到了全心全意执迷的境界。她对每个愿意倾听的人说她想拥有一个大家庭，越快越好。不管生四个、五个或六个小孩，无论男孩还是女孩，或是各生一堆——这些艾米一点也不在乎，只要能尽快实现这个梦想就好。邓肯当然比其他人更清楚艾米有多想当妈妈，但他却想尽办法避开这个话题。他们在一起的前两年，艾米把这个愿望藏在心里。毕竟他们才二十五岁，连她自己都觉得时间尚早。可是当他们交往多年，时间以光速前进，艾米开始变得越发坚持时，邓肯的回答也变得更加闪烁。他会这么说："统计学上来说，我总有一天会有小孩。"艾米自动忽略了他这种不感兴趣的态度以及用词上的暧昧，只注意到邓肯说了那神奇的几个字：我会有小孩。就因为这几个字，不管其上下文或背后的用意如何，艾米容许邓肯晚归或"加班"不归，还有一次莫名其妙地感染尿道衣原体。毕竟，他同意未来当她孩子的爸爸了呀。

阿吉亚娜以她感到不自在时的惯用方法（赶紧换个话题）打破了沉默。

"蕾，亲爱的，外面现在二十九度的高温，你干什么把自己包得像个粽子？"

蕾看看自己穿的羊毛运动衣裤，摇摇头。

"你不舒服吗？还是感冒了？"

"没有啊。我换衣服时这两件衣服刚好在手边。有问题吗？"

"也不是很严重，只是有点奇怪而已：像你这种对温度极度敏感的怪人，居然到现在还没融化？"

蕾不想承认自己的确觉得热（好吧，是很热），可情势所逼，她不得不如此。阿吉亚娜只是随口问问而已，她并不打算听蕾解释。蕾之所以把自己包得紧紧的，是因为她讨厌裸露的手臂和大腿黏在皮沙发上。她当然想穿短裤和小背心，可皮肤黏在皮沙发上的感觉，还有移动身体时发出的恼人噪音，让她绝不可能那么穿。蕾知道，如果她解释说自己已经把所有薄的睡裤和瑜伽裤都穿脏了，加上她在穿这些裤子时不喜欢穿内裤，因此穿一次就得送进洗衣机，她们一定会觉得她疯了。她现在会穿这套厚羊毛运动衣，只因为它是衣橱里唯一一套可以让她不接触到那张讨厌的皮沙发的衣服。皮沙发是蕾的妈妈和艾米坚持要买的，蕾想要的其实是那张具有现代感的仿麂皮沙发，坐在上面才不会老是觉得自己坐在一桶橡胶黏合剂里。更别说没几个月（事实上是再过半年）冬天就要到了，到时她更是得裹得像爱斯基摩人一样，因为不管她把公寓的暖气开得多足，皮沙发碰到她的肌肤时还是像冰一样，远不及那套大家都反对她买的仿麂皮沙发舒适柔软。算了，事已至此就不用再提了。

"嗯。"蕾不吭声，希望能用不置可否的态度来转移话题，"我们是不是该再来杯酒？"

第二轮酒她们喝得更快，快到楼上越来越频繁的噪音都不再让蕾那么……神经紧绷。该是为朋友打气的时候了。

"那么，艾米，跟我们说说邓肯会让那个拉拉队队长无法忍受的三件事好了。"蕾一边说一边把脚跟并在一起，膝盖下压，努力伸展大腿内侧。

"对啊对啊！"阿吉亚娜用力点头。

一束天然棕发从艾米绑好的马尾辫上松开，长长的刘海遮住了她的左眼。艾米可能是全曼哈顿唯一一个从没染、烫、拉直，甚至没用柠檬汁喷过她及肩长发的女人。蕾很想凑过去把那绺长发拨到艾米耳后，但忍住了这个冲动，塞了颗戒烟锭到嘴里嚼。

艾米抬起头。"什么三件事？"

"呃，比如说他有什么缺点、恶心的习惯、任何让人不想嫁的毛病？"蕾问道。

阿吉亚娜不耐地挥舞双手。"说嘛，艾米！什么都好！他的怪癖、心理障碍、嗜好、秘密……讲一讲会让你好过得多。告诉我们他有什么缺点。"

艾米抽了抽鼻子。"什么都没……"

"不准说他什么问题都没有。"蕾打断她的话,"大家都看得出来,邓……"蕾在这里顿了顿。她本想说"心机重"、"手段卑鄙"或"骗死人不偿命"之类的,但硬生生打住了,"……很迷人,但他一定有一些你没跟我们提过的问题。那种会让得意的小布里安娜把拉拉队彩球收起来的秘密。"

"自恋狂?"阿吉亚娜立刻接着问。

蕾不甘示弱。"性功能障碍?"

"赌博成瘾?"

"比你还爱哭?"

"酒后动粗?"

"恋母情结?想仔细点,艾米!"蕾催促着。

"嗯,有件事我一直觉得有点怪……"艾米说。

另外两个人都兴致勃勃地看着她。

"也不是什么严重的事。他又没在上床的时候这么做……"艾米很快补充。

"这样就更有意思了。"阿吉亚娜说。

"快说,艾米。"蕾催促。

"他,呃,"艾米咳嗽了一声,清了清喉咙,"我们没讨论过这件事,可是他,呃,有时候会穿着我的小裤裤去上班。"

这种等级的爆料,足以让自认是聊天大师的两位女孩安静下来。她们可以在与心理医生面谈时讲个不停,可以说服警察不开罚单,可以靠一张嘴在客满的餐厅找到桌位。然而,此时有整整一分钟的时间,竟没人可以对这个最新爆料做出合理的反应。

阿吉亚娜先回过神。"'小裤裤'?这个词听起来真脏。"她一边说,一边皱着眉把剩下的酒都倒到自己杯里。

蕾瞪着她。"你选这种时候来咬文嚼字？你最好的朋友刚才告诉你，她交往快五年的男朋友喜欢穿她的小裤裤，而你居然只对遣词用字有意见？"

"我只不过是在形容那个词很恶心，所有女人都痛恨那个词。'小裤裤'——就这么讲讲已经让我起鸡皮疙瘩了。"

"够了，阿吉亚娜，他穿她的'内裤'！"

"我知道。相信我，我刚才听到了。我只不过是说，我们以后不该再用这个词。'小裤裤'……呃，你们不觉得听起来很让人反感吗？"

蕾停了下来。"是，我也这么觉得，可是现在重点不是这个。"

阿吉亚娜啜口饮料，眼睛直瞪着蕾。"哦？那重点是……"

"现在是她的男朋友……"蕾指着瞪大眼睛、表情呆滞的艾米，"每天早上西装笔挺地到办公室上班，那套西装里面穿的却是可爱的蕾丝比基尼。这个画面难道不比'小裤裤'这个词更恐怖吗？"

艾米倒吸了一口气，蕾这才注意到她太过坦白了。

"天啊，对不起，亲爱的，我不是故意让这听起来那么恶心……"

艾米伸手阻止她再说下去。"拜托，别再说了。"

"我实在太不体贴了，我发誓我不是那……"

"我只是想说你完全想错了。邓对我的蕾丝比基尼、低腰内裤或运动内裤并没有兴趣。"艾米露出一个小恶魔式的笑容，"可他确实爱死了我的丁字裤……"

"嘿！贱人，我准备好了。"吉尔斯从阿吉亚娜身边走过时在她的手臂上重重拍了一下，差点把她用下巴和左肩夹住的手机给拍掉，"快点！我还有别的事要忙，没时间听你和别人电话调情。"

几位埋首阅读时尚杂志《Vogue》与《乡间旅游》杂志的年长女士猛地抬头，为吉尔斯的无礼瞠目结舌。她们这一抬头，刚好看到阿吉亚娜把瓷杯往碟子上一摆，向吉尔斯高举中指，同时头也不回地继续讲电话。

"是呀，亲爱的，嗯，嗯。太好了！待会儿见。"她稍微降低音量，但旁边的人还是听得很清楚，"我等不及了，听起来很好吃。嗯，亲亲。"她涂着红色指甲油的手指在iPhone的触控屏幕上点了一下，再把它放进敞开的Bottega Veneta编织包里。

"谁是这星期的幸运儿啊？"吉尔斯转动椅子，在阿吉亚娜走近时问道。这时阿吉亚娜注意到整个发廊里的人都在盯着她，于是她故意把上半身稍稍前倾，让胸前的丝质领口往下滑，而她的翘臀（不够纤瘦却圆挺结实，男人就是喜欢这一种）则在空中刻意顿了一下后，才慢条斯理地坐到皮椅上。

"拜托，你真的在乎吗？他床上技巧太差了，没什么好谈的。"

"似乎有人今天心情不太好。"吉尔斯站在她身后，用宽齿梳梳过她的卷发，对着镜子里的她说，"发型和平常一样，没错吧？"

"也许脸颊边的头发可以挑染得亮一点？"她喝完最后一口咖啡，头向后仰，几乎靠到他的胸口，然后深深叹了口气。"我烦死了，吉尔斯。我已经受够了所有的男人，所有那些我必须一一记住的名字跟脸。更别提那些保养品了！我的浴室看起来简直像Rite Aid药妆店，各种肥皂和除毛乳液的瓶瓶罐罐多得我都可以开店了。"

"阿吉，亲爱的，"他知道她非常讨厌这个小名，所以只要一有机会就这样叫她，"你太不知足了。你知道有多少女人愿意立刻与你交换身体，就算只有一晚也好？今早我才听到两个社交名流在议论你的生活有多棒。"

"真的吗？"她对着镜子噘噘嘴，他察觉到她暗暗流露的得意。

她的名字确实常出现在众多有名的八卦专栏里，摄影师成群结队地想拍她又不是她的错。当然她也总是出现在所有晚宴、产品发布会、名店开幕记者会和重要义卖晚会的邀请名单上。她得承认自己的确和不少超级富有、帅气、知名的男人交往过,可是她最恨别人理所应当地认为光鲜亮丽的外表就足以让她快乐。不是说这些不好,也不是她愿意放弃这种生活,可是岁月渐渐流逝(她已经快三十了),阿吉亚娜也不禁开始怀疑她的人生可能还少了些什么。

"真的啊!所以打起精神来。你也许在许愿义卖会上可以像个天使一样受人瞩目,可是内心深处你不过是个肮脏的小贱人罢了。我就是喜欢你这一点。还有,上次做头发时我们都在谈论你的事,这次轮到我了。"吉尔斯屁股一撅,不耐烦地伸出手,一位身材瘦长、有着小鹿斑比般楚楚可怜大眼睛的棕发助理赶紧把锡箔纸摆在他摊开的手掌上。

阿吉亚娜叹口气,比个手势,要那位助理端上另一杯卡布奇诺。"好吧。你最近如何啊?"

"你能这么问可真是贴心啊!"吉尔斯俯身亲了亲她的脸颊,"我想想,我决定要把找老公的目标转移到已婚男人身上。说成功虽然还有点早,但是成效已经出来了。"

阿吉亚娜叹息一声。"不是已经有够多单身男人让你忙了吗?你为什么偏要去破坏别人的家庭呢?"

"你知道别人是怎么说的,亲爱的。'如果自己不能有个美满的家庭,就去拆散一个。'"

"'别人'是谁?"

"有什么好问的,当然就是我自己啊!你该看看一个十年都没人帮忙服务小弟弟的男人有多么亨受我的服务。"

阿吉亚娜笑了笑,接着马上低头盯着自己的大腿。虽然她总装作对吉尔斯关于同志性爱巨细靡遗的描述无所谓,事实上她觉得不自在,这也让她很懊恼。她把自己的保守观念归罪于父母,虽然他们用起钱来毫不手软,观念却老派得很。当然,谁也不能说她的爱情生活保守——她十三岁就不再是处女，直到现在她已经和成打的男人上过床了。

"说真的，我觉得我现在找对方向了。"吉尔斯边说边技巧纯熟地用锡箔纸包住她脸的外围，自己则把头歪向一边，因为聚精会神而皱起了眉头。

阿吉亚娜对他不断改变的"生活方针"已经习以为常，也很喜欢拿来与姐妹们分享。之前几次做头发时听到的箴言妙语包括："一有怀疑，马上去除"、"会找室内装潢师的才是真男人"以及"身体没练好，约会就会少"，这些规则吉尔斯不但挂在嘴上，也身体力行。只有一个四十岁生日时发的誓他始终做不到，那就是戒掉召妓和找男公关伴游的习惯。（"召妓是小孩才会做的事。从今天起，我只和普通老百姓上床！"）不过，随后他"再也不去拉斯维加斯"的誓言倒确实没有违背过。

阿吉亚娜的手机响起。吉尔斯从她肩膀后方偷看，看到是蕾打来的。

"跟她说，如果不能说服她的帅男友赶快把她娶回家，我就要把他抢走，好好让他了解美妙的同志生活……"

"嗯，她真的好害怕。"阿吉亚娜对着电话说，"你听到了吗，蕾？你得马上嫁给罗素，不然吉尔斯要去勾引他。"

吉尔斯手腕一提再一弹，就把染发液均匀地刷到手上的一束头发上，接着梳子一挑，整束湿发就这么完整地包进了锡箔纸里。"她说什么？"

"她说你要就把他让给你好了。"吉尔斯张嘴正准备说话，阿吉亚娜摇摇头，举起一只手示意他闭嘴，"太棒了！算我一份。我今天晚上当然有约，但正差一个推掉的理由。而且，如果艾米想出去走走，我们当然得极力支持。几点？好极了，亲爱的，我们九点大厅见。来，亲一下。"

"艾米怎么了？"吉尔斯问道。

"邓肯碰到一个二十三岁想要替他生孩子的女孩。"

"哦，这就难怪了。她还好吧？"

"我想她也不至于伤心过度。"阿吉亚娜说，同时把唇上的奶泡舔掉，"只是她认为她应该那样。她哀叹了很多次'我再也找不到好男人了'，却完全不提她想念邓肯。她会没事的。"

吉尔斯叹口气。"我太想帮她做头发了。你知道没染过的头发多稀有吗？简直像是染发界的圣杯一样。"

"我会记得跟她说的。今晚你想不想一起来？我们要出去吃吃喝喝，没什么大事，就我们几个姐妹。"

"你知道我多喜欢姐妹之夜，可是我已经和上星期碰到的餐厅领班有约了，希望他会为我安排个好位子，最好是直接就带我进他卧房里安静的床位。"

"那就祝你好运了。"阿吉亚娜漫不经心地回答。她的注意力现在都集中在那个正要走近柜台、穿着蓝色格子衬衫配笔挺西裤、身材高大肩膀宽阔的男人身上。

吉尔斯为最后一束头发卷上锡箔，双手比出大功告成的手势，这才顺着她的目光往门口看去："亲爱的，我弄好了。"那个有着小鹿斑比眼睛的助理握着阿吉亚娜的手臂，领她到一台风干机前坐下。吉尔斯用发廊所有人（包括那个刚来的帅哥）都可以听得一清二楚的声音喊道："你就坐着不要动，专心把大腿并拢，亲爱的，我知道那对你而言很不容易，可是我只要求十五分钟就好。"

阿吉亚娜夸张地翻个白眼，又对他比了一次中指，这次手举得特别高，好让全发廊的人都看得到。她才不管那些社交名媛会不会被吓到，她们看起来全都像她妈妈。她眼角一瞟，她刚注意到的那个男人正在看她和吉尔斯的互动，脸上露出了微笑。我这年纪已经不应该这样玩乐了，不应该执意反抗父母并和遇见的每个男人调情。她边这么想，边又瞄了那位帅哥一眼。那个男的从她身旁走过时对着她微笑。一半出于心机，一半出于天生本能，阿吉亚娜睁大了无辜的眼睛望着他（那双眼睛仿佛在说："谁？我吗？"），并露出一点点舌尖舔舔上唇。她必须停止玩这种把戏，可这实在是太好玩了。

艾米蹑手蹑脚地在房里走动，避免吵醒欧弟，却发现没什么好整理的。她的单身套房就算以曼哈顿的标准来说都算小的，浴室有点脏，至于采光就更别提了，尤其是她已经习惯星期六下午窝在男朋友家之后，那种对比更是特别强烈。可如果不这样，她又怎么能用每个月不到两千五百美圆的租金住进纽约西村行道树最美的区？刚搬进来时，她精打细算地用读研究生课程剩余的预算装潢，把墙漆成淡黄色，在最里面的墙上装一张可以折叠收纳的床以便节省空间，最后在清仓特卖会上买来的长毛地毯上摆一些舒服的抱枕。地方不大，可是很舒适。只要艾米不去想妹妹伊莎迈阿密宽敞公寓里的厨房，或蕾崭新公寓里的厨房，或阿吉亚娜宫殿一样的顶楼公寓里的厨房（特别是阿吉亚娜家的），也许她还能够说服自己去爱这间小公寓。然而，像她这样一个热爱下厨、心甘情愿把每分每秒都花在传统集市或炉灶边的人，公寓里竟然连厨房都没有，这也实在太残忍了。除了纽约，世上还有哪个地方的人一年缴了两万三千美圆租金后却连个烤箱都无法拥有？在这里，她被迫以一个水槽、一台微波炉和一台像学生宿舍里的冰箱来充作厨房用品。后来在她无数次苦苦哀求下，房东才终于买了个新的电炉给她。头几年她还奋力用有限的工具煮饭，可是除了热菜以外，不管烧其他什么菜都让她觉得太困难。现在，就像大部分纽约人一样，这位前烹饪班学员只好叫外卖或干脆外食了。

艾米放弃打扫的念头，躺回没折被子的床上，开始翻阅她为纪念与邓肯交往三周年而用柯达画廊网站设计制作的精装相簿。当初她花了很多时间挑选最好的照片，把它们裁成各种大小并且消除红眼。她的手指因为不停地按鼠标而发麻酸痛，却仍决心要把东西做到最好。某些页面是由几张照片拼贴的，其他则只有单张有戏剧性的照片。封面上小窗口里的黑白照是她最喜欢的一张。那是邓肯的爷爷八十五岁生日时他们在顶级法国餐厅冰斗聚餐时照的。对于那晚，艾米只留下那道芝麻脆皮鳕鱼很美味的记忆。事隔多年后的现在，她才注意到那张照片里她是如何保护似的以双臂搂着邓肯的肩膀，笑意流露地凝视着他，而他却只是淡淡笑着望向其他地方（《美国周刊》的肢体语言专家光看这张照片就可以大做文章了）。接着她又想起邓肯在三周年纪念日晚餐上收到那本相簿时的反应与收到围巾或手套没什么两样（话说回来，他送给她的礼物正是外面店里现成包好的围巾手套套装）。邓肯随手撕开她苦心挑选的相簿包装纸和彩带，看都不看就随手扔在一边，粘在包装纸后的卡片连拆都没拆下来，更别说去读了。他向她道谢，吻了她的脸颊，笑容紧绷地匆匆翻阅，然后道声歉就起身去接老板打来的电话。他要她晚上把相簿带回她家，这样他明天就不用带进公司。于是在接下来的两年这本相簿就一直留在她这里，只有偶尔有客来访时才会重新翻看，赞叹邓肯和艾米是多相配的一对。

欧弟在她 L 形套房角落的笼子里喳喳乱叫，鸟嘴钩住金属笼子的铁栅，一边用力摇，一边大叫："欧弟要出来，欧弟要出来。"

已经超过十一岁了，欧弟却还是老当益壮。她不知道从哪里读到，非洲灰鹦鹉可以活到六十岁，她每天都祈祷那本书印错了。在欧弟还属于她第一个男友马克时她就已经不怎么喜欢它了，而现在它不但和她共享这间三百五十平方英尺的小套房，还在没人教的情况下自学了大量要求、批评别人以及用第三人称谈论它自己的各种词汇。大学毕业后的那个七月，马克要去危地马拉学西班牙文，于是把欧弟托给她照看。起初她连照顾它三个星期都不愿意，但在马克千拜托万拜托下还是屈服了，最后搞得自己反而没了退路。马克的三个星期变成一个月，一个月变成三个月，三个月又变成拿全额奖学金去研究危地马拉内战对当地儿童的影响。最后马克娶了一个在尼加拉瓜出生、在美国受教育的和平队志愿者，还搬到阿根廷的布宜诺斯艾利斯去住，只把欧弟留给了她。

艾米把笼子的锁打开，等欧弟推开门出来。它笨拙地跳到她手臂上，直直瞪着她的眼睛，放声尖叫："葡萄！"她叹口气，从羽绒被上的水果盘里摘了一颗给它。一般来说艾米更喜欢可切、可剥的水果，可欧弟只吃葡萄。那只鸟把葡萄从她手中抢走，整颗吞下去后马上又要了一颗。

她的人生就是如此，比八点档连续剧还狗血。被坏男人甩了，位置被一个年轻女孩取代，准备把记录他们历史的照片撕掉时，身边又只有一只不知感恩的宠物为伴。如果这场景不是发生在她自己身上可能还挺好笑的。不，看蕾妮·齐薇格在酒酣耳热的宴会中扮演一位甜蜜、臃肿的女孩时确实很好笑，可是当自己成为都市爱情喜剧里那位甜蜜、臃肿的女孩时（当然，她其实很瘦，但不是性感的那种瘦法），艾米觉得一点都笑不出来。

整整五年时间就这样过去了，从二十四岁到二十九岁，所有的时间她都和邓肯在一起，现在她还剩下什么？一年前她任职的梅西高级餐厅提供了一个升迁机会，让她有机会到世界各地挑选开新分店的地点并进行开幕准备——可是邓肯要求她选择纽约经理的职务，好让他们可以更常见面。他那时可没允诺她一只订婚戒指。不，戒指得留给那位刚成年不久的处女拉拉队队长，那个女孩永远不必担惊受怕，无须一次又一次被自己卵巢不断萎缩的噩梦惊醒。而艾米呢，只能勉强戴上邓肯在她二十九岁生日时送的银制蒂凡尼心形链坠，而后还发现邓肯的姐姐和奶奶生日时也都收到过同样的礼物。当然，如果还要再自虐一点，艾米甚至知道这个链坠是邓肯的妈妈去买的，好替她工作繁忙的儿子节省挑礼物的时间和心思。

她从什么时候开始变得如此愤世嫉俗？情况怎么会变得如此悲惨？她非常确定，这统统只能怪自己。他们刚开始相处时，邓肯与现在大不相同，像个大男孩似的很迷人，虽然并不特别体贴，但至少比现在要好得多。可是话说回来，艾米当初也是如此。那时她刚辞去在洛杉矶当服务生的工作回去读厨艺学校，好实现她从小的梦想。离开学校以来，她第一次得以跟蕾和阿吉亚娜团聚并且被曼哈顿震慑了，她为自己果敢的行动感到骄傲。然而事与愿违，厨艺学校与她当初梦想的完全不同。课程既无聊又严苛，每位同学都极度热衷于争取校外餐馆实习的机会。由于其中大部分人都是初来乍到的纽约客，除了这些同学外谁都不认识，社交活动变得没有任何隐私可言。米其林星级评定主厨造访时发生的一段小插曲，会在连煎一份法国吐司都不到的时间内就传遍整个校园。因此，虽然还是很喜欢烹饪，但在得到梅西餐厅纽约分店"柳叶"的实习机会时，艾米对厨艺学校已不再抱任何幻想。就是在那段疯狂的、睡眠严重不足的实习期间她遇见了邓肯。那时她每分每秒都在思考自己在餐饮业里该扮演什么样的角色，并且发现自己喜欢在餐厅前场招呼更胜于待在厨房。她痛恨主厨们以自我为中心，也痛恨在他们指挥下毫无创意地做菜；她痛恨无法与那些享用她准备餐点的客人们接触；她痛恨每天连续八到十个小时都待在蒸汽弥漫、没有窗户的厨房里。只有原料商的吼声和餐具哐啷的敲打声才让她惊觉自己并非身处地狱。这一切统统不存在于她原本想成为世界名厨的浪漫幻想中。更让艾米吃惊的是，她发现自己非常喜欢服务生和吧台酒保的工作，这些工作让她得以跟客人或其他服务生多聊聊天，而当她稍后成为副经理，负责统筹餐厅里的一切事宜时，她更是享受这份工作。她陷入重新定位自己人生与职业生涯的混乱中，生活忙碌得不得了，到现在她才终于察觉，那时的自己有多容易被邓肯那样的男人勾搭上。正因为如此，阿吉亚娜拖她去参加某慈善晚会的那晚（那年阿吉亚娜拖她去了好几十个这样的晚会），艾米才会立刻被邓肯所吸引。

在邓肯接近艾米的几个小时前艾米就已经注意到他了，虽然直到今天她还是说不出个所以然来。可能是他微皱的西装和松开的领带（品味保守却又搭配得刚好）与她平常经常看到的松垮的尼龙厨师装很不同，也可能是他似乎认识全场所有人的自信表现吸引了她，像是拍拍男人的背以示友好，或风度翩翩地亲吻女士脸颊，跟朋友或即将成为朋友的众人颔首为礼。这么有自信的男人是谁？能够如此自在地周游于这么多人之间却不会露出不安神色的人是谁？艾米的眼睛跟着他在房间里穿梭，起初暗暗窥视，之后则用一种自己都没发现的热切目光追踪他的身影。等到晚会上那些年轻的专业人士大都散场去吃宵夜，而阿吉亚娜也跟当晚的男伴先行离开时，邓肯才出现在她身旁。

"嗨，我是邓肯。"他从侧边滑进来，站在她的高脚椅与旁边一张空着的椅子之间，右臂靠在吧台上。

"哦，对不起，坐这里吧。我正要离开。"艾米从椅子上滑下来，椅子挡在他们之间。

他笑了笑。"我不是要你的位子。"

"哦。呃，抱歉。"

"我是想请你喝杯酒。"

"谢谢。可是我正要，呃……"

"你正要离开。我知道，你刚说过了。可是我希望自己能说服你多留一会儿。"

这时酒保带着两杯马提尼忽然现身，那两只酒杯比一般市面上用的小很多。一杯盛满了透明液体，另一杯则有些混浊，而两只杯子里都用牙签插了绿色的橄榄。

邓肯把左手边那杯移向她，手指紧贴玻璃杯底。"两杯都是伏特加。这杯是一般的。而这杯呢，"他用右手把那个杯子向前推，让她注意到他的指甲有多干净、洁白，皮肤看起来有多软。"则特别浓烈，下流得很。你想要哪一杯？"

老天！这种台词通常会让人全身起鸡皮疙瘩、恶心反胃，可那时的艾米偏偏就吃这一套，她觉得他很迷人。过了没多久，邓肯邀她去他家，她也就欢欢喜喜地去了。当然，那个晚上艾米没和邓肯上床，下周末没有，再下周也是。毕竟，在他之前艾米只跟两个男人在一起过（那个法国厨师不算。她原本都准备好要和他上床了，结果他脱下那超紧身白色三角裤时她才了解当初阿吉亚娜说她碰到没割包皮的男人时"就会知道"的意思)，而那两位都是长期交往的男友。面对邓肯,她很紧张。她的保守(某种邓肯还没在其他女孩身上遇见过的特质)更加坚定了他追到她的意志，于是艾米就这么一不小心遵循了"欲擒故纵"的原则。她越退缩，他追得越勤，他们之间因此来来往往，感觉像真的在经营一段长久关系一样。他们外出吃了几次浪漫晚餐，在家吃了几次烛光晚餐，星期天早上还到市中心的时髦小餐馆享用了异常丰盛的早午餐。他会只为了打声招呼而打电话来，送小熊软糖和花生酱巧克力到学校给她。要一起出去前会早早和她约好，以免她有其他计划。谁能预见这些幸福回忆会变成五年后的僵局？她变得如此愤世，邓肯则少了一半的头发，朋友眼中长长久久的一对，如今却变得像只要热带暖风吹来就会崩垮的沙堡。

艾米刚接起电话就把这个问题丢给妹妹伊莎。自从邓肯把艾米甩了之后，伊莎打电话来的频率比平常足足暴增了一倍之多，这已经是二十四小时内的第四通了。

"居然真的有人用沙堡来比喻自己的恋爱关系，还用暖风来比喻情敌？"伊莎问道。

"拜托，伊莎，认真点好不好。你能预料到事情有一天会变成这样吗？"

伊莎顿了一下，仔细考虑。"呃，我不确定整件事真像你讲的这样。"

"哪样？"

"艾，我们讲来讲去根本在原地打转！"

"那就直接跟我说清楚啊！"

"我只是说，这并不是完全无法预料的结果。"伊莎轻声说。

"我不懂你是什么意思。"

"我的意思是，你说美好的一切只因另一个女人的出现而崩垮，这种说法可能不够准确。当然准确与否也并不是那么重要。不管怎样，他是个白痴兼笨蛋，根本就配不上你。"

"我承认，他不是第一次出轨。就算如此，每个悔过的人都该有第二次的机会！"

"话是没错。可如果是第六、第七次呢？"

"伊莎，说实话吧，对这件事你究竟怎么想？"

"我知道这听起来可能有点严苛，可事实就是如此。你还记得邓肯能找出多少种借口来解释他的不忠吗？他简直是个词汇达人。"

在解释自己的花心事迹时，邓肯确实能够讲得天花乱坠。伊莎、蕾和阿吉亚娜三人曾支持艾米度过很多邓肯"犯的错"、"错误的决定"、"疏忽"、"意外"、"失误"，还有（大家公认最强的）"故态复萌"，次数多到大家连记都不想去记。艾米知道妹妹和朋友们痛恨邓肯让她这么伤心。打从一开始，她们就很明显地不赞同他们在一起，等到他们交往过一年后，更是常在嘴边念。可她们不了解，也不可能了解的是，当他俩的目光在拥挤的宴会中交会时她的感觉；还有当他邀她一起洗澡，用小黄瓜香味的海盐帮她擦洗身体；或是先钻进出租车，这样她就不用费力地坐进后座内侧；或是在替她点鲑鱼卷时配辣酱但不要脆片。当然，每段关系都有这种小细节，可是伊莎和她的朋友们根本不知道，当邓肯把四处漂泊的注意力重新放回她身上时，就算只有一下也好，那时的感动也足以让那些争吵与心痛都变得微不足道。而这也是邓肯每次回来跟她解释的说法：随便聊聊天罢了，没什么大不了的。

根本就是放屁！

现在想起来就生气。她那时为什么能接受他"喝醉了所以在其他女人家沙发上过夜"的解释。见鬼，这理由可真够正当的，是不是对邓肯这种动不动就去喝威士忌的人尤其如此？当她偷听到那段让人非常不舒服、但他却辩称是"家族老友"打来的录音机留言时，为什么她在还没得到合理解释时就让邓肯回到了她的床上？那时候她到底在想什么？更别提那个害她紧急跑一趟妇产科的事件——感谢老天，一切都好，只是医生告诉她，那个邓肯坚持说是大学旧疾复发的"无关紧要的小疱疹"极有可能是最近才感染的。

伊莎的声音打断她的思绪。

"我这么说不只是因为我是你妹妹，或是出于我的义务，更是因为我真的相信这一点：邓肯永远不会改变，无论现在或未来，你们两个在一起绝不可能幸福。"

这几句斩钉截铁的话让艾米几乎喘不过气来。比艾米小二十个月的伊莎，虽然外表上几乎和艾米是一个模子里印出来的，却再次展示了自己冷静、聪明且更为成熟的特质。伊莎觉得他们不可能幸福已经有多久了？为什么她们过去无数次聊到伊莎的前任男友、也是现任老公的凯文，或是在聊她们的父母甚或邓肯本人时，伊莎从没如此坦白地吐露出这个最基本的事实？

"就算你觉得从没听过，那也不代表我从没说过。艾米，我们统统说过，一直都在说，可是这五年你像是鬼迷心窍了一样。"

"你真是太好了。谁不想有个像你这样的妹妹啊？"

"拜托，认真点好吗？我们都知道你是个害怕单身的人，一分手就急着投入新感情，在男女关系之外就没办法定义自己。听起来是不是很耳熟？如果你问我，我会说这听起来和妈妈说的根本就一模一样。"

"真谢谢你心理医生般的深入分析啊！也许你也该告诉我这些问题是怎么影响到欧弟的？我确定分手也会让鹦鹉非常难受。现在想想，我也许该替它找个心理医生。天啊，我实在太自私了，我的鹦鹉正承受着巨大的心灵创伤呢。"虽然伊莎现在是迈阿密大学医院妇产科的住院部医生，但因为她学医的过程中曾经考虑过主攻心理分析，所以直到现在，不论对植物、动物还是人，她总会分析个没完。

"随便你怎么开玩笑，艾。你老是用开玩笑来处理所有的问题，倒也不是坏事。我只是希望你给自己一点独处时间，专注在自己身上。随便你想做什么就去做，先别去考虑其他任何人的安排。"

"如果你要说那种'两个不完全的人在一起可以变得完整'的废话，我可要吐了。"

"你知道我说得没错。花点时间在自己身上，重新把自己当成生活中心，重新发掘'你'究竟是谁。"

"换句话说，回去当个单身贵族。"她躺在好老公的臂弯里当然说得简单，艾米想。

"单身真的有那么糟吗？你从十八岁起就一直在交男朋友。"伊莎没说出口的下半句很明显——但从没有一段关系能有圆满结果。

艾米叹口气，瞄了一眼时钟。"我知道，我知道。谢谢你的建议，伊莎，真的。可是我得离开了。今天晚上蕾和阿吉亚娜要带我出去，吃一顿'没有他你会更好'的大餐。我要去准备准备了，明天再聊？"

"我晚点再从医院打电话给你，不过可能要等到午夜，忙得告一段落以后。晚上好好喝一杯，玩得开心点，好吗？跑跑夜店，抓个陌生人来吻，可是千万不要就遇到下一任男友。"

"我会努力。"艾米这么答应。就在这时，欧弟连续尖叫同一个单词三次。

"它在说什么？"伊莎问道。

"小裤裤。它一直在叫小裤裤。"

"我该问为什么吗？"

"不要。求你不要。"

从蕾搬进这栋公寓以来,集合时阿吉亚娜第一次比她先到大厅。她这么做也是不得已:阿吉亚娜原本在发廊过了轻松的一天,也跟那里遇到的帅哥订下了周末约会,回家后却发现她父母趁她不在家时已掌控了整间公寓。严格来讲,那确实是他们的房子,可是考虑到他们一年只来住几个星期,她已经理所当然地把这里当做自己专属的房子了。在她看来父母才是客人,而且不只是客人,还是令人无法忍受的讨厌的客人。如果他们不喜欢她买来取代波斯地毯的非洲斑马皮,或是她改成遥控操作的灯光、窗帘和电器,那应该不是她的问题吧?还有,就算是她的父母,也不可以说他们更偏爱原有的用意大利进口大理石手工雕刻的莲蓬头和浴缸,而不喜欢她在主浴室改装的高科技连蓬头、三温暖和蒸汽室吧。至少心智正常的人就不会抱怨!这就是阿吉亚娜要尽快换好衣服出门的理由——短短四小时,她时髦宁静的避难所变成了冲突不断的地狱。

当然她也不是不爱他们。她爸爸越来越老了,他这把年纪,个性已经比阿吉亚娜成长时要圆融多了。他似乎对让出决策权给妻子没什么意见,只要睡前能抽根古巴雪茄,还有他的七个小孩(三个第一任妻子所生,三个第二任妻子所生,阿吉亚娜则是他现任、希望也是最后一任妻子所生)能在圣诞节前后那两个星期与他在里约热内卢豪宅团圆,几乎没什么其他非坚持不可的事。可她妈妈则完全相反。虽然苏沙太太在阿吉亚娜青少年时期都随她自己,也放任她尝试性爱和毒品,但这种自由态度并没延续到女儿二十九岁还未婚的现在,特别是当阿吉亚娜对性爱和毒品的喜爱已经不能再称之为"尝试"了。当然她妈妈并非不知道该如何享受生活,毕竟她是巴西女人,深知吃的(低脂肪低热量)、喝的(一瓶接一瓶的昂贵白酒)、床上的(在不能再假装头痛时)——这些全都是生活的基本。但她认为以上这些都得在合适的前提下进行:无忧无虑的年轻女孩可以自由自在，然后就得节制，直到绑住一位合适的老公为止。她妈妈整个青少年时期都在旅游、做模特儿还有宴会狂欢中度过——是她那个时代的吉赛尔·邦辰，人们到今天都还这么说——可卡米拉·苏沙总会提醒阿吉亚娜，男人并没有表面看来那么不安于室（至少比想象中好一点点）。像她自己，二十三岁就抓住一位年纪较大的(超级)有钱的老公，还生了一个漂亮女娃娃。生命就该如此。

想到还得忍受妈妈这种高谈阔论长达两星期之久，阿吉亚娜就头昏脑涨。她在大厅微微塌陷的沙发上伸个懒腰，仔细把对策想了一遍：白天就说没空，晚上很晚回家，要不就不回家，利用每次不得不碰面的机会说服他们，说她当下的精力（更不用提她庞大的信托基金）都花在了找个好老公上面。如果她小心一点，他们永远不会认识那位住在东村，公寓连电梯都没有的邋遢的英国摇滚歌手，或是那位在曼哈顿开诊所的性感外科医生（他是个有妇之夫，孩子和妻子都住在格林威治）。如果她真的够小心，他们甚至不会发现那位以色列帅哥——他自称在以色列大使馆当公务员，可阿吉亚娜相当确定他在替以色列情报局工作。

蕾沙哑的声音（这是她几项天生的性感本钱之一，阿吉亚娜总是这么告诉她，可是她从不当回事）打断了她的思绪。"哇！"蕾倒吸口气，瞪大眼睛看着阿吉亚娜，"你今晚看起来太美了！就算是以你的标准来说也是如此。我爱死你这件衣服了。"

"谢啦，亲爱的。我爸妈来看我，我只好骗他们说我要去和一个阿根廷富商约会。我妈妈听到开心死了，就从她那排 Valentino 礼服里大方地挑了一套借给我。"阿吉亚娜用手顺过身上黑色小礼服的裙摆，转个圈摆了个造型，"是不是很美？"

这套裙装的确很美，丝质的布料似乎能够思考，知道该凸显哪里的曲线，该在哪里优雅下垂。可是话说回来，阿吉亚娜就算是穿红色方格桌布也会美得不得了。

"美极了！"蕾说。

"快走吧。如果他们下楼时看到我是跟你而不是跟那个传说中的南美马球选手在一起就大事不妙了。"

"马球选手？不是富商吗？"

"随便啦！"

出租车龟速开过第十三街，沦陷在周六夜晚市中心的交通死结里，不过几个十字路口的路程，感觉却像是从纽泽西千里迢迢开车过来。其实她们只须花十分钟就可以从大学街走到西村，可是没人想过要这么做。尤其是阿吉亚娜，一想到她步行的路程得超过精密计算过的几米，就觉得自己有瘫痪的风险。

她们在常春藤名人餐厅前下车时，艾米已经发了好几条短消息给她们。

"你们跑哪儿去了？"艾米在她们挤过窄小的前门后小声问道。她靠在女领班的桌前朝她们挥手。"没有你们，他们连吧台都不让我坐。"

"马里奥，你太坏了！"阿吉亚娜柔声说，亲吻一位看不出是哪里人的帅哥的两颊，"艾米是我的朋友，还是我今晚的客人。艾米，这是马里奥，这家传奇餐厅幕后的推手。"

几个人彼此介绍和亲吻招呼过后（空气、两颊和手上各一下），她们三个被带到餐厅后侧的雅座。今天这间餐厅不像平常那样门庭若市，因为时值五月底，它的常客们都在纽约长岛上的汉普敦区悠闲地过周末连休。不过，在这里目击名人的几率仍然很大。

"传奇的幕后推手？"艾米问道，翻了翻白眼，"你是讲真的吗？"

"男人是需要捧的，亲爱的。我不知道已经教过你们多少遍了，他们有时也需要这种温柔的抚慰。要学会什么时候铁腕驾驭，什么时候柔情俘获，这样他们就永远都是你的。"

蕾往嘴里抛了一颗戒烟锭。"我完全听不懂你在说什么。"她转向艾米。"她刚才是在说英语吗?"

艾米耸耸肩。她早已习惯这些年来阿吉亚娜传授的各种秘笈。它们就像是童话故事,听起来很美好,可对实际生活一点帮助也没有。

阿吉亚娜一把抓住服务生的手,替每人点了一杯伏特加柠檬鸡尾酒。"我们要三杯我最爱的酒,尼古拉斯。"她往后一靠,环视餐厅里的顾客。根据阿吉亚娜的说法,现在还有点早,店里要到午夜才会开始热闹,也就是等第一次来的客人还有想看名人的人离开后,常客才会真正开始饮酒和社交。不过,现在店里这些传播与娱乐圈中的三十岁精英分子似乎都玩得很开心,他们的外表也都引人注目。

"喂,我们来把既定程序先完成,然后好好享用我们的晚餐好不好?"在尼古拉斯把酒端来时,艾米问大家。

阿吉亚娜把注意力转向同伴。"把什么既定程序先完成?"

艾米举起酒杯。"就是你们其中一个这时候总是会说的祝酒辞啊!你们总会提醒没有邓肯我的未来有多好,单身万岁,或我还年轻貌美,男人们都会拜倒在我石榴裙下。拜托,我们赶快把这部分完成,然后就可以不用再讨论这个话题了。"

"我不觉得单身有什么好。"蕾说。

"你当然是很漂亮,亲爱的,可是我不会说将近三十岁还算年轻。"阿吉亚娜微笑道。

"我相信你最终会碰到某个好男人,可是这个年头男人都不会自动上门了。"蕾接着讲。

"至少没结婚的男人如此。"阿吉亚娜说。

"世界上还有没结婚的男人吗?"蕾问。

"同性恋的那些还没有。"

"是还没有,但可能也快了,到时候世界上就不再有单身男人了。"

艾米叹口气。"真感谢啊,姐妹们,你们总是知道该说什么才能让我开心。你们无怨无悔的支持是我最大的动力。"

蕾撕下一块面包,在橄榄油里蘸了蘸。"伊莎说什么了吗?"

"她试着不表现出来,可我知道她暗地里绝对很高兴。她对邓肯从没有过好感,加上她坚称我(让我一字不漏地复述一遍)'在男女关系之外就没办法定义自己'。换句话说,就是她那些心理学的废话。"

阿吉亚娜和蕾互相交换了一个眼色。

"干什么?"艾米问。

蕾低头盯着盘子看,阿吉亚娜挑起她完美的眉毛,可是没人开口。

"哦,天啊!不要告诉我你们都同意伊莎讲的话,她根本不知道自己在讲什么。"

蕾的手伸过桌子,拍拍艾米。"是啊,亲爱的,当然。她有一个疼她的老公,数不清的户外活动,还有医学博士的头衔。我还漏了什么吗?哦,对了,她进入第一志愿的医院当住院部医生,现在正准备要升主任医生,比预期还早了一年。你说得没错,她听起来根本就没资格给姐姐建议。"

"我们离题太远了。"阿吉亚娜插嘴进来,"打圆场本来不是我的事,但蕾想跟你说的是:伊莎讲的可能有道理。"

"有什么道理?"

"你的确很久没一个人生活了。"

"与其说很久,不如说从来就没有吧?"蕾接着说,"这不一定是坏事,可事实就是如此。"

"既然要说就说个痛快吧!还有什么是你们两个迫不及待想告诉我的?"艾米把菜单抱在胸前,"放马过来!"

阿吉亚娜瞄了蕾一眼。

"说出来吧!"蕾点点头。

"喂,我刚才不是认真的!"艾米眼睛瞪得大大的,"还真的有啊?"

"艾米，亲爱的，你这毛病就像是俗话里那头大犀牛，虽然它就站在房间正中央，你却视而不见。"

"俗话说的是大象①，不是犀牛！"

阿吉亚娜挥挥手。"随便是什么，反正就是个大问题。你已经快三十岁了……"

"还真是谢谢你提醒我。"

"……可是你才和三个男人交往过。三个！太难以置信了。"

这时尼古拉斯把三人分着吃的开胃菜端上来，她们这才暂时安静下来。开胃菜有鞑靼生鲔鱼泥配鳄梨，还有一盘生蚝。尼古拉斯正准备接受点餐，却见艾米双手压住自己的菜单，狠狠瞪他一眼。他只好讪讪离去。

"你们两个也太奇怪了吧？你们之前二十分钟还在说我没办法一个人过日子，现在又改口说我交过的男朋友太少。你们知不知道自己在讲些什么啊？"

蕾挤了些柠檬汁滴在生蚝上，技巧熟练地吃起来。"不是交往，是上床。"

"哦，拜托，那有什么不同？"

阿吉亚娜倒抽了一口气。"就是这个。我亲爱的朋友，问题就在这里。交往和上床'有什么不同'？我的天啊，看来我们的路还远着呢！"

艾米乞求般地望着蕾，可是蕾却点点头。"我不敢相信自己有一天会这么说，可是在这一点上我得赞同阿吉亚娜。你一直严格奉行一对一的交往制，所以才会总共只和三个男人相处过。我想阿吉（这个阿吉亚娜痛恨的绰号只有在她分心吃饭、喝酒和讨论性爱话题时，才能偷偷叫上几次）是在说你该单身一阵子。而单身就表示可以和不同的人交往，找出哪种个性特质才最适合你。开开心心地玩一阵子吧！"

---

① 房间里的大象，意指那些触目惊心的存在却被明目张胆地忽视，甚至否定的事实或感受。

"我们坦诚点好了,你们是说我该多找几个人上床吗?"艾米说。

蕾像个骄傲的母亲般微笑道:"没错。"

"那你呢?"艾米转向阿吉亚娜。

"那正是我要说的。"阿吉亚娜点头。

艾米叹口气,身体向后靠到椅背上。"我也同意。"

蕾和阿吉亚娜大惊失色,异口同声问:"你同意?"

"当然!我花时间自我反省了一下,结果得到了同样的结论。要改变现状,最合逻辑的办法就是随便找些人上床:任何类型、大小、肤色的男人都可以,去尝试不同的性爱。"她停下来看着阿吉亚娜,"我计划的淫荡程度会让你感到骄傲的。"

阿吉亚娜愣愣地看着艾米。她知道自己没听错,可是她一定是没领会到这段话里隐含的反讽意味吧?这段话从艾米口中说出,简直是超乎想象。于是她只好敷衍地回了句:"好极了,亲爱的。我爱死了这个主意。"每次她不知道该说什么时,就总是来这句。

蕾用餐刀把一块鲔鱼和一小片黄瓜推到叉子上,然后优雅地把食物往嘴里送,细细嚼了几下才咽下去。"艾米,亲爱的,我们刚才只是在开玩笑而已。我觉得你没和什么人上过床也是件好事。这样如果有人问你究竟和几个人睡过,你连把总数除以三都可以免了。这不是很好吗?连撒谎都不用了。"

"我可不是在跟你们开玩笑。"艾米说。服务生经过她们的桌子时,她用眼神示意,点了三杯香槟。"这是我新生活的开始,相信我,我早该这么做了。星期一,我要做的第一件事就是打电话给梅西主厨,告诉他我要接下那份工作。你们大概在猜是什么工作。就是那份他们会付我高薪,并且给我一大笔经费,好让我在世界各地穿梭,住最棒的旅馆并在最好的餐厅品食以激发新菜单灵感的工作。激发灵感!你们听说过这么难以置信的好差事吗?谁是那个该死的白痴,在过去两个月内一直拒绝这个好机会，只因为不想留她那个可怜的、寂寞的男朋友孤单一人？那就是我这个笨蛋。我那时还拒绝一个人飞去好地方享福，免得让那个可怜的邓肯觉得被抛弃了。没错，这次我要回电说我要接下那份工作，然后我要跟每个初次见面的单身帅哥上床，每一个性感、帅气的外国男人都不放过，每—— 一 ——个，听起来怎样，姐妹们？可以接受吗？"服务生把她们的香槟送上。"我们来干杯吧。"

阿吉亚娜发出一声怪声。这种声音如果是由其他不那么漂亮的人发出来，会被认为是嗤之以鼻的粗鲁声响，但若出自于她，听来不但具有异国风情，还充满女人味。当蕾和艾米都转过头看她时，她突然觉得不好意思起来——她的朋友刚才宣布要彻底改变生活方式，但那样的生活她已经毫不费力地过了好多年。在她们三人之间，阿吉亚娜的"女王"地位有危险了吗？还是她刚才喝太多了？无论如何，艾米的宣言让她感到很不自在，如果有什么感觉能让阿吉亚娜感到不习惯，那就是不自在。

她举起酒杯，勉强挤出微笑。

艾米也报以微笑，然后说："不过，我有个条件，在实行这项计划时我需要有个伴。"

"伴？"蕾咬咬下唇，牙尖撕起嘴唇上一小片干燥的死皮。她看起来很焦虑。阿吉亚娜心里纳闷：为什么蕾最近明明一切都很顺利，却总是看起来这么不安？

"对。我愿意彻底改变自己，游戏人生，只要你……"艾米指着阿吉亚娜，"……同意全心全意投入一段关系，只和一个男人交往。当然，你可以自由挑选合适的男人。"

阿吉亚娜倒吸一口气，她连忙拿出自己最喜欢的招数之一：状似无心地把指尖在唇上搁一会儿，再一路滑至左耳下方。这动作让隔壁桌的四个男人看得目不转睛，让尼古拉斯赶紧跑过来招呼。她享受着那种引人注目的快感——熟悉得一如往常。

她们点了主食、酒和一盘松露奶酪通心粉。通心粉可以分着吃。

"怎样？你怎么说？"艾米问道。

"是不是我妈要你这么做的？"

"是啊，甜心，统统都是你妈的主意！她求我答应接下来的一年内和碰到的每个男人上床，好让你同意只和一个男人约会。她真是太聪明了！"艾米说。

"你们打住。认真点好不好？"蕾说，"反正这种计划你们两个都做不到，我们可以谈点别的吗？艾米，我们听懂你的意思了。如果你要一头栽进另一段长达五年的感情，那是你的权利；而阿吉亚娜，要你只和一个男人来往，还不如要你成为一个宇航员，那样可能性还比较大。好了，我们可以换下个话题了。"

"我又没要她做什么惊天动地的大事，像是找份工作……"艾米咧嘴一笑。

阿吉亚娜勉强笑着，这类取笑她不事生产的玩笑总让她难以释怀。她妈妈惹人厌的声音又开始在她脑海里回荡。"哇，想丢个难题给我吗？等着瞧吧。我接受你的挑战。"

"什么？"艾米问，手指用力卷着一绺头发。

蕾的杯子停在半空中。"你真的接受？"

"我说接受就接受。什么时候开始？"

艾米咬了一口芦笋，斯斯文文地咀嚼然后吞下。"我们花点时间把细节好好想一想。这样吧，下周末过完前我们把计划订好如何？"

阿吉亚娜点头。"就这么办。刚好给你……"她举着自己的香槟杯对着蕾晃。"……一个机会考虑该下什么决心。"

"我？"蕾才刚拔过的眉毛皱起来，"决心？干什么？新年还没到。你们两个想发疯，不代表我也要。"

艾米翻了翻白眼。"蕾？拜托，她有什么要改的？好工作、好男友、好公寓、未来的好家庭……"艾米故意用鼻音哼唱起来,"哦,'马西娅、马西娅、马西娅'①。"她哼个不停,假装没看见蕾不高兴的样子。

"对,你说得没错。"阿吉亚娜眼睛只看着蕾,"可是她也得做些什么。你可以的吧,蕾?想想看你生活中有哪方面可以改变?或是你想得到什么?"

"我当然可以。"蕾赌气地说,"生活中我想要改变的事数都数不清。"

阿吉亚娜和艾米交换眼色,都知道对方在想些什么。蕾也许什么都有了,可是却不懂得偶尔轻松、享受一下。

"无论如何,你有两个星期来选一个目标。"阿吉亚娜用自己沙哑而威严的声音宣布,"那我们来干杯吧!"

艾米慢慢举起酒杯,像举起一个沉重的铅制镇纸一样。"敬我们!"她宣布道,"在明年夏天前,我要和半个曼哈顿的男人上过床,阿吉亚娜要发现一夫一妻的好处,而蕾要……随便她想做些什么。"

"干杯!"阿吉亚娜大声说,再次引起半间餐厅的注意。"敬我们!"

蕾心不在焉地跟她们碰杯。"敬我们!"

"我们惨了。"艾米靠上来,戏剧性地压低声音说道。

阿吉亚娜仰头大笑,这个动作一半是真情流露,一半是出于想引人注意的习惯。"干,我们真的麻烦大了。"她笑着说,"当然,重点是在那个'干'字上。"

"我们可不可以在丢脸丢到家、成为大家的笑柄前离开这里?算我求你们了。"蕾苦苦哀求道。尼古拉斯送来的红酒已经开始让她头痛,而且她知道再过不久,最快只需要几分钟,她的朋友们就会从迷人的微醺变成大声嚷嚷的酒醉。

---

① 马西娅·布雷迪(Marcia Brady),美国二十世纪七十年代系列电影《脱线家族》中的长女,虽然为人成熟能干又受人欢迎,个性却有些患得患失。

阿吉亚娜和艾米又交换一个眼色，吃吃地笑了起来。

"来吧，马西娅。"阿吉亚娜说，同时抓着蕾的手臂摇摇晃晃地站起来，"我们也许能教教你怎么找乐子。"

如果有人觉得那颗钻石太大，那人就不配拥有它

"到床上来吧，宝贝。快一点，你不觉得是该睡觉的时候了吗？"罗素把T恤脱掉，侧躺下来看着蕾，右手枕在他长着黑色卷发的头下，左手轻抚床单，这动作的本意是要引诱她上床，可蕾老是有种被胁迫的感觉。

"还剩几页，是灯光让你睡不着吗？我可以去客厅读。"

他叹口气，拿起自己的《力量训练大全》。"甜心，你明知道不是灯的关系。我们已经好几个星期没有一起睡了，我很想你。"

她脑中闪过的第一个念头，是他像个在发牢骚的任性小孩。这可是今年最热门的手稿，她得在明早的采购会议前读完才行。她努力奋斗了八年才总算——总算——拥有了升为资深编辑的资格（毕竟布鲁克·哈利斯出版社一共只有六位资深编辑，而她很有机会成为最年轻的那一位），可是罗素似乎认为，经过这短短一年的交往，他就有权力掌控她的生活了。当初可不是她要他留下来过夜的，她也不曾在每周例行的桥牌会后出现在他家门口，吧嗒吧嗒地眨着长睫毛，满口说着"宝贝，我一定得见你"。

蕾的下个念头是：她一定是有史以来最恶劣、最不识好歹、最不知感激的坏女人，才会这样批评罗素。一年前的她可不是这样怒气冲冲：当罗素在出版社为比尔·帕塞尔斯（比尔那时刚写了一本他担任达拉斯

牛仔队教练时的回忆录）办的新书发布会上找她攀谈时，她马上就认出他来。不是说她常看 ESPN 体育台（她才没有），可是他那如男孩般的笑容和酒窝，还有曼哈顿最迷人的单身汉头衔都让蕾在他自我介绍时马上意识到应当对他特别亲切。那天晚上他们聊了很久，一开始是在新书发布会上，然后在彼得酒馆里。他开门见山地说他很厌烦与纽约的模特儿和女演员约会，用他自己的话来说就是他已经准备好要"认识真正的女孩"了，言下之意当然是指蕾是完美的候选人。她很自然为此感到受宠若惊，哪个女人会不想被罗素·佩林追？他符合她过去十年内所列大大小小条件清单上的每一条。无论从哪方面来说，他是她从不认为自己能够找到的那种梦幻好男人。

现在，她跟这位迷人的帅哥交往快一年了，他感性、仁慈、贴心且疯狂地爱着她，可她却只觉得自己快喘不过气来。蕾的亲朋好友都一致认为她总算碰到真命天子了，但为什么她却没有这样的感觉？仿佛是听见蕾的心声般，罗素把她的脸转向他，看着她的眼睛说："蕾，甜心，我好爱你。"

"我也爱你。"蕾马上回答，连一秒钟的迟疑都没有，然而就算是外人，甚至是路上随便哪个陌生人也会怀疑她所说的是否出自真心实意。可是，如果某位你非常喜欢且尊敬的人，某位你希望更进一步认识的人，在随兴约会两个月后就忽然宣称已经彻底爱上你时，你会怎么办？你当然会做任何害怕正面冲突的人都会做的事,回答说："我也爱你。"蕾那时觉得，在有机会更了解对方后，自己迟早能够真心地说出这几个字。然而过了一年，她为自己还在等待"真心"的到来而感到很不安。

她强迫自己从书页中抬起头来，装出甜滋滋的声音："我知道自己最近忙得不可开交，可是每年这个时候都这样，比时钟还准。只要月历一翻到六月，一切都变得一团乱。不过，事情不会一直都这样，我向你保证。"

蕾屏住呼吸，等着罗素勃然大怒（虽然到目前为止从没发生过），等着他吼叫说不会容忍自己被当成傻子耍，不会容忍她像在唠唠叨叨地指责刚把花生酱打翻到地毯上的小孩一样自以为是地摆出母亲的派头。

相反他只是微微一笑，不是充满怨恨或已经放弃的勉强微笑，而是真心的、充满体谅与歉意的笑容。"我不是要给你压力，宝贝。我知道你多热爱自己的工作，我也希望你趁还可以做这份工作的时候能够好好享受。不要急，你弄完了再来睡吧。"

"趁我还可以做这份工作的时候？"蕾猛地抬起头，"你真的要在凌晨一点重提那件事？"

"不，甜心，我不打算再提起它。你已经说得很清楚，旧金山不在你现在的计划中……可是，如果你不这么固执地拒绝这个提案的话，我会很高兴的。你知道，这是个千载难逢的好机会。"

"只有对你来说是这样吧。"蕾像小孩一样绷着脸。

"对我们来说都是这样。"

"罗素，我们交往还不到一年，我觉得现在讨论搬到美国另一边去还有点早。"她不耐烦的语气把他们两个都吓到了。

"当你爱着某个人时永远不会嫌太早，蕾。"他这么说时语调平静、沉稳。他平静的特质一开始是如此吸引着她，可现在却使她感到愤怒。他拒绝发脾气，完全控制住自己的情绪，让她不知道他是否听到了她刚说的话。

"我们现在不要讨论这个好吗？"她说。

他坐起来，挪到床的另一头，往蕾舒服的读书椅和白光阅读灯那边靠。她床上的超大羽绒被（她花好几个星期，试过市面上每个牌子的柔软度跟蓬松度后才找到的）滑到了地板上，还差点把床头小桌上的盆栽碰倒，但罗素好像没注意到。"我来帮你泡杯茶吧？"他问道。

蕾再次感到她得用全部的意志力克制住才能防止自己放声尖叫。她不想上床也不想喝茶,她只想要他闭嘴。

她深呼吸,缓缓地吸气,免得太明显。"谢谢,可是我真的不想喝。只要再给我几分钟就好,可以吗?"

他带着体谅的微笑望着她,然后跳下床把她紧紧搂在怀里。她的身体紧绷起来,这她就没办法控制了。罗素把她抱得更紧,还把脸埋到她肩颈里,挤在肩膀与下巴间。他晚上冒出来的胡碴在她皮肤上摩擦,让她不快地扭动起来。

"痒吗?"他笑着问,"我爸老是说我迟早要一天刮两次胡子,可是我从来不相信他。"

"嗯。"

"我要去倒杯水,你要吗?"

"好啊。"蕾说,虽然她其实一点也不想要。她把注意力转回稿子上,刚读了半页就听到罗素从厨房里传来的喊声。

"你的蜂蜜放在哪里?"

"什么?"她喊着回应。

"蜂蜜。我替我们泡了点茶,想要加点牛奶和蜂蜜。你有蜂蜜吗?"

蕾强迫自己深呼吸。"放在微波炉上面的柜子里。"

过了一会儿,他双手各端一只马克杯回来,嘴里还咬着一袋纽门牌巧克力曲奇饼干。"休息一会儿吧,宝贝。吃过宵夜后,我保证一定不再打扰你。"

半夜吃宵夜?蕾想。现在是凌晨一点三十分,再过五个半小时我就得起床了。何况,不是每个人都有名校运动员般健美的身材,可以在任何时间吃饼干都不变胖的。

她咬了一口饼干,回想起二十岁出头时,她曾多渴望这种生活:贴心的男友、浪漫的午夜点心、摆满自己喜爱物品的舒适公寓。那时觉得这些几乎不可能发生在自己身上,或至少要等很多很多年。现在她都有了,可情况却和幻想中的完全不同。

还没把饼干咽下,茶也没喝完,罗素就蜷在枕头边沉沉睡去。居然这样也能睡着?蕾一直觉得很讶异。罗素说,这是因为他小时候一直被混乱包围着,所以学会了即使在父母、姐妹、保姆还有三头小猎犬的吵闹声中依然能睡着的绝技。或许是吧。可是蕾觉得罗素能睡得好,主要跟他的良知与生活都干净清白有关,还有,老实说,也是因为罗素的生活实在没什么压力。如果一个人每天都运动两个小时(一小时重量训练加上一小时有氧运动),从不摄取咖啡因、糖、含防腐剂的食物、精制面粉和反式脂肪酸,要睡得像小婴儿一样又有什么困难?如果你每周只需要录三十分钟电视节目,谈的又是只要是男性都会喜欢的话题——运动,还有一群编辑和制作人替你准备好文稿让你念;如果你与所有亲友都相处得很好,他们所有人都喜爱你、崇拜你,彼此保持着健康愉快的关系——这样还有谁会睡得不好?罗素的梦幻生活光是听起来就足以让人反胃,或至少因此感到忿忿不平——扪心自问,蕾就常有这种感觉。

今晚发生的这些事让蕾很想点根烟。虽然差不多一年前她(刚开始和罗素交往)就已经戒烟了,但这一年来,她每天都很想好好吸几口。抽烟的人总爱把吸烟的习惯美化,他们会说光是把烟盒打开、撕掉锡箔包装纸、拿起一根香味浓郁的烟就能带来莫大满足。他们说自己喜欢点烟、弹烟灰,还有那种似乎可以将某种事物掌握在两指之间的感觉。他们说得头头是道,可这些和真的抽烟还是有一段距离:蕾爱的是把烟吸进肺里的感觉。当她双唇叼着滤嘴,感觉到烟滑过舌头、沉到咽喉、再直接进入肺里,在那短暂的时间里,她觉得自己就好像是得道升天了。戒烟以来,她每天都在回想吸进第一口烟的感觉,那种尼古丁刚刚与她的血液混合时几秒钟的宁静与触动,然后她会慢慢地呼出来——要用点力,免得烟从嘴里有气无力地飘出来,可是也不能太用力,不然会破坏那时的感觉——真是快活似神仙啊!

不过，蕾可不是白痴，她当然知道这个坏习惯会带来的副作用：肺气肿、肺癌、心血管疾病、高血压，数不胜数。多年来，她忍受了来自各方的道德劝说与疲劳轰炸。比如杂志上刊登的恐怖的黑肺照片，广告里气管切开、讲话有气无力的人，黄牙齿，皱纹，充满烟臭味的头发，右手中指泛黄的关节，她母亲不断的叮咛，医生的严正警告，还有完全不认识的陌生人在办公室外侧身走过时用那种自以为是的语气列举抽烟的坏处。然后她遇见了罗素，以"我的身体是圣殿"为座右铭的罗素，永远、永远不会跟抽烟的女人约会——他第一天就把话讲得很清楚了。种种因素加起来，足够让重度成瘾的抽烟者举起白旗，所以八年来一天抽一包烟的蕾最后还是屈服了。这需要超人的毅力，忍受好几个星期犯烟瘾的折磨，可是她成功了。至今她还没完全戒除尼古丁，有人说她只是成功地把对香烟的瘾转成了嚼戒烟锭的瘾。不过那都不是重点，她现在只希望戒烟锭不会很快要了她的命，但如果事与愿违的话，那也只能随它去了。

她赌气般地再往嘴里丢一颗戒烟锭，把稿子搁到一边。一本多家出版社争相抢夺的热门书通常很快就能让她融入剧情，可这本读起来实在无聊得可以。美国大众真的想读一本长达八百多页、描写上个世纪某位卸任总统的历史小说吗？够了，她现在只想蜷起身体来看本不费脑力的娱乐小说，在一个不那么无聊的故事里忘却烦忧。如果今晚是没人打扰的周一晚上该有多好，她情愿用所有的一切换得安宁。蕾已经没有精力、更没有心情去读一个一百多年前的竞选故事了，她把稿子丢开，拿出自己的苹果笔记本电脑放在大腿上。

通常即使是凌晨两点，有些朋友还会在线，可是今晚一个也没有。蕾高效率地浏览过几个最喜爱的网站，眼睛快速扫过网页：CNN网站正在报导南佛罗里达州鳄鱼伤人事件；Yahoo在教人如何用菜刀和无毒马克笔把西瓜雕成水果篮；Go Fug Yourself上有篇文章谈论汤姆·克鲁斯的刘海造型以及 Flowbee 理发器的妙用；Neiman Marcus 上宣布从现在起，所有皮制配件的送货方式需要升级。点击、点击、点击，她很快浏览过《出版人周刊》的畅销书榜单，点进乳癌防治网站点选了支持免费乳房 X 光检查，在网上银行里查看自己日前一笔存款是否确实进到了户头。蕾稍微考虑了一下是否要查阅强迫症的症状，但还是忍住了这个冲动。虽然这时蕾还没到累瘫的程度，不过总算觉得累了。她小心翼翼地用由下往上的正确方式洗脸，把运动衫脱掉换上短袖睡衣裤。爬进羽绒被并在被子下面缓缓移动时，她一直盯着身边的罗素，希望不要惊醒他，幸好他一直动也不动。她关上灯，轻手轻脚地翻身侧睡，可就在她刚准备放松冰凉被单下的身体时，却忽然感觉到他兴奋起来的身体开始贴向她。他把她紧紧搂在怀里，下体贴着她的背部下方。

"嘿。"他在她耳边说，呼出的气闻起来仍有饼干的味道。

她躺在那里一动也不动，祈祷他会再度睡着，同时恨自己有这种想法。

"蕾，宝贝，你醒着吗？我可是非常地清醒啊。"他又往前顶了一下，以免她不知道他是什么意思。

"我累死了，罗素。已经很晚了，我明早还得早起准备开会。"究竟是从什么时候开始，我说的话都跟我妈是同一种语气了？她在心里想。

"我保证你什么都不用做。"

他把她拉得更近，亲吻她的后颈。她浑身颤抖，他却误以为这代表她很兴奋。他的手指在她的鸡皮疙瘩上滑过，以为这是个好征兆。他们刚开始约会时，她以为他是全世界最会接吻的人，直到现在蕾仍记得他们的第一个吻，那滋味美妙极了。在新书发布会和酒会结束后，他们坐出租车回家，快到她家门前时，他一把把她拉过来，给了她一个最柔软、最令人吃惊的吻。他的唇舌相互配合，力量适中，配上刚刚好的热情。毫无疑问，他的经验一定不少，毕竟他是她所碰过最有名也最抢手的男人嘛。然而，过去几个月以来，吻罗素开始令她感觉像在吻陌生人，可能比吻陌生人还糟糕，因为连那种刺激的新鲜感都没有了。现在，当罗素吻在她的皮肤上时，他的唇不再柔软温热，反而常令她感到冰冷潮湿，还有点讨厌。当他们舌吻时，他的舌头既粗鲁又贪婪，他的嘴唇不是太僵就是太多肉。而今晚，当他吻在她的颈背上时，她觉得他的双唇像是干燥变硬前的纸糊做的，而这纸糊好像刚刚还在冰箱里冰过。

"罗素。"她叹口气，把眼睛紧紧闭上。

他抚摸她的头发，按摩她的肩膀，试着让她放松。"怎么了，宝贝？这么做不舒服吗？"

她没告诉他，每次触摸都像是侵犯。难道他们以前做爱不美好吗？她想回到罗素比较难以捉摸、比较会调情、比较充满诱惑的时候，不像现在这么黏人或这么想跟认真的女孩确定下来，而且对他二十多岁时的那些过客避之唯恐不及。但那些好像都是很久以前的事了。

在她感觉到什么之前，他已经把她的短裤褪到膝盖处，把她搂得更紧。他粗大的上臂死死地卡住她的下颚，完全没留意到他已经勒到了她的喉咙。他的胸膛像火炉般散出热气，他的腿毛像砂纸一样粗糙。跟罗素睡过那么久以来，她第一次感到熟悉的恐慌症即将发作。

"停下来！"她大口喘气，发出的声音比心里想的还大，"我现在没办法。"

他马上松开了搂抱。蕾很感激现在四周一片黑暗，她不会看到他的脸。

"罗素，对不起。只是……"

"别担心，蕾。真的，我了解。"他的声音听来很平静，但似乎非常遥远。他从她身旁转开，几分钟后他的呼吸平静下来，沉沉睡去。

蕾在快六点时才总算睡着，而楼上的女士也套上了她各种不同的木鞋，开始了每日的嘈杂走动。一直等到早上开会，她疲惫得口齿不清时才回想起自己睡着前究竟在想什么：她想的是上星期和朋友们吃饭时宣布要改变的事。艾米宣布要增加自己的床上经验，阿吉亚娜宣布要试着给"用情专一"一次机会。从那天起已经过了十天，直到现在，蕾却还一直想不出自己该改变什么。如果她鼓起勇气告诉她们尽管她害怕孤独，也知道自己不会再碰到像罗素这么爱她的人，她还是要宣布结束她有问题的交往关系——这会不会很有趣？如果她坦白自己一直在等待真正爱上罗素的那一刻（就像其他人描述为事实的那样），可到现在竟还没发生，她们又会是什么反应？哈哈。太好笑了！她自己都这么觉得。打死她们两个都不可能相信。

阿吉亚娜试着转移注意力去想其他事情，比如天气、即将来临的旅行、她父母考虑搬回美国住的可能性，可是她的心却拒绝这么做。亚尼粗犷、如绳子般的发辫与他牛奶般光滑的皮肤的对比真是迷人。每次他伸展或绷紧漂亮的腹部，她就会心跳加快。她专心看着汗水从他额头流向脖子，试着想象那尝起来会是什么味道。当他把宽大的手掌搁在她臀部两侧时，她只能尽力不让自己呻吟。粗糙的辫子划过她肩膀，他闻起来像苔藓，是仿佛有些刺眼的鲜绿色，可是很舒服、很有男人味。他的两根手指贴在她背上，另一只手把她的骨盆往前推。"就是那里。"他轻声说，"就是这样。"

他的声音稍微变大："慢慢把左手摆在地上，转动身体变成平板式。感受能量从你的手流向地表，再从地表流进你的手里。不要忘了呼吸。对，就撑在那里不要动。"

阿吉亚娜努力不去听他的声音，当她发现根本不可能做到时，就在脑海里重新编辑他的话，这样听起来才不会感觉那么怪。整堂课与其说是瑜伽，倒不如说在跳编排过的舞，亚尼富有弹性的四肢与结实的躯干相互配合，让困难的动作看来不费吹灰之力。她喜欢瑜伽，更喜欢亚尼，可却无法忍受那种身体和心灵交会的鬼话。不，身体和心灵交会是很不错，但得在亚尼与她之间发生。亚尼瞎编那些能量、因果和心灵的理论，这让他的吸引力减弱，实在是可惜。不过她也并没有那么挑剔。她移动身体摆成平板式，卖力伸展的三头肌开始颤抖，一边还得把头抬起来瞄瞄亚尼在哪里。亚尼正站在蕾身体上方，两脚分开站在她伸展的腿两侧，手摆在蕾双肩上用力把她往下压。蕾对着阿吉亚娜翻了一个白眼。

就跟平常一样，亚尼课堂上的学生全都是女性。阿吉亚娜用专业的眼光扫过每个进门的人，然后确认自己是学生里身材最好、最漂亮的一个之后，这才把软垫铺好并帮蕾占了个位置。阿吉亚娜感到很骄傲，这个房间里充满二十几岁到三十出头的美女，除了一位之外，她们每个人都符合或低于她们的理想体重并且都使出浑身解数打扮自己，丝毫无视她们只是在星期天早上来上体育课的这个事实。不过即使如此，她仍是其中最美丽的一个。年轻时这种体认会让她惊讶或开心好一阵子，现在则只是对自信心的小小增值，可以让当天的心情更圆满一点。阿吉亚娜认定，亚尼不想跟她上床是他的问题，与她无关。这个理论她不但要在心里想，还要在瑜伽课后的早餐上向朋友确认。

"根本说不通。"阿吉亚娜边说边把嘴优雅地搁在满满一匙营养燕麦粥边，"你觉得他到底有什么问题？"

蕾啜饮着咖啡，对服务生微笑示意再来一杯。第十街与大学街拐角上的这家餐厅其实不是个吃早午餐的好地方，这里的服务生态度通常很恶劣，蛋有时吃起来冷冰冰的，而咖啡的味道要么淡如水要么苦得难以下咽。可是这里离瑜伽教室很近，她们又都可以肯定不会在这里碰到熟人。在曼哈顿市中心，很少有餐厅可以绑着汗湿的马尾、穿着瑜伽裤走进去而不引人侧目，所以她们一直坚持到这里来。

"我不知道。他不会是个同性恋吧？"

"当然不是。"阿吉亚娜马上说。

"或者呢,他就是没那么喜欢你……"

阿吉亚娜用那种她独有的可爱鼻音哼了一声。"怎么可能。"

"嗯,那就是一般常见的那些原因,不举、带状疱疹发作、那玩意儿太小。不然还会是什么?"

阿吉亚娜考虑过这些原因,可是觉得都不对。亚尼看上去很平和、心胸宽大、强壮、不多话,从里到外都散发出一股自信。从来没有一个男人对她这么兴趣缺缺,特别是她已经千方百计去引起他的注意了。对她来说,这么努力已经是很多年前的事了,上次那个男人是因为马上就要举行婚礼了才那么难搞。可有时候阿吉亚娜觉得亚尼根本没看到她。她越常甩弄秀发或是挺出自己完美的胸部,他就越看不见。

"还有什么?难道还不明显吗?他每晚尿床,害怕被人发现。"艾米不知道从哪里蹦出来,加入谈话。有那么一下子,阿吉亚娜感到不太高兴,因为大家的注意力从她身上移开了。

"嘿,我们还在想你会不会来呢。来吧,把你的东西给我。"蕾边说边伸出手。

"什么,你又不让我坐你旁边?我保证会坐得离你很近很近,手臂会紧紧贴着你,很刺激哦。"

蕾叹口气。

阿吉亚娜拍拍身旁的位子。她知道蕾有"空间问题",她也试着体谅,可老是要她坐到车后座也真的很烦。"罗素怎么应付你无法忍受任何人靠近这点啊?"

"又不是任何人接近我我都不能忍受。我只是喜欢有点缓冲的距离。想要有一点私人空间有什么错?"

"对啊,可是认真说,他懂吗?接受吗?还是他其实很讨厌这样呢?"

蕾又叹口气。"他非常讨厌这点。我自己也觉得很愧疚。他有一个幸福到会嘴对嘴亲吻的家庭,而我却是家里唯一的小孩,父母更是像瓷雕一样冷冰冰的。我在努力改变，可是亲近跟触摸还是让我难以忍受。"

阿吉亚娜举起手表示投降。"好了，只要你自己清楚问题在哪儿就好。"

蕾点点头。"我很清楚，清楚到神经紧绷的悲惨地步。我保证我在努力改进了。"

艾米一下子倒在阿吉亚娜旁边的位子上，她的体重让包着塑料皮的椅子凹进去一块，随后才回复正常。"瑜伽课上得怎样？还是没得到亚尼的爱吗？"

"还没。可是他会屈服的。"阿吉亚娜说。

蕾点点头。"男人总是会屈服的，至少对你来说是这样。"

艾米拍拍桌子。"姐妹们，这么快就忘了吗？阿吉亚娜答应不再随便找陌生人上床。她当然可以当亚尼的女朋友，可是根据规则，她不能当他的一夜情对象。"

"哦，你在说那天喝太多鸡尾酒后才答应的规则啊，条件我们到今天都还没说定。这么说来，我想亚尼仍是个好对象。"阿吉亚娜露出一个可爱的笑容，着重加深她的酒窝，这一举动不在于展露性感，而在于表现出女孩的青春俏丽。

艾米给她一个飞吻。"甜心，把酒窝留给你未来的男朋友吧。在这张桌子上它们一点用也没有。除此之外，我有消息要告诉你们。"

"邓肯的消息？"蕾自动自发地问，忘了艾米和邓肯分手已经快三个星期了。

"不，不是他的消息。不过我倒真碰到他姐姐了，她告诉我他和那个处女拉拉队队长，还有另外三对情侣七八月时要去汉普敦玩。"

"嗯，听起来不错。他们可以忍受一路的颠簸，然后付两千美圆挤在一间小房间的共享浴室里，好让他们整个夏天都保持贞洁，在那边闲晃。听起来真梦幻。需要我提醒你们二〇〇三年的夏天我们是怎么度过的吗?"

阿吉亚娜浑身发抖,光想到那个夏天就快让她发疯。当初是她出主意要和四十到五十个二十多岁的单身男女一起住到位于汉普敦、配有游泳池和网球场的别墅里,有什么不好呢?她花好几个星期说服艾米和蕾,直到她们点头同意。结果她们三个被二十四小时不停的噪音、舞会和不吐不归的狂饮派对折磨得不成人样,搞得每周末她们都只能缩在一起,在游泳池离人群较远的那端消磨时间,在彼此身上寻求那么一丁点正常的时光。"拜托你别说了!就算已经过了那么多年,想起来还是种折磨。"

"对啊,我才不管邓肯和那个拉拉队队长要搞什么。这星期我和梅西主厨谈过,他仍想找我帮他在国外做事。他计划今年再在海外开两家新餐厅,需要有人在当地照顾进度、帮忙雇人以及其他一些杂事,当然任何时候也都欢迎我提供新菜单的点子。我下下个星期一就要开工了。"

"恭喜。"蕾说。

阿吉亚娜紧握蕾的手,用尽全力装出开心的样子。她不是不替艾米高兴(毕竟艾米最近实在是够倒霉),可自私一点说,有时候听到朋友们在事业上有所成就的确会让她感到不太痛快。她知道她们嫉妒她有很多自己的时间,愿意用一切来交换她的钱和空闲好多享受一点生活,可光是这些已经不再让阿吉亚娜感到满足。当然也不是说她想得到她们的工作,这点是肯定的。听艾米描述那些自大傲慢的厨师和那些饮食界名人令人难以忍受的脾气,已经足够把任何想进这行的人吓跑了。而蕾的工作时间则是常人难以忍受的,她总是不停地抱怨个性古怪的作家和每周堆得像山一样高的待读手稿,让她喘不过气。阿吉亚娜暗暗猜想,比起担任编辑,蕾是不是有点嫉妒那些可以真的写本书出来的作家。但是,如果阿吉亚娜对自己完完全全地坦白她就会知道,她的两个朋友都从工作中得到一定程度的满足,而那种满足感是阿吉亚娜从每天打扮、外出用餐、运动、社交中永远不可能体会到的——无论她怎么努力。她也不是从没试过去找份工作，她确实曾经上过一阵子班。大学刚毕业没多久时她签了萨克斯精品百货的采购员训练计划，可没过多久，在她得知自己得从化妆品和配件开始，并且得花很多年才能做到主要设计师服饰的采购员时，马上就辞职了。还有一小段时间她在广告公司工作，觉得还不赖，直到有一天老板叫她外出在大雪中替他买杯咖啡为止。她甚至在切尔西区一家知名画廊里工作过几个星期，天真地以为自己会在艺术市场里碰到条件不错的异性恋男人。在那份工作以后，阿吉亚娜体会到为了赚区区几千块钱就得一个星期工作四十小时从而忽略生命中其他很多方面是多么不值。经过这些事情后，她绝对不会再为了单调苦闷、朝九晚五的工作而牺牲她能享受的自由。当然，有时候她也希望自己除了勾引男人上床外能有其他的专长。不过目前亚尼的事是个例外。

"……所以以后我每个月会有一到两周在外旅行。老板最近会开始替'柳叶'找个新经理，好让我可以更专心于新餐厅的开发。我什么事都得插一脚：找人、雇人、建议菜单内容，还有，等到海外新店开幕后，我得到那里住上几个星期，确保一切顺利进行。很不错吧？"艾米开心地说。

阿吉亚娜一个字都没听进去。"怎么了？"她问道。

蕾不悦地瞪着她。"艾米刚才说梅西主厨之前提的工作还在等她，而且她要接手来做。"

"薪水和我想的不太一样，可是我会常出差，所以几乎不会有什么花费。而且……你们准备好了吗？我的第一站是巴黎！去巴黎受训！是不是很棒？"

阿吉亚娜试着不去怨恨艾米的兴高采烈。只不过是巴黎而已，她这么安抚自己，每个人都去过巴黎几百次了。在蕾屏息说出"真是太棒了"时，阿吉亚娜得使出每一分力气好让自己不翻白眼。

当艾米不小心喝了阿吉亚娜的咖啡时，阿吉亚娜差点拿叉子去插艾米的手。她为什么这么不爽？她真的是个容易嫉妒、小心眼、不能为朋友的成功而开心的人吗？她强迫自己微笑，用自己知道的唯一方法勉强说出几句恭喜的话："嗯，你知道这代表什么吧，亲爱的？看起来你的第一个床伴会是法国人。"

"对啊，我自己也这么想过。"

"已经想退缩了？"阿吉亚娜刻意扭捏地说。她握住自己的咖啡杯，嘴唇靠在杯缘。

艾米清清喉咙，假装用伸长的中指理顺眉毛。"退缩？怎么可能。我只是想把规则讲清楚一点罢了。"

"规则规则，你今天讲的怎么都是规则啊。"阿吉亚娜语气中带着点讽刺。

"嘿，你自己失去了吸引力可不能迁怒于我呀，亚尼对你没兴趣又不是我的错。"艾米说。

"够了，姐妹们。"蕾叹了口气。这么多年过去，在她们各自的身份角色也改变了不少后，居然还是可以像冲动的青少年一样定期吵架。不过，换个角度来说，这点也让她们感到安全，这让她们明白彼此间有多亲密：点头之交总是得把最好的一面表现出来，可是她们深爱对方，所以什么都可以说。

"我想要急起直追不行吗？就像你们之前老是念叨的那样，我在性经验上落后很多很多了。"艾米说。

阿吉亚娜提醒自己表现得友好一点，她握起双手接着说："好，那我们就来讨论吧。今年你打算和几个男人上床？"

蕾急着想提醒朋友们，她还没同意要做任何改变，所以赶忙附和说："我觉得三个就差不多了，你们觉得呢？"

阿吉亚娜假装被咖啡呛到。"三个？拜托，一个月这样还算可以，一年也太少了吧？"

"这一次我必须同意你。"艾米说,"我将来要常在外面跑,所以三个不合理。"

"那怎么办,你打算每出差到一个国家就跟一个男人上床吗?"蕾取笑她,"你打算这么说?'这是我的护照,这是我旅馆房间的钥匙,要进来吗?'"

"实际上我是想每一大洲一个。"

"骗人!"蕾和阿吉亚娜异口同声。

"干吗?很难以想象吗?"

"是。"蕾点点头。

"不管怎么样,我已经决定了。每当我造访一个大洲就要去找一个性感的外国男人。美国人越少越好,而且不要有任何感情牵挂。不正式交往,不在感情上纠缠,只有单纯、火辣的性爱。"

阿吉亚娜吹了声口哨。"亲爱的,你让我都不好意思了。"

"那南极洲呢?"蕾问,"我想就算是阿吉也还没和南极的男人睡过。"

"我想过了。南极洲的确不太可能,所以我把阿拉斯加算在里面。"艾米从包里拿出一张皱巴巴的纸,在桌子上抚平。

"那是图表吗?不要告诉我你为了这个还画了图表。"阿吉亚娜大笑。

"我是画了张图表啊!"

蕾望向天花板。"她画了张图表。"

"我已经统统想清楚了。不用说,我已经和北美洲的男人睡过了,所以还剩下六个大洲。严格来讲,我第一任男友马克,也就是鹦鹉欧弟的爸爸是在莫斯科出生的,所以他应该可以算欧洲人。"

"你这简直是胡说八道。"蕾说,"一定要今年的才能算。"服务生走近把账单放下来时皱了皱眉头。

"我也这么觉得。"阿吉亚娜说,"你可以把美洲算上,但也只是北美洲。算上马克可不行。还有,你何必把他算在欧洲里呢?反正几个星期后你就要去巴黎了。"

艾米点点头。"说得有理。那就还剩下六个。"

"要是你在希腊碰到日本人,或是在泰国碰到澳洲人呢?"阿吉亚娜一脸困惑地说,"是不是可以把亚洲和澳洲都算上,还是说一定要在那个洲做爱才算?"

艾米皱起眉头。"我不知道,还没想到那儿。"

"放她一马吧。"蕾看着阿吉亚娜说,"我觉得国籍或地点只要达到其中一个就算。我的天啊,她想这样做已经够让人吃惊了。"

"我无所谓。"阿吉亚娜同意,"为了表示我对你的友好,我给你一张优惠券。"

"什么意思?"

"就是你可以跳过一个洲,不然我觉得你不会成功。"

"哪个洲?"艾米问,看起来松了口气。

"瑞士人可以像鬼牌一样随便算吧?"蕾问,"既然瑞士是个中立国家,那么如果你和瑞士人上床,可以随便算成哪一个洲。"

她们几个笑个不停。大学毕业后,这样尽情的欢笑已经不常出现了。阿吉亚娜从上瑜伽课的皮包前袋里拿出一支蓝色锡管,涂了点透明的护唇膏在嘴唇上,并且注意到当她这么做时,朋友们和旁边几桌的每个人都在注意自己,这让她觉得好过些了。最近她很难不去想自己的容貌会变老这个问题,她从以前起就很清楚地知道这件事,就像年轻人也知道死亡无可避免一样,她虽然知道这件事,可就是完全不了解真正到发生时会是什么情况。在她十四岁时,有一天晚上同时和两个男孩定了约会,那时她的母亲就曾提醒她这个事实。当被问起晚上决定要和谁约会时,阿吉亚娜迷惘地看着仍然美丽的母亲。

"为什么我要对其中一个爽约,妈妈?"阿吉亚娜曾经这么问,"我有足够的时间和他们两个约会啊。"

她的母亲微笑着用冰凉的双手捧着阿吉亚娜的脸颊。"趁现在好好享受吧。亲爱的,事情不会永远这么美好下去的。"

当然她是对的,可是阿吉亚娜没料到"永远"的期限这么快就到来了。是时候用她的美貌做些比吸引一串床伴更重要的事情了。许诺要找个稳定的男友,算是朝对的方向前进了一大步,可就算这样看得还不够远。

阿吉亚娜夸张地举起左手,又夸张地叹口气。"看到这只手没,女孩们?"两人点点头。"明年这个时候上面会有一颗钻石,一颗无与伦比的大钻石。我在此宣布:我要在十二个月内嫁给一个完美的男人。"

"阿吉亚娜!"艾米尖叫,"你只是想要超过我。"

蕾被一片甜瓜呛到。"嫁掉?和谁啊?你现在有对象吗?"

"没有啊,现在没有。可是艾米想要改变的努力激发了我的决心。还有,现在也是面对现实的时候了,女孩们,我们不再年轻了。我想我们都同意,三十到四十岁之间的男人,只有一小部分是既有钱又英俊,事业还很成功。如果我们现在不赶快抓住属于自己的那一位……"她把自己坚挺的胸部从下往上推了推,"那以后就更不要妄想了。"

"哇,感谢老天,你总算是想通了。"艾米一脸逗趣表情,"我只要从十几个……哦,不对,是几百个……自己认识的成功、帅气的三十岁单身汉里挑一个给自己就好。对的,就这么定了。"

阿吉亚娜微笑,纡尊降贵地拍拍艾米的手。"不要忘了还得有钱,亲爱的。但我不是说我们每个人都一定要这么做。你当然得先玩一下,放荡大计正是你现在最需要的。可是我已经,呃,进行过了……"

"如果'进行过'是指'彻底执行',那我想我得同意。"蕾接着说。

"你想笑就笑吧。"阿吉亚娜觉得有点不爽,就像往常一样,没人把她说的话当回事,"可是手指上戴着一只五克拉的哈利·温斯顿出品的加工极讲究的镶嵌婚戒可不是什么好笑的事,一点也不好笑。"

"对,可是现在很好笑。"艾米说,蕾已经笑到不行了。"阿吉亚娜结婚?根本就难以想象。"

"一次只懂得交一个男朋友的人想和所有碰到的外国人上床也是半斤八两吧。"阿吉亚娜嚷道。

蕾擦擦笑出来的眼泪,小心地不拉扯到眼睛下方的细致皮肤,尽管那里的肤质在她还是老烟枪的时候就已经被损伤了。她不确定是激烈瑜伽课后产生的脑内啡在作怪,还是因为晚上要与罗素的父母吃饭而神经紧张,或是想对朋友们的未来大计插上一脚,在能够阻止自己之前(几乎在她知道发生了什么事之前)蕾已经把话说出口了。

"为了响应你们的勇气,"她说道,这些话好像自己有意识般就这么跑了出来,"我也要设定一个目标。在今年年底前我要……"讲到这里时她却发现自己不知道该怎么说下去了。她的工作虽然有时候很无聊,但还算有成就感;她对目前为止上过床的男人数量也很满意;她已经拥有一个完全符合阿吉亚娜条件的男朋友——还不是个普通男人,是半个美国和所有曼哈顿的女人都想约会的名人;也总算存够了替自己买间公寓的钱。她目前所做的统统符合对自己的期望,那她还要改变什么?

"怀孕?"艾米帮忙出意见。

"去整容?"阿吉亚娜也跟着说。

"赚到第一个一百万?"

"来个3P?"

"酗酒或吸毒上瘾?"

"学着去爱上地铁?"阿吉亚娜眨眨眼,不怀好意地笑着说。

蕾浑身打颤。"老天,不行,什么都可以,就是地铁不行。"说完自己也笑了。

艾米拍拍她的手。"我们懂,亲爱的,地铁那些灰尘、噪音、无法预测的时刻表……"

"还有无所不在的人潮。"阿吉亚娜跟着起哄。十二年的友情让她觉得她了解蕾甚至超过了解自己。如果要说有什么比混乱、噪音、重复的声响或各种意外更让这个可怜的女孩无法忍受,那就是人潮了。最近她看起来一副神经极度紧张的样子,阿吉亚娜和艾米逮到机会就会讨论一下。

艾米打破沉默。"看起来你生活中没有什么需要大刀阔斧重整的,这不是件好事吗?有多少人可以理直气壮地这么说?"

阿吉亚娜拿起最后一片吐司啃了起来。"说真的,亲爱的,你只需要好好享受自己完美的生活就好。"她举起咖啡杯,"让我们敬改变。"

艾米伸手去拿快喝完的葡萄柚汁,转向蕾。"还有敬当下的完美生活。"

蕾翻个白眼,勉强挤出笑容。"敬帅气的外国人和碗一样大的钻石。"她说。

两个杯子跟她的碰在一起,发出砰的一声。"干杯!"她们同声说,"为那一切干杯。"

如果七分钟之内那些叽里呱啦说个不停的同事不把他们的嘴闭上,那蕾就根本不可能在一点前从城中区的西边赶到上东区了。这些人听自己说话不会烦吗?他们不饿吗?她的胃咕噜咕噜响,好像在提醒整个会议室的人午餐时间到了,可是却没人注意到。他们全在讨论即将出版的《教皇约翰·保罗二世的生平与其领导艺术》,其热烈程度比得上总统大选辩论。

"夏天不是出版宗教类自传的好时机,向来如此。"一位还不习惯在会议中发言的小编辑畏畏缩缩地评论道。

有个业务部门的人(外表甜美,看不出已经三十好几了,她的名字蕾永远也记不住）在会议桌旁说："也许除了海滩上的休闲读物外，夏天就不是推出新书的理想时机，可季节因素也不是我们销售数字下降的全部原因。每家书店的订单，不管是邦诺书店、博德斯书店还是各家独立书店，统统都比预估的销售量低。如果我们能多制造一些营销卖点……"

"卖点？"营销部主管帕特里克对此嗤之以鼻，"你打算怎么替关于教皇的书籍找'卖点'？给我们一本稍微有吸引力点的书，也许我们可以想出个好办法。可就算小甜甜布兰妮把这本书的全部内容刺在她胸部，仍然不会有人想去谈论它。"

唯一和蕾晋升得一样快的年轻编辑杰森叹口气，看了看自己的手表。他待在布鲁克·哈利斯出版社，是蕾保持神志正常的唯一原因。蕾看着他的眼睛点点头，她不能再等了。

"不好意思。"蕾插嘴进来，"我有一个不能不去的午餐约会，得先走了……当然是公事。"她马上加了一句，虽然不会有人在乎。她安静地收拾自己的文件，把东西都塞进印有花押字的皮制活页夹里（她到哪里都会带着它），随后轻声走出会议室。

离开前她去自己的办公室拿皮包，偏偏这时电话响起，老总的分机号码出现在来电显示屏上。蕾原本决定不接这通电话，可助理却高声通知她："亨利在一线等你，他说很急。"

"他老是说很急。"蕾喃喃自语，来了个深呼吸，拿起话筒。

"亨利，你打电话来是不是为没参加业务会议道歉？"她开个玩笑，"这次我放你一马，下次可不能这样。"

"哈哈哈，真好笑。"亨利说，"我没占用你中午修指甲或是去巴尼斯精品百货逛街的时间吧？"

蕾勉强笑了笑。他这么了解她，真有点让她起鸡皮疙瘩。严格来说，她是准备去吹头发外加去巴尼斯精品百货逛一下。她现在其实已经没有充裕的时间来做这两件事了,可她今天在个人形象及礼物准备方面都严重不足,非得在两方面都下本钱弥补一番。"当然没有。我能为您做些什么?"

"我办公室有个人,希望你能见见。到这里来一下。"

可恶!这个男人就是有本事在她一天中最不方便的时刻要她办事。这种情况实在多得不可思议。好多次她都怀疑老板是不是在她办公室里装了窃听器。

她又一次深呼吸,努力让自己平静下来,瞄一眼时钟。她与吉尔斯约在十五分钟后,而去吉尔斯的沙龙大约要走十分钟,赶一赶还勉强来得及。"我马上过去。"她回答,声音里的雀跃之情简直能摧枯拉朽。

蕾快步穿过她与亨利办公室之间的隔间和曲折走廊,亨利显然想让她见一位可能会和他们合作的作者或是刚签约的新人,他坚持要让布鲁克·哈利斯看起来像个温暖的大家庭,所以总是亲自介绍所有的编辑给大部分签约作者认识。这是蕾刚加入时最欣赏公司的一点,也是很多作者和布鲁克·哈利斯签约后长期保持合作关系的主要原因之一。可是今天蕾真的很烦。除了汤姆·沃尔夫这种级别以上的大作家,她都不会感兴趣。在走过转角、经过电梯前,她心里一直在考虑要怎么讲"恭喜加入这个大家庭,大家都很开心有您加入",或是"有您加入,我们感到既荣幸又兴奋"这类无关痛痒、可以在几分钟内结束的话,接着用一两分钟时间来假装对这位作家最近的作品表示兴趣,再用一两句对对方之前作品的恭维来收尾,这样她就有机会在五分钟内离开。最好是这样。

她昨晚熬夜熬到很晚,试着写完手上刚拿到的那本回忆录最后一章的心得。结果早上完全没听到闹钟响,连澡也没洗就冲出门赶去参加业务会议。直到她发现自己桌上摆着一盆淡紫色的兰花,附有一张小卡片写着"我爱你,等不及今晚见到你。交往一周年纪念日快乐!"——她这才想起罗素今晚在丹尼尔餐厅订了座位,庆祝他们交往一周年。活见鬼。这是她工作以来,甚至也可能是这辈子唯一一次睡过头,蓬头垢面就出了门,结果反而碰上了重要事件!感谢吉尔斯在她没预定的情况下同意了帮她很快弄一下头发("你可以借用阿吉亚娜下午一点预订的时段,如果她不介意的话。"他这么告诉她。"她不介意!"蕾对着话筒大声喊,"我负全责!")她打算弄好头发后在回办公室路上顺路再逛下巴尼斯,挑瓶古龙水、领带或是旅行盥洗套装——只要是离收银台最近而且已经包装好的都行。她真的没时间慢慢逛了。

"你可以直接进去。"亨利趾高气扬的新秘书慢条斯理地说。她高高翘起、染成粉红色的头发和她的南方口音很不相称,与公司保守的企业文化一点都不搭。可是她的错字率似乎不高,攻击性也不太强,所以大家也就凑合了。

蕾点头表示谢意,穿过已经打开的门。"哈啰!"她对亨利说,同时推测坐在亨利对面、背对着她的男人大概四十出头。虽然已经进入初夏时节,他淡蓝色衬衫外面仍然套着橄榄色灯芯绒外套,手肘处还有块补丁。他暗金色的头发(仔细看来应该算是浅咖啡色)乱得刚刚好,长度就到领子上方,稍微盖住双耳。在他转身面对她之前,直觉告诉她他很迷人,甚至可能很帅。这也许是他们双眼对上时她大吃一惊的原因之一。

她的惊讶是双重的,第一个想法是,他没预期中那么好看。他的眼睛不是她想象的那种锐利的蓝色或绿色,而是一种普通的泛灰浅棕色,他的鼻子既塌又突出,可是他确实拥有零缺点的牙齿,那整齐洁白、可以做高露洁电视广告的牙齿,吸引了她的注意力。直到那个男的微笑起来,露出很深可是并不影响他魅力的笑纹,她才想起自己见过他。坐在那里轻松微笑、一脸温暖表情的男人是杰西·查普曼,一位可跟厄普代克、罗斯、贝娄、麦克伦尼、福特和弗兰岑等当代名家比美的天才作家。他二十三岁出版的第一本书《觉醒》,是极少数既叫好又叫座的作品之一,而杰西每参加一个宴会、每和一个模特儿交往、每写一本书,他叛逆天才的形象就越深入人心。六七年前他消失了,有谣言说他进了戒毒所,或者因为无法承受严苛的书评而躲起来了,可没人认为他会永远消失。结论就在眼前,他在他们的办公室里,而这只能代表一件事。

"蕾,我来为你介绍杰西·查普曼。你对他的作品一定已经很熟了。杰西,这位是蕾·艾丝娜,我手下最有本事的编辑,如果一定要选的话,也是我最欣赏的一位。"

杰西站起来面对蕾,他的目光没离开过她,她感觉他在暗暗评估她。她不知道他是否喜欢绑蓬松马尾又不化妆的女人。她祈祷他会喜欢。

"亨利介绍每个人时都这么说。"蕾优雅地说,伸出手要和杰西握手。

"他确实如此。"杰西迎合着说,站起来两手一起握住她的右手,"那就是为什么我们都尊敬他。请这边坐。你要加入我们的谈话吗?"他指了指自己身旁两人座沙发空位,然后看着她。

"哦,老实说,我正要……"

"她很乐意。"亨利说。

蕾控制住想瞪他的冲动,在古董沙发上坐下来。再会了,优雅的发型。再会了,巴尼斯精品百货。如果今晚的灾难过后罗素还愿意跟她讲话,那可真算是奇迹了。

亨利清清喉咙。"杰西和我正在讨论他上一本小说。我说我们……事实上,是整个出版业……都认为《纽约时报》书评的恶意攻击不能被原谅。居然用这么明显的伎俩,真为他们觉得丢脸。当然不会有人认真看待这件事,这完全是……"

杰西再次微笑,这次带着一点趣味的表情,转身面对蕾。"那你觉得呢,亲爱的?你认为那篇书评讲的有根据吗?"

蕾被他的自负吓了一跳,他怎么这么确定她不但读过,而且记得那本书跟书评呢?令人懊恼的是她真的记得。六年前它曾经是《纽约时报》

周日新书评鉴的主题，那毫不留情的评语至今仍深深印在她脑海。她记得自己曾猜想作者读到这种评语的感觉，猜想杰西·查普曼看到那严酷的十段评语时人在哪里。她原本就打算去读那本书（早在读那些数不清的大学课程时她就已经研究过杰西早期的作品了），那篇评论促使她特地去买了精装本，还在一个星期内狼吞虎咽地读完了。

就像平常一样，蕾不假思索就开口了。这与她按部就班的个性有很大反差，可她就是控制不了自己。她能一丝不苟地整理公寓、安排当日行程或是写出工作计划，然而她似乎并不认为有什么话是不能说出来的。她的朋友们和罗素平时觉得这一点很迷人，可是有时候这种特性真会吓死人，像是在跟老板开会的时候。杰西与众不同、若即若离的眼神让她忘了自己正在亨利的办公室里和本世纪最有天分的作家交谈，话就这样脱口而出："这么说吧，那篇书评批评得很小家子气，毫不专业，是为了抨击而抨击，他们确实不应该这么写你。但是，我个人认为《仇恨》是你最差的一部作品，与《月之伤》和《觉醒》不能相提并论。"

亨利止住呼吸，下意识地用手遮住嘴。

蕾有点眩晕，心脏开始全速跳动，手掌和脚底也开始冒汗。

杰西微微一笑。"讲得很直，一句废话都没有。最近很少碰到这样的人了，不是吗？"

蕾不确定这是不是个问题，她盯着自己因过度紧张而死死握住的双手。

"但礼貌得再加强，是吧？"亨利勉强笑着说。他的声音听起来空洞紧张。"嗯，谢谢你与查普曼先生分享你的意见，蕾。当然，这只是你个人的意见。"他虚弱地对杰西笑了笑。

蕾把这当做是要她离开的暗号，一心只想赶紧逃离现场。"我，呃，我……我并非故意冒犯，我真的是你的书迷，只不过……"

"请不要道歉，很高兴能认识你。"

蕾费了九牛二虎之力才忍住再次道歉的冲动，成功地让自己从沙发里站起来，经过杰西身边，离开亨利的办公室。看了一眼亨利助理的脸后，她就知道自己完了。

"真的那么糟糕吗？"她问话时扶着那女孩的桌子，不让自己晕倒。

"哇，你胆子可真大。"

"胆子大？我不是故意要胆子大，而是想试着表现老练。我真是个白痴，不敢相信我竟然说了那些话。我的天啊！八年的努力统统化为乌有，就是因为我没办法把嘴闭上。真的那么糟吗？"蕾又问了一次。

没人开口。那位助理张嘴想说些什么，可又闭上了。"事情不妙。"

蕾看看手表，不情愿地接受了自己已经不可能既去赴约，又能及时赶回来参加下午安排好的书商会议。蕾回到办公室开始打电话。第一通打给吉尔斯取消约会，第二通打给巴尼斯百货。男装部一位语气愉悦的售货员答应在六点前把礼物送来。在他询问她喜欢什么时，蕾不知道该怎么回答，她既想不出答案，实际上对此也不是那么在乎，于是就委托他花两百美圆左右帮她挑一份礼物，刷她的美国运通卡。

五点半，当包装好的礼物送到办公室时，蕾都快哭了。亨利那里没传来一点消息，他平常连一小时都等不下去，会不断打电话过来或亲自来看看。她去了一趟健身房，不是去运动，只是很快冲个澡。可是当她站在舒服的热水下时，才想到自己的运动手袋还在办公室里，手袋里有她的化妆品、换洗内衣裤，还有最重要的吹风机。尽管她认为这事不可能发生，但挂在健身房墙上的那个电线看起来仅有两英寸长的迷你吹风机还真的把她的头发吹得比洗澡前更丑。走回办公室的路上，罗素和她妈妈各拨过电话到她手机上，而她全都没接到。

我简直是一塌糊涂！蕾在最靠近办公室的女厕里，边检视自己边这么想。现在都快七点了，她才刚和自己最不喜欢的书商通完电话。她的头发毛糙凌乱还分叉，塌下来让她的黑眼圈更加明显，前额发红的痘印也没有头发或粉底可以遮盖。她忘了罗素曾开玩笑说她穿身上这件外套时像个打扮入时的"女同志",她自己很喜欢它紧身的剪裁和粗犷的金链,而且它还是香奈儿的,这可是她拥有的唯一一件名牌。而直到此刻她才发现这件衣服的确让她看起来像个魁梧的美式足球后卫。"别担心。"她想办法给自己打气,"罗素是体育评论员,他在 ESPN 上班,工作都专注在职业运动上。罗素喜欢足球运动员。"于是她手里拿着巴尼斯包得漂漂亮亮的礼盒,试着不去担心里面装着的谜样的礼物,打起精神去楼下拦出租车。

罗素站在丹尼尔餐厅外面,看起来轻松、健康而且很开心,就像在加勒比海待了一个月刚回来似的,而且明显在那里什么都不用做,只需要把自己的身体当圣殿般悉心照顾就够了。他炭灰色的西装顺从地贴在健美的肌肉上,他刚洗过澡,刮过胡子,就连鞋子都很体面——那是他们上次去米兰时买的。除了他以外,谁还能在工作一整天后让领带保持整齐或让衬衫那么笔挺?怎么会有人的衣服和配件老是搭得这么好?袖口和袜子相配,鞋子和公文包相搭。

"嗨,美女,我正开始担心你呢!"

她轻啄一下他的嘴唇,在他能张嘴深吻前离开。"担心?为什么?我很准时啊。"

"你该知道,我整天都没听到你的消息。你收到兰花了吧?我知道你最喜欢紫色了。"

"收到了。花很美,谢谢你。"她自己都觉得今晚说话的语调听起来很怪,音调很高,还带着那种对门房或干洗店店员讲话的礼貌。罗素把手搁在她腰上,领着她穿过前门。马上就有位将近五十岁、穿着燕尾服的人过来打招呼,看起来似乎认识罗素。两个男人轻声交谈了一阵,互相拍拍肩膀。过了一会儿,他指示一位穿紧身保守套装的女孩过来领他们到餐桌去。

"足球迷？"蕾问道，装出很有兴趣的样子。

"什么？哦，那位经理？是啊，他一定是看过节目认出我来。不然还有什么可以解释这张桌子呢？"

蕾这时才注意到，他们得到了整间餐厅最好的位子。这张桌子在造型夸张的拱门旁，座位抬高了，面向着餐厅里那些华丽的摆设。光线柔和完美，连蕾都觉得自己在这种灯光下看起来应该很不赖。度过混乱的一天后，餐厅厚实的锦缎装潢和大面积的大红色绒布让人觉得很舒服。餐桌间的距离恰当，不会人挤人。背景音乐柔美，看不到任何打手机的人。如果只从蕾容易焦虑的立场来看，这地方就是地球上的天堂，这点在今晚特别特别重要，如果她像往常一样为了桌位计较半天的话，罗素的心情就不会这么好了。

喝了杯灰比诺白葡萄酒，吃了些淋上焦糖的干贝后，蕾觉得更加放松了，可她的心境还是没办法完全从工作模式转换成浪漫晚餐模式。她心不在焉地听罗素描述正在写的一份全公司备忘录，听他提议他们今年夏天到他在马莎葡萄园岛上的大学好友家度假，并复述今天早上化妆师对他讲的笑话。一直等到服务生拿了两杯香槟跟椰香蛋白饼过来时蕾才警觉到有什么不对。摆在水煮菠萝的盘子边、被小红莓围绕着的，是个黑色绒布盒。但最令她感到惊讶还有点不自在的，是她自己的反应——她偷偷审视了一下盒子的造型后才稍微感到放心。盒子呈长方形，表示这不会是（感谢老天）一只戒指。当然，她将来可能会考虑嫁给罗素，毕竟她所有的朋友和亲戚都见过他了，也统统赞赏他作为超级好丈夫的各种条件：仁慈、帅气、事业有成、气质出众，还有对蕾爱护有加。可是她绝对不想现在嫁给他。再等个一年……也许两年，应该不会有什么问题吧？婚姻终究是婚姻，而她想要完全确定后再嫁给他。

"这是什么？"她兴奋地问，已经在心中描摹出刻有他们两人姓名缩写的链坠，或是只漂亮的金手镯。

"打开来看看啊。"他温柔地说。

蕾用手指触摸绒布,微微一笑。"你不该破费的。"

"打开看看就知道了。"

"我已经知道自己会喜欢它了。"

"蕾,把盒子打开。你可能会吓一跳。"

他的眼神,还有他手指紧紧握住香槟杯的姿态让她停了下来。她啪的一声打开盒子,然后像她看过的所有俗气的浪漫喜剧一样,她倒吸了口气。躺在项链盒子正中央的是一只戒指。一只订婚戒。一只巨大的、非常美丽的订婚戒。

"蕾?"他的声音有些颤抖,温柔地把那只盒子从她手中拿过来,取出戒指。他迅速握住她的左手,把戒指套上正确的手指,戒指大小和她的手完全吻合。"蕾,宝贝,从见到你的那一刻起,也就是一年前的今天,我就爱上你了。从最初的那个晚上开始,我想我们都知道,我们之间有种特别的感觉,某种永恒不变的东西。你愿意嫁给我吗?"

艾米与当地餐饮人力资源公司的会议要隔天下午两点才开始,这是在餐饮业工作的好处之一。可她已经开始感到时差的威力了。她早上十点抵达旅馆,叫了一份简单的早餐到房里,餐点只是咖啡、可颂面包和小红莓而已(她在脑中把欧元换算成美圆,很快算出总共花了三十一美圆,还不包括小费)。然后她用在迷你酒吧里找到的三盎司泡泡浴粉(五十美圆)泡了个澡。小睡一会儿,并用一点时间确认了第二天的开会内容后,艾米在餐厅外的花园里吃了一份尼斯色拉加可乐(三十八美圆)——与昂贵的晚餐相比,还只是小菜一碟。就在两小时前,她独自在酒店大堂的酒吧吃了一份简单的晚餐,内容只有牛排、薯条和一杯红酒。"招牌酒?什么是招牌酒?"服务生压抑着不屑的语气问,用力想了很久,"啊,你是指便宜的酒吧?我会为你准备的,女士。"最后账单加起来是让人咋舌的九十六美圆，而那杯酒尝起来像美国到处都买得到的Manischewitz甜酒。那位侍者甚至没有用法语称呼她为"小姐"。

考斯特酒店在巴黎第一区的圣奥诺雷名店街上占据绝佳位置，走路就能到丽池酒店和Hermès专卖店。这地方长久以来以影视明星常在此出没以及深夜时超时髦的酒吧音乐而闻名。公司的外务部门问她有没有喜欢的旅馆时，艾米一直提不起勇气来建议考斯特，直到旅行社让她选择住在这里或是左岸一家优雅的河岸旅馆时，她才兴奋地放声尖叫——还有哪里比这儿更适合开始她今年的"放荡之旅"呢？

艾米整个星期都想象着待在考斯特的情景。抵达一小时后，她被酒店的冷酷震慑得说不出话，两小时后感到敬畏，三小时后她已经准备要退房了。考斯特也许是这城市最值得参观的地方之一，可是要待在这里几乎是不可能的事。除非她真的在这几年变成了一个老古板，否则就是考斯特酒店在待客方面有严重的态度问题。大厅走道异常昏暗，她得用手摸着墙壁前进才不会撞上去。从会客厅传出的音乐几乎在所有房间里都听得到。而楼下中庭里模特儿啜饮脱脂拿铁，以及只屑与模特儿交往的各国浮华男人喝波尔多红酒的嘈杂声音也被送进了每扇窗户。可爱的四爪浴缸竟然没有浴帘，而打开莲蓬头后整间浴室就会淹水。浴室里也没有可以插吹风机的插座（也许其他人都自己带发型师来），艾米只好在没有镜子的书桌前吹头发。到现在为止，她已经有了被酒店员工看不起、忽略和取笑的经验，更讨厌的是，她感觉好像只要能留在这里，就已经是她的荣幸了。

她尽可能不打扰旁人，坐在会客厅里用笔记本电脑看电子邮件，享受一杯香浓的特浓咖啡（咖啡倒是无懈可击，她不情愿地承认）。她妹妹写邮件来，说她和凯文七月四日国庆时要去纽约，问她那时在不在。她正在回信说，他们可以待在她的小套房里，而她自己会去阿吉亚娜家住时，公司提供的国际手机忽然响了起来。

"你好，我是艾米·所罗门。"她尽可能用专业的口吻讲。

"艾米？是你吗？"

"蕾？你怎么会有这个手机号码？"

"我打电话到你办公室，说有急事。你不会介意吧？"

"宝贝，你还好吧？现在你那里可是凌晨两点。"

"是啊，一切都好。我只是想在电子邮件到处传遍前亲口告诉你，我订婚了！"

"订婚了？我的天啊！蕾，恭喜你！我不知道你们在考虑这件事。这太让人兴奋了。快把细节告诉我。"艾米看到一位穿制服的服务生恶狠狠地瞪了她一眼，她也瞪回去。

"我，呃，我想我自己也没预料到。"蕾说，"不知道怎么回事，就这么发生了。"

"他怎么求婚的？"

蕾巨细靡遗地描述原本该是周年纪念的晚餐，她那天多么邋遢，还有他们那天在餐厅点了什么。讲到要吃什么甜点时，艾米已经等不及打断了她，要她赶快说重点。

"我才不管那天你看起来怎样。戒指是什么样子的？让我提醒你，现在可不是低调的时候。"

"很大。"

"多大？"

"非常大。"

"蕾！"

"比四小一点。"

"比四小一点！四克拉？"

"我担心会不会太大了。上班怎么能戴这种东西？我可是在出版社工作的。"蕾叹气。

艾米想尖叫。"你这种话不值得我认真回答。你对阿吉亚娜说过你觉得那钻石……算了,我连说都说不出口。"

"说了啊。她对我说,如果有人觉得那颗钻石太大,那人就不配拥有它。"

"我同意她的话。不要再当个白痴了,快告诉我更多细节。日子定了没?你打算什么时候搬去他家?"

电话那头寂静无声,艾米以为断线了。"蕾?你听得到吗?"

"听得到,对不起。我们还没决定日子……不知道,也许是明年夏天?我猜的,或者后年夏天?"

"蕾,你已经三十岁了。你以为我们会同意你订婚两年吗?如果我是你,我会要那个男人五个月后准备好一切。你在等什么?"

"我不是在等什么。"蕾说,听起来有点气恼,"我只是不觉得有什么好急的。看在老天的份上,我们认识没多久啊。"

"你们一年前就认识了,蕾。你自己都不知道讲过多少次,他符合你挑选男人的每一款条件。不赶快把他绑住,那你就是疯了。最起码你得搬去他家,去宣示主权。"

"艾米,你太夸张了吧。宣示主权?你是在跟我开玩笑吗?你知道我对婚前同居是怎么想的。"

艾米小声尖叫,忽然想起自己身处何地,忙用手把嘴掩住。"别说你打算遵守那种没意义的想法!我的天,蕾,你听起来就像那种宗教狂热分子。"

"艾米,别说了。你知道这和宗教或道德没有关系,只不过是我想这样而已。是有点过时,但那又怎样?"

"罗素知道吗?"

"他当然知道我对这种事的想法。"

"可是他到现在都不知道,就算你们已经准备结婚了,你还是不打算搬去和他住吗？"

"我们还没走到那个地步，我确定他会体谅的。"

"老天爷啊，蕾。你知道你最终得跟他一起住吧？你知道他是个男人，会把厕所搞得一团糟，有时候还会在你不想看电视的时候把它打开，你考虑过这些吧？"

蕾叹口气说："我知道。理论上这些听起来都还好，可实际上……我已经习惯一个人住了，我也喜欢一个人住。如果房间里闹哄哄的，东西到处都是，想一个人坐在沙发上发呆时却还不得不和别人讲话……这实在是太恐怖了。"

艾米稍微放心了，至少蕾愿意坦白自己对与人同居的惶恐。艾米开始安慰她："我知道，小甜心，这对每个人来说都很恐怖。管他的，邓肯和我交往五年都没订婚呢。而你爱他，他也爱你，你们两个会想出办法来的。如果你想等到签字以后再同居，我也没权利硬要你怎么样……"

"我不爱他，艾米。"蕾语气坚定，讲得非常清楚，可艾米确定是自己听错了。

"你刚说什么？我这里什么都听不到。"

蕾在另一头没开口。

"蕾，你在吗？你刚说了什么？"

"不要让我再重复一次了。"蕾小声说，她的声音在发最后一个音时哽住了。

"亲爱的，你在说什么？你们两个看起来很快乐啊。你从没抱怨过罗素，只一再地告诉我们他多温柔、多包容，又有多贴心。"艾米耐心地劝她。

"这些都不能改变和他在一起时我有时会无聊得想哭的事实。我知道自己不该这样，可是我无法改变自己的本性。我们完全没有共通点。

他喜爱运动，而我喜欢阅读。他喜欢外出社交、认识新朋友，而我只想窝在家里。他一点也不关心最近的文艺活动，满脑子只有足球、重量训练、营养和数据，还有他大学时受的伤。我不否认他是个好男人，艾，可是我不确定他适合我。"

艾米认为自己在这方面的敏感度还挺高的，可是她从没感觉到这些。蕾只是紧张吧？她这么想。蕾不过是无法接受自己配得上、并且还真的找到了这么一个好男人的事实。大家都知道，不顾一切的热情和充满激情的爱情几个月后就会降温，重要的是找到某个可以共度一生的伴侣，一个会待在身旁的人，一个好老公、好爸爸。如果罗素都不算这种男人的话，艾米不知道还有谁能算。她想这样告诉蕾，却被旅馆员工的责备打断了，他粗鲁地拍了拍她肩膀。"女士，请把你的脚从椅子上拿开。"

"那是谁啊？"蕾问。

"对不起，你说什么？"艾米瞪着那个人。她一时被唬住，可是很快就转为恼怒。

"请你把椅子上的鞋子移开。我们这里不大像你这样坐。"

"艾米，怎么了？那是谁？"

通常对任何冲突都不太自在的艾米感到一股怒气在身体里流窜。她完全忘了蕾，眼睛直瞪着那个男的。"'我们这里不大像你这样坐'？你刚刚是不是这样说的？"

蕾笑了出来。"给他点颜色瞧瞧。"

艾米故意对电话大声说："我坐在会客厅是因为我的房间他妈的太暗了。看清楚，我是好好坐着的，还把一条腿压在屁股下面。想知道我在椅子上乱踏的是什么鞋吗？是芭蕾拖鞋。看好，不是芭蕾平底鞋，而是真的无跟的芭蕾拖鞋。我是这间酒店的房客，他竟然胆敢像骂小孩一样训斥我？"她斜眼瞪着那个服务生。他摇摇头，似乎表示自己对无知的美国人完全无语了，然后转身（居然还是用脚尖转的）快速离开。

"你得想办法爱上法国人的待客之道。"蕾说,"我猜你还没替自己找到情人吧?"

"不要以为这么容易就可以转移话题。"

"艾米,谢谢你听我说话,可我现在真的不想继续谈论那个了,可以吗?我确定一切会没事的。"

就是该这样才对!艾米这么想。蕾只是需要一点时间厘清自己的想法,想通才是最重要的。只要再三思考,蕾就会明白自己现在的犹豫只不过是在犯糊涂。"好吧,继续戒指的话题,多告诉我一些。"

"真的很美。"蕾轻声说,"很古典,我不知道他怎么知道我喜欢这种……我都不知道自己喜欢这种。我们从没去逛或找过,我们连谈都没谈过。"

"罗素就是会注意到。它是什么形状?"

"中间是一颗较大的祖母绿切割钻石,旁边有两颗小一点的作为陪衬,很细的铂金指环。"

艾米吹了声口哨。"听起来就很棒。你真的从没料到吗?"

又停了好一会儿,艾米一度以为她们的电话又断了,可却听到蕾粗重的喘息声。

"宝贝,你还好吧?蕾?"

更多喘息声。这次比较短促,比较浅。

"哦,我没事,只是心跳有点快。一定是太兴奋了吧?"

艾米把手机贴在耳旁,希望能听到刚订婚的好友咯咯笑,或发出像小女孩般热切的声音,可艾米很清楚,蕾不是那种会咯咯笑的女孩。她风趣、理智、忠诚,还很神经质,咯咯笑不是她会做的事。也许蕾也对描述她的戒指不太自在,尤其当大家都预期艾米会是她们三人中第一个结婚的。艾米想起几个月前的晚餐,她兴奋地告诉蕾和阿吉亚娜邓肯问她的指围尺寸是多少。这种方式实在不是很浪漫,她记得自己是这么想的,可绝对有好事要发生了。回想起当时的兴奋,她感到脸颊发红,但也决定不让蕾同情她。

"那周年纪念你送了他什么?"艾米刻意让自己的声音充满欢乐的气氛,但也许有些过头了。

蕾又沉默了好久,听起来像是在控制呼吸平复自己。

"蕾?"

"抱歉,我……呃……没事。只是有点……呃,我替他买了笔记本电脑包,橘色的。"她深呼吸,然后咳嗽,"在巴尼斯买的。"

艾米试着掩饰自己的讶异。"罗素总算买了笔记本电脑了?我没想过有这一天。你是怎么说服他的?"

"他没有笔记本电脑。"蕾叹气,"哦,艾米,我是有史以来最差劲的人。"

"亲爱的,怎么了?我有点糊涂了。你打算买电脑给他?很贴心啊。你又不知道那天晚上他要求婚,不要太担心了。罗素不会因为这样就生气。"

又是一阵好久的沉默,当蕾最后开口时,艾米听得出她在哭。"我买橘色的电脑包给他,是因为我懒得亲自去挑选礼物。"她说这话时声音里充满懊悔,"我打电话去店里,把信用卡卡号给他们,而这就是他们送来的东西。买一个电脑包送给一个没有笔记本电脑的人,还是橘色的。"电话另一端传来啜泣的声音,"罗素讨厌亮的颜色。"

"蕾,甜心,不要太苛责自己。罗素那么爱你,要你与他共度下半生。不要让这个笨礼物挡在你们中间。他一定不介意的,对吧?"

"他用笑声掩饰,可我知道他感到很受伤。"

"他是个大人了,蕾。他可以应付一件送错的礼物。"她们都知道事实并非如此,可也只能这样带过。"那告诉我,其他人是不是很兴奋?"

蕾乖乖描述她母亲的反应,还有阿吉亚娜和罗素朋友的,中间还穿插玩笑和有趣的观察心得。直到答应隔天再好好聊并挂断电话以后,艾米才开始担心起来,蕾和罗素之间会不会真的有问题?蕾是真的有所迟疑吗?绝对不会,艾米这么想。她只是紧张罢了。兴奋和错愕交杂而已,没什么大问题。她对自己的分析充满信心,确定蕾平静下来后一切都会船到桥头自然直。艾米转身重新面对自己的电脑,鼓起勇气准备向那位充满敌意的服务生再要一杯咖啡。

"抱歉,小姐。"一个男人的声音从艾米右肩上方传来,可是艾米以为是另一位酒店职员又要来纠正她,决定不去理他。

"对不起。"声音继续传来,"请原谅我打扰你。"

艾米抬头做出无比厌烦和被打扰后极度不高兴的样子,可就在她用恼怒的语气说"干吗"时,她就已经后悔了。从上向下看着她的是一位长着经典帅哥面孔的男人,他长着茂密的头发,眼角有些笑纹,露出一嘴白牙,笑容自然,无论谁都会被他吸引。他没有那种让人窒息的俊美或是电影明星般的性感,可讨人喜欢的外表配上自信的举止,让艾米觉得只要是地球上的正常女人都会认为他很迷人。

"嗨。"她怯生生地说。中大奖了!她这么想。放荡之旅的第一位候选人。

他又露出一个笑容,带着询问的表情往她身旁的座位移动。艾米点点头,看着他坐下。他比她刚才所想的年轻,也许不到三十岁。她迅速地打量他,磨练多年,这几乎成了本能。她把他所有的优点都看清楚了。剪裁合身却又随意的水蓝棉毛衫配上白领子衬衫。质感很好的牛仔裤,裤子上看不见一个多余的破洞、水洗漂白、标志、饰钉、刺绣或宽大的口袋。简单却优雅的咖啡色休闲鞋。普通身高、体格健壮、肌肉不会过度发达,打扮整洁却有男子气概。如果硬要挑毛病,他的牛仔裤显得稍微紧了点。话说回来,如果有人要勾引欧洲男人,过紧的牛仔裤必然代表有风险。

艾米被他的主动接近打动了，毕竟她至今在法国讲过话的男人都是在考斯特酒店上班的人。她面带微笑："我是艾米。"

他露齿微笑，朝她伸出手。没有戒指、没有咬指甲的痕迹、没有擦指甲油，这些都是好兆头。"保罗·威克夫。我注意到那个混蛋对你讲的话……"

可恶。她无法反驳残酷的事实：虽然保罗穿着有花纹的牛仔裤、举止谈吐很有教养，而艾米自己也有着迫切的进一步交往的愿望，但保罗讲的确实是带美国腔的英文。毫无疑问，他在美国出生长大，另外最有异国风情的可能性，顶多就是出生在加拿大。她失望极了。

"……是不是很不可思议？"他这么说，"我每次都很惊讶，居然有那么多人愿意付钱来这里被粗鲁对待。"

"原来不止我一个人？"艾米问道，稍微放松一些，原来这间酒店没有特别针对她。

"当然不止。"保罗向她保证，"他们对所有的房客都如此粗鲁，这是他们唯一坚持的一件事。"

"哦，谢谢你告诉我。我原本心情都开始低落了。"

"很高兴能帮上忙。我第一次待在这里时被吓了个半死。我父母以前带着我们环游世界，我几乎是在酒店里长大的，可是只要在这里待上一天，就让我觉得自己是个白痴。"

艾米笑出声来，早就忘了保罗已经失去了做床伴的资格。当然，如果不是因为打赌的条件，仅仅交谈了四分钟她就知道他会是个完美的丈夫。可是不行！不行，可恶！她不能再这么做。上床可以，交往不行。她不断对自己重复这两句，同时又忍不住幻想自己穿上 Monique Lhuillier 的婚纱（无袖、有肩带、长度到地板、配着玫瑰色腰带），完美的婚宴菜色（由祖传的西红柿色拉开始，接着可以用烤黄金鲔鱼或松阪菲力牛排当主菜）也在她脑海里跳跃。

"很高兴知道自己并不孤单。"艾米喝完咖啡,把汤匙舔干净,"为什么你们家常旅行?"

"一般性的解释就是,我是军人子弟或是外交官之子,可这都不是主要原因。大部分时候我父母只是受不了一直居住在同一个地方,他们两位都是作家,所以我们老是在搬家,实际上我是在阿根廷出生的。"

艾米马上意识到这个信息有多重要。"这表示你是阿根廷人?"

保罗笑起来。"除此之外,还有其他各种国籍。"

"什么意思?"

"我算是阿根廷人,因为我父母都忙着写书时我在布宜诺斯艾利斯出生,在那里住了几年,直到后来我们搬去巴厘岛为止。我爸爸是英国人,所以我出生就有英国籍,我妈是法国人,可是他们的公民法就和他们的客服一样很令人头痛,所以我从没去申请。听起来可能很有意思,可是我向你保证,实际生活中这可是一团乱。"

"可是你的口音听起来很像……美国人。"

"是啊,我知道。从幼儿园开始,我在我们住的每个国家读的都是美国学校,然后我又去了芝加哥读大学。我爸最受不了我的口音像个土生土长的美国人。"

艾米点点头,并且试着厘清她听到的信息,这样今晚写给朋友们的报喜邮件才会无懈可击。

"你想喝烈一点的饮料吗?"保罗问,"听完我的长篇大论后,我想你可能需要。"

"你想喝什么?"她回应,故意抛个媚眼,身体往前倾。上床可以,交往不行。

他笑着说:"不是什么不好的饮料。只是把咖啡换成红酒而已。"

他们共享了一瓶浓郁顺口的红酒,强烈的丹宁酸让艾米嘴巴里涩涩的。是波尔多红酒,她敢打赌,虽然现在不如几年前,她已经没办法猜出酒的年份了。以前她曾花了半年时间在法国旅游，在不同的餐厅打工和参观葡萄园。波尔多从来不是她最喜欢的酒，可今晚她喜欢它的味道。他们聊得兴高采烈，又喝光了另一瓶，这期间艾米已经开始幻想他们度蜜月的情况（在塔希提波拉波拉岛的海边豪宅，有露天亭子当卧房，还有私人泳池；或是非洲狩猎之旅，他们在被蚊帐笼罩的床上做爱，坐在黑色的路虎揽胜豪华越野车里，导游在经过大象和狮子前提醒他们要多注意），两人轻松地打情骂俏，直到艾米随口问起保罗对小孩的感觉。

他的头马上抬起来。"小孩？什么小孩？"

难道她没有自己想的那么含蓄吗？一定是红酒影响了她的判断力。她原本以为可以问他是否有外甥或侄子侄女，然后很自然地打听他对自己生小孩的意见……难道她的用意听起来比她设想的要明显？

"哦，没什么特别的。"艾米说，"他们很可爱，不是吗？这年头很多人不想生小孩，我只是不能想象为什么而已。当然，不是说马上有小孩，可我确定我要生，你懂吗？"

这段个人意见似乎提醒了保罗，他有一个刚刚忘记了的约会要赶去。

"是啊，我想也是。等等，艾米，我跟朋友的约已经迟到很久了。"他看着手表说。

"真的吗？现在？"这时快半夜了，但感觉像是凌晨四点。她微醺且愉快，决定要像个性爱独立的女人那样勾引保罗。虽然实际上她只想到楼上继续他们的谈话，躺在舒服的棉被下懒洋洋地聊天，然后亲吻到天亮。她会把头靠在他的胸口，他会玩弄她的头发，偶尔用强壮的手把她的下巴托起，温柔地让她凑上去亲吻他的嘴唇。他们会嘲笑对方愚蠢的笑话，分享秘密，谈论世界上他们最想造访的地方，希望有一天（毕竟，这只是他们共度的第一个夜晚）他们会一同造访所有的地方。他们会睡到快中午才醒来，保罗会对艾米说她睡眼惺忪的样子有多可爱。他们会叫客房服务送来早餐（酥脆的可颂面包、新鲜的橙汁、咖啡和全脂牛奶，还有一大盘丰满多汁的小红莓），然后订他们当天的计划……

"你还好吗，艾米？"保罗把几根手指搁在她手上，"你还清醒吧？"

"对不起，你刚才说什么？"

"我说我得走了，本来和朋友约十点，可是……呃……我分心忘了时间。"他不好意思的笑容让她的心抽动了一下，"要是平时我会约你一起去，我会坚持这么做。可是，嗯，实际上我要去的是前女友的生日宴会，要是我带……某个人去，她会不太开心的。你懂吗？"

艾米脑里的投影机突然停止不动。屏幕上他们一同欢笑、搜寻迷你吧台找酒的场景，被她一个人孤独地待在房间里，身穿满是小洞的灰色T恤，边看CNN的重播边朝嘴里塞法国小红莓的场景所取代。

她勉强挤出笑容说："不会不会。当然。我完全了解。带另一个女人去参加不但奇怪，也太不顾她的感受。而且我现在正在倒时差，老天，像几吨重的砖头压在我身上。明天我还得早起，根本没办法参加。"不要讲了。她告诉自己。你差点就要告诉他你的比基尼线那里长了可怕的疱，自己又不小心把它抓出血，现在看起来像是得了什么可怕的病；或者是今晚喝了那么多咖啡，然后又喝了那么多酒，现在胃很不舒服，所以虽然他把你甩在一旁令你失望透顶，却也让你松了口气，因为你可以有点时间去上厕所了。马上闭嘴！

保罗对服务生招手要他们的账单。

"不用，请让我来吧！"她说着强行把手伸到桌子另一头。雪莉·巴瑟重新混音过的音乐从他们背后的扩音器里传来，艾米吃惊地注意到这个大堂酒吧已经变成了名流聚集的亮眼地方。

"我很抱歉就这么走了，可他们是我最老的朋友，已经很久没……"

"这个自然，你不用担心。"她已经接受了得一个人上楼的事实。想到和保罗上床是与朋友们的约定就觉得很可笑。她在骗谁啊？这根本就不是她的本性。这对其他女孩来说也许没问题，对阿吉亚娜那种类型的女孩来说简直是棒极了，可艾米并没有这种能力。她想要认识对方，彻彻底底地认识，希望性爱自然地发生，而不只是一时冲动。话说回来，反正她整个星期都会在这里，也许他们明天可以一起吃晚餐……哦，等等，她明晚有个会要开。好吧，那他们只能晚点出来喝一杯了。也许就从这间酒店的酒吧开始慢慢发展，因为这是最方便的，然后漫步在迷人的石头步道上，走进巴黎最棒的小餐馆吃点薯条当宵夜，喝杯健怡可乐。到明天这时，他们可能已经共度了好几小时的时光，也许已经在浪漫的路灯下接吻了。仅仅是温柔的吻，柔软、轻巧，不用到舌头，没有更进一步的压力。是啊，这样就很完美了。

他陪她走到酒吧昏暗角落的小电梯前，像热恋中的情侣般依依不舍。

"很高兴认识你，艾，或者艾米。其他人怎么叫你？"

"都可以。我最好的朋友都叫我艾，我很喜欢。"她对他露出最甜美的笑容。

"嗯……呃……我早上就要离开了，所以我想这就是道别了吧。"

"真的吗？你家在哪里？"她这才意识到自己都不知道他住哪里。

"很不幸，不是回家。我要去日内瓦两天，然后到苏黎士，到时再看情况。"

"听起来很忙。"

"是啊，行程很紧凑。可是，很高兴认识你。"他面带微笑停下来，"不过我刚已经说过了吧？"

艾米告诉自己，她的喉咙哽咽是因为时差、经前症候群发作，以及喝太多酒造成的，跟保罗一点关系也没有。她担心如果开口，会忍不住哭出来，所以只点了点头。

"好好休息吧，不要让考斯特这些人随便欺负你。答应我？"

她再次点点头。

他把她的脸抬高,有一刻她确定他要吻她。但他只是看着她的眼睛微笑,亲吻她脸颊后转身离开。

"晚安,艾米。好好照顾自己。"

"晚安,保罗。你也是。"

她踏进电梯。在门关上前他已经转身离开。

"肥婆!肥婆!肥婆!"那只可恶的鸟在鬼喊鬼叫。星期六早上五点四十五分时它就像人类婴儿一样醒了,然后不肯继续睡觉。阿吉亚娜试着哼歌给它听、喂它、抱它、和它玩,最后把它锁进客房浴室,关掉灯,可那只有翅膀的猛兽还是不断用言语攻击她。

"胖女人!胖女人!胖女人!"它高声说话,头像汽车仪表板上的摇头狗一样不停晃动。

"你给我听好,你这个小混蛋。"阿吉亚娜咬牙切齿地骂,她的嘴巴几乎贴在鸟笼的铁条上,"我有很多特点……很多低劣的特点……但胖不是其中之一。你听懂了吗?"

鸟把头歪向一边,好像在考虑她的问题。阿吉亚娜本来以为它同意了,于是心满意足地走回房间睡觉,可还没走出浴室那只鸟又开始叫了。这次声音比较小,她敢发誓。这次它叫的是"肥婆"。

"你这个混蛋!"她尖叫,几乎撞上笼子,还得使出每一分意志才能控制自己不把笼子丢出二十六楼的窗户。那只鸟却只是好奇地看着她。"我的天啊!"她自言自语地说,"我居然在和鹦鹉讲话。"

阿吉亚娜一直以为艾米对这只鸟的反应过度,直到这一刻,她因为它严重睡眠不足,气得快要爆炸,这才了解跟这只动物住在一起是多倒霉的一件事。

她在衣柜里翻找大毛巾,看到一条可以用的床单就赶忙抓住,用它盖住鸟笼，还把床单边压在鸟笼下面。阿吉亚娜稍微有点担心它会没办法呼吸，可还是决定承受可能造成的后果。她把浴室窗帘拉上，再把灯关了。奇迹似的，鸟终于闭嘴了。等到她重新盖上棉被，重新贴好小黄瓜眼膜时才松了口气。谢天谢地！

电话响起时她还在恍恍惚惚，下意识就把它接了起来。

"阿吉？你还在睡吗？"吉尔斯那与其纤瘦体型不搭的低沉嗓音从电话另一头传来。

"我们今天的约是下午一点。现在才早上十点，你打电话给我干吗？"

"哦，哦，有人发起床气了。"他唱着，听起来很开心。

"吉尔斯……"

"对不起。听着，今天午餐的约得取消了。我知道自己是个讨人厌的朋友，可我有个更好的提议。"

"更好的提议？先是那只鸟叫我肥婆，现在你又取消约会，还说你有更好的提议？"

"那只鸟？什么？"

"算了，好好开导我吧。有什么比切好的色拉、血腥玛丽和修指甲更棒的？"

"哦，我不知道……像是一辈子只有一次的机会？你准备好要听了吗？"

"准备好了。"阿吉亚娜说，努力让自己听起来不那么感兴趣。

"经纪公司打电话告诉我，里卡多被困在伊维萨岛的拍片场，今天没办法赶回来开工了。"

"嗯。"阿吉亚娜隐约记得吉尔斯和里卡多是夙敌，虽然她觉得这个看似激烈的竞争其实是吉尔斯单方面的奋战，里卡多本身似乎很愿意接受经纪公司所分派的顶级工作。他为大部分好莱坞明星服务过，每年各大颁奖典礼前的工作都排满了，而且是在一年前就排满了。这两个男人一起上美容学校,一起在麦迪逊大道上的发廊打工,虽然两个人在差不多的时候出道,但里卡多不知道什么时候起俨然已成为明星造型师。

"你猜今天预约的是谁?"吉尔斯听起来紧张得要命。

"会是谁啊?哦,我知道了,专业摄影师。"阿吉亚娜假装很用心在猜。

他不理她。"好吧,我知道你对我去《城市居民》片场帮安吉丽娜做头发的事没什么兴趣,他们说这将是她最性感的一部戏。我本来想邀你一起去见识见识的,可我看你大概没兴趣吧……"

"安吉丽娜?安吉丽娜·朱莉?"

"就是她。"

"她最性感的电影?"

"他们说这会让《史密斯夫妇》看起来像《音乐之声》一样单纯。"

阿吉亚娜喘口气。"你觉得布拉德会在那里吗?"

"天晓得,什么都有可能。听说她很有可能会把马多克斯带来。"

马多克斯?真是有趣的情况。阿吉亚娜不喜欢小孩,尤其是那些吵吵闹闹的,还有那些鼻涕流个不停的。可是她爱死了布拉德和安吉丽娜那一大家子。那些尖叫和鼻涕当然不会出现在《美国周刊》的报道里,可阿吉亚娜确定这些小孩与众不同,他们内敛、庄重,甚至可能老于世故。另外,任谁也无法否认,这些孩子都具有独特的风格。她很想亲眼看看安吉丽娜领养的那个可爱的柬埔寨小孩,如果能看到帕克斯也很值得,可是没有其他人能与马多克斯相提并论,就算是扎哈拉或希洛都不行。她马上跳下床,开始在衣柜里东翻西找——去片场该穿什么才适合?

"我一定要去!"她尖叫,平素高不可攀的形象全部瓦解,"在哪里?什么时候?"

吉尔斯大发慈悲,忍住没嘲笑她。"我就知道你会感兴趣。"他故意不慌不忙地说,"一个小时后在王子街和莫瑟街的街口见。我不确定化妆车会停在哪里,你到了以后发短消息给我,我会来找你。"

阿吉亚娜把电话挂掉，赶忙去冲了个澡。她不想让自己看起来像是精心打扮过，于是抹一点柠檬香味的婴儿粉在发根上，没有洗头，就让她的头发保持性感的波浪。她舍弃平常用的修饰用粉底，改抹上一层淡淡的保湿乳液，搽点唇蜜在脸颊跟嘴唇上。在眼角扫上一点白色亮粉（这是她母亲当模特儿时学到的家传密技），又配上一层咖啡黑的睫毛膏，这样脸妆就算完成了。她照了照挂在墙上的镜子，确认看不出化妆的痕迹，却让她看起来精神饱满、神采飞扬且美丽。

阿吉亚娜花了比较多的时间挑衣服。在找到最适合的那件衣服前，她扔开了两件洋装、一件有皮带的长款束腰上衣、一条紧身白色裤子。她终于找到了理想的行头：一条合身的Levi's牛仔裤，可以提高并展示她的翘臀；两件可以穿出层次感的薄背心，再配上这一季的Chloé扣环皮鞋。她拜遗传和长时间在里约沙滩上晒太阳所赐、永远都是小麦色的肌肤，与她的白色背心和自然及肩的秀发形成了鲜明的对比。她最后套上刻意不对称的金手镯，选了一对小巧不起眼的金色耳坠，完成了所有打扮。和吉尔斯通完话的四十五分钟后，阿吉亚娜轻声穿过客房浴室朝大门走去，不愿吵醒那只睡着的鸟。

"啊……呃……"

她听到翅膀拍动和尖锐的叫声（声音不明显，可更让人担心），接着是更混乱的击打翅膀的声音。老天，她把浴室门打开，心想那听起来像是它要死在里面了。

"你现在不能死。"她对着被单遮盖住的笼子说，"至少有礼貌一点，等我见到马多克斯以后再死。最好等艾米回来再死，我可不知道该怎么处理一只死鸟。"

没有动静。然后是一阵痛苦异常的叫声。她从没听过这种声音，那种悲痛欲绝的音调让她吓了一大跳。

阿吉亚娜冲过去把笼子上的被单拉开，急着想让痛苦的动物安静下来。"怎么了,欧弟?"她对着笼子里说,"你生病了吗?"

欧弟歪着头,一点生病的样子也没有。阿吉亚娜知道自己受骗了。她离开浴室,还没走到玄关就听到欧弟在叫"肥婆",还偶尔停下来咯咯笑。

"去死吧,你这只有翅膀的浑蛋。我希望你受尽折磨痛苦地死掉,到时候我会在你的烂坟旁跳舞。"真是太让人生气了!艾米觉得把这只死鸟卖了或杀了不太人道,可这不表示其他人就得忍受这种折磨。好朋友在出差前的晚上惊慌失措地打电话来,说她认识的兽医已经不在自己的诊所收留鸟类了,你又能怎么办?任何稍微有点脑子的人都会像阿吉亚娜一样回答。一只动物如果不能让人吃、穿或者用,她都没兴趣,可艾米的焦躁让她最后还是屈服了。艾米说得很好,什么不需要花心思照顾欧弟,除了它偶尔心情不好时会乱叫外,阿吉亚娜可能连它的存在都不会注意到。是啊,不会注意!最近她搭电梯时老是会想自己的屁股是不是变大了,有时她宁愿走过二十条街而不是搭出租车,因为很显然她需要运动。都怪这只鸟,可恶的鸟。

运动和兴奋感让她抵达目的地时心跳加速,流了汗之后觉得身体黏黏的,可是这层水汽更增加了阿吉亚娜的美。好几个经过的男人都在猜她是不是早上刚做过爱,其他人则在想,如果能加入她的床上运动有多好。

她传短消息给吉尔斯后,过了一会儿他就出现了。他注意到一群助理站在其中一个拖车工作室外面看着他们,于是抓住阿吉亚娜的屁股,把自己下体贴近她,然后亲了她一口。"哇,你真美。"他说,"美得几乎让我希望自己能够喜欢女人。"

"是啊,亲爱的,我也是。如果你向我求婚,我会马上答应嫁给你。如果我明年还没找到老公,你愿意娶我吗?"

"很让人心动,我得承认。但这代表我的下半生必须献身给一个人,而且还是女人？我看还是把我阉了吧！"

"等等，我想到了。当然我们可以有完全开放的性关系，你可以和任何人上床，可我们仍然能一起参加家庭聚会，同时还能保有私人生活。我们会成为新的威尔与格蕾丝，听起来很不赖吧？"

"是不错，可是亲爱的阿吉，我能问一下这对我有什么好处吗？你忘了，我现在没结婚过的就是这种自由自在的生活了。"

"对你有什么好处？嗯，我想想。"阿吉亚娜的食指压在嘴唇上，假装在思考，"不知道啊……可以毫无限制地用我一辈子也花不完的信托基金？这算好处吗？"

吉尔斯单腿跪下，她的手到他的唇边。"阿吉亚娜·苏沙，你愿意嫁给我吗？"

她笑着把他拉起来。"再等一年，亲爱的。我有一年时间来找一位合适的丈夫……我是指一位愿意跟我上床的……如果找不到，你就和我凑成一对。听起来还可以吧？"

"我听得都激动死了，我发誓是真的，只要你再说一次'信托基金'这四个字。"

他带她走过半条王子街才宣布：他们今天不会见到安吉丽娜了。

"你在开玩笑？我特地起床洗澡，早上十点就换好衣服，有没有搞错啊？至少保姆把马多克斯带来了吧？"

"对不起，亲爱的。可我二十分钟后要去帮保罗·路德做造型，你可以进来看。"

阿吉亚娜哼了一声。"我猜他还算可爱。"

"还有，如果你听话一点，我会让你待到傍晚的拍摄时……"

"谢了，可是不用了。我要和那个做财务的男人约会。"

"哦，那个做财务的。知道了。不过今晚会很好玩的，他们要拍名模提拉·班克斯，还是性感内衣辑，他们还说纳奥米·坎贝尔会一起来……"

"不可能!"

"不骗你。"

"什么时候?"

"七点在天空摄影棚,拍完后可能还会去喝一杯。"

阿吉亚娜慢慢吐气,看着吉尔斯说:"我会去。"

"早猜到了。"他把车门拉开,让阿吉亚娜先走。一个她认不出来的小女孩耐心地坐在一张椅子上,背对着打光的镜子,一位矮胖的女造型师正用圆梳梳女孩的卷发。另外三张椅子好像才刚空出来。梳妆台上放着梳子、离子吹风机,还有所有能在美国买到的全套卡诗护发用品。

"吉尔斯,他们提早三十分钟拍摄,因为托比亚斯今天要提早走。"造型师的声音压过了吹风机的噪音,"这里我可以照顾,你怎么不去化妆车那边?"

"我正要过去。"吉尔斯把一个超大手提袋背在肩上,示意阿吉亚娜往外走,"我们这就出发吧。"

他们走到时,那边已经开拍了。两人身上带的东西连续被三位助理检查过。

"这地方比汤姆·克鲁斯家还难进入。"他们进去后阿吉亚娜低声说。

吉尔斯微笑,但仍保持警惕,小心跨过一堆缠绕在一起的电线和延长线。"你到之前,我还看到他们对邮差说,在他们拍完前不能送信来。"

拍摄现场位于苏活区一个传统风格的巨大阁楼上,有挑高的天花板和外露的砖头,还有各种刻着吓人表情的雕塑。工作人员搭了一张有四根金属支架的大床摆在客厅火炉前面。新潮的咖啡色和淡黄绿色床单,配上同色系的小床头柜,看起来就像杂志目录一样。可更让人感兴趣的,是那个躺在床上、将近全裸的女演员。

"片场里不要讲话!"一个浑厚的男声从上面传来。

吉尔斯抓着阿吉亚娜的手腕,一动也不敢动。

"开拍!"另一个声音喊道。回应的和声在房里不断接续。

"开拍!"

"开拍!"

"要开拍了!"

"准备——开始!"阿吉亚娜转身看着说最后两个字的人。他坐在片场另一头,戴着一对巨大的耳机,身体从椅子上往前倾,一心一意地看着监视器。站在他旁边的是一个年轻女孩,正在记事板上勤快地记着笔记。阿吉亚娜猜这是导演,这部电影的上帝。她往左挪了几英寸,看到那个男人背后椅子上写的名字,确认自己猜得没错,椅背的黑色布料上用大写字母拼着"托比亚斯·拜伦"。她没想到他看起来那么年轻,他的履历上写着的似乎是六七十岁的人才会有的丰功伟业,可这男人看起来还不到四十岁。

这是一段二十秒的场景,女演员穿着敞开的衬衫跟白色棉质内裤在床上看书,看起来却比穿丁字裤更性感。她轻柔抚摸自己的腹部,随意翻页,这时阿吉亚娜才发现这个女的原来是安吉丽娜的替身。

"停!"托比亚斯喊道。吉尔斯马上直接冲向女演员,用手指帮她弄头发。他似乎没注意到她手肘撑着头,头往后仰,好像正在出神。

几分钟后现场恢复原状,重新喊了一轮"开拍"和一声"开始"。只是这次,那位男演员正要俯身压在女孩身上时,忽然有手机铃声响起。手机的主人不是别人,正是阿吉亚娜。四十个人同时瞪着她,看她不慌不忙地在包里翻找,在看了是谁打来的以后才慢条斯理地关掉。

"暂停!"托比亚斯吼道,"什么乱七八糟的,以为这是在闹着玩吗?把手机都给我丢掉。现在我们从费南多进场开始。马上接下去……开始!"

这次演员们完全达到了导演的要求,托比亚斯很不情愿地让大家休息了。吉尔斯紧紧抓着阿吉亚娜的手,指甲都掐进了她的掌心。她知道他准备大发雷霆了,他特别喜欢大吼大叫。可是在他把她拉到外面好好骂一顿前,托比亚斯已经把他们拦了下来。他的耳机挂在脖子上,皱着眉头,生气地用力摇头,而其他工作人员都尽可能逃得远远的。

"你是谁?"托比亚斯质问,眼睛直直地盯着阿吉亚娜。

吉尔斯喋喋不休地讲了一大串:"对不起,拜伦先生,我可以向您保证,这种事情绝对不会再发生……"

托比亚斯挥手打断吉尔斯,可是并没有把注意力从阿吉亚娜身上移开。"我问,你是谁?"

他瞪着她,阿吉亚娜也瞪回去,他们两个互瞪了将近三十秒,一句话也没说。阿吉亚娜欣赏他的胆识,大部分男人在她不爽、不讲话的时候都会慌张不安。她也很喜欢他结实的体型,身高在男人中很普通,六英尺左右,可是紧身T恤却让他的上半身看起来更魁梧。就她所见,他的肤色跟又黑又密的头发都是真的,她也喜欢他身上的气味,那种洗衣柔软剂和内敛的、有男子气概的古龙水混在一起的味道。

她尽最大努力不表示歉意,直直看着他的眼睛说:"我的名字是阿吉亚娜·苏沙。"

"哦,那就说得通了。"

"什么?"她想到也许这个男人认识她的名模妈妈,所以对阿吉亚娜大小姐般的态度不感惊讶。影艺圈的人把她的姓与美貌联想在一起已经不是第一回了。

"这说明了为什么像你这样的年轻女孩会用乔安·吉巴托的音乐当手机铃声。你是从里约热内卢来的?"

"是圣保罗。"阿吉亚娜满意地说,"可是你看起来不像巴西人。"

"不像吗?是因为名字还是鼻子?"他总算微笑了,"并不是只有巴西人才懂得欣赏巴萨诺瓦音乐。"

"对不起，我还不知道你的名字呢。你是？"阿吉亚娜故意睁大眼问道。她从多年的经验中知道，如果把那些过度自信的男人毫不在乎地踩在脚下，他们就永远属于你了。

他的微笑消失了一会儿，然后才露出开怀的笑容，笑容明显在说：嘿，碰到对手了啊？我喜欢。虽然当时他没有马上向她要手机号码，但阿吉亚娜百分之百确定她会再听到托比亚斯·拜伦的消息。

"你怎么不说话？"罗素问道，这时他开车行驶在像酒店停车场一般密集的车阵中。谁叫他固执地不想去避开堵车高峰。他们不仅选在拥堵高峰离开市区，而且是在夏天周末的尖峰时间。

蕾叹气。再过三天就是她期待已久的星期一晚上，再三天就好。"还是这么可怕。"

"他们真的没那么糟，甜心。我得说，我真的不懂他们为什么会让你这么难以忍受。"

"嗯，那是因为你才见过他们五次，他们知道怎么给人好的第一印象。在你真正认识和信任他们前，他们不会讲你坏话。一旦你进了圈套，到那时……你就得小心点了。"他替她的父母辩护令她不太高兴，于是低头在iPod歌单里翻找并把音量调到最大。没多久，约翰·梅尔的《等待世界改变》就从扩音器里传了出来。

他们坐在罗素全新的揽胜路虎豪华越野车里，而她一点都不开心。几个月前他询问她喜欢什么样的车时，她只是耸耸肩。

"住在纽约的好处就是不需要开车。干吗这么麻烦？"

"因为亲爱的，我想带你去过浪漫的周末，有车以后更自由，这对我们都好。除此之外，ESPN还会帮我付停车费呢。你喜欢什么样子的？"

"无所谓。"

"蕾，拜托。我们以后会和这辆车长相厮守，你真的没意见？"

"我不知道……随便一辆蓝色的吧，我想。"她知道自己很不配合，可是她真的不在乎。不管她喜不喜欢，罗素就是一心一意地想买车，所以她真的不想介入。

"随便一辆蓝色的？你太不可理喻了。"

他总算有点生气了，非常难得。所以她稍微退让一步。"亨利开一辆蓝色的丰田普锐斯，他很喜欢，说加满油可以开好久。有人说混合动力的福特翼虎也不赖，虽然是运动型多用途车，但造型看起来还不至于像一辆坦克。"

"你要我去开混合动力车？"

"不知道，随便吧。我也喜欢日产那款圆弧造型的……那辆叫什么名字？美罗？"

"美仑奴。你确定？"

"我不是已经告诉你我不在乎了吗？你却一定要逼我说。你想买哪辆就买哪辆吧。"

接下去在一段冗长的独白里，罗素讲了很多揽胜路虎豪华越野车的好处。他提到车的内装、外形、马力、独特性、时尚感、天气状况不好时的实用性（他刻意略过高油耗以及不易维修的严重问题，蕾也忍住不去指出来）。他很自然地进入主播模式，不断讲啊讲，保持生动且控制自如的男中音，眼睛直视前方且坐姿完美。这也是为什么他在电视上那么投入又那么有魅力，而当他们独处时却又是那么烦人的原因。她想，那些在罗素网站上留言并寄出撩人照片的女人们如果见到罗素的这一面，不知有何感想。帅气、专注，可是既高傲又无聊。

车开进她家车道时，罗素还在滔滔不绝地聊某些篮球运动员与球队间的合约问题。她的父母八十年代时不情不愿地离开市中心搬到格林威治，那年蕾的祖母过世，把房子留给了她唯一的儿子。蕾的父亲那时还是个新编辑，母亲也刚从法学院毕业，搬来这里他们就不必为房屋贷款而烦心。就算得搬离曼哈顿市中心,这种机会也很难放弃。于是,蕾从幼儿园开始就在这栋漂亮的老房子里成长,在周围的树林里玩一二三木头人游戏,在自家泳池旁办生日宴会,在洞穴般凉爽的地下室里把处女之身给了一个她记得名字,但容貌已经模糊了的男孩。即使如此,这栋有五间卧房的屋子已经很多年不像个家了。

蕾在车库顶头的键盘上按下安全密码(当然是1234),要罗素跟着她。她对母亲没有跑出来握住她的手,欣赏她的订婚戒指,擦干眼泪亲吻她唯一的女儿和未来的女婿有一点点失望,可她自己也知道,如果她妈妈真的这么做,她会觉得既丢脸又烦人。艾丝娜太太不是那种喋喋不休、爱哭的妈妈,这方面正是有其母必有其女。

"爸,妈,我们回来了。"她领着罗素来到改建成精致前厅的玄关,然后走进厨房,"大家跑到哪里去了?"

"来了。"她听到母亲的声音从客厅传来。过了一会儿她出现在他们面前,穿着她几百套有领Polo衫、卡其休闲裤跟鹿皮鞋中的一套,看起来轻便又优雅。

"蕾,罗素,恭喜!我真为你们开心!"她拥抱自己的女儿,踮着脚亲吻罗素的脸颊,"过来这边坐吧。这样我才可以好好看看这只亮晶晶的戒指,真不敢相信我得等整整十二天才看得到它。"

消极性攻击第一步,蕾这么想。

"很抱歉没有等您和艾丝娜先生回来,可是我很想在我们交往周年那天求婚。"罗素急着解释。

她的双亲昨晚才从每年六月为期三个星期的欧洲朝圣之旅回来,一回来就坚持要这幸福的一对来吃晚饭庆祝。

"没关系。"她母亲摇摇手,"我们懂。而且,这年头做这种决定的时候都不需要父母在身旁了,不是吗?"

攻击第二步。这已经刷新时间纪录了。

罗素清了清喉咙,有点不太自在。蕾很同情他,赶紧转移话题:"妈,可以来杯酒吗?冰箱里有吗?"

艾丝娜太太指着暗处角落里的红木柜。"保温柜里应该有几瓶霞多利白葡萄酒。你爸爸喜欢,可是我觉得太涩了。如果你们想喝红酒,得去地窖拿。"

"我想我们要红的。"蕾说,大部分是为了罗素。她知道他很不喜欢白葡萄酒,特别是霞多利,可在她父母面前他绝对不会表露出来。

"你们两个好好聊聊。"罗素脸上挂着他参加颁奖典礼时的笑容(他的节目去年确实荣获艾美奖"最佳每周棚内节目奖"),"我去拿酒。"

艾丝娜太太握住蕾的左手,直接拉到桌灯下。"嗯,他的确做足了准备。当然,你也是。罗素会是个好丈夫,你一定很开心。"

蕾不说话,不确定她妈妈是什么意思。照她的意思,好像蕾这辈子都在等这个时刻,这只戒指所代表的成功,是成为高中毕业学生致辞代表、名校康奈尔毕业,或是当布鲁克·哈利斯出版社的明星编辑都比不上的。她爱罗素,真的爱,可如果妈妈认为这是她一生中最大的成就,她还是会很受不了。

"真让人兴奋。"蕾勉强露出一个特别夸张的笑容。

她母亲叹口气。"嗯,我希望如此。难得看到你这么开心。你努力这么久才……要是能再早一点就好了。"

"……妈妈,你知道你在说什么吗?"你是在暗示我一直都很消极,而且年纪太大,你担心我永远嫁不出去吗?正在这么想的时候,罗素跟着艾丝娜先生进来了。

"蕾。"她父亲平稳的声音轻轻传来,"蕾,蕾,蕾。"他的头发已经全白,不过就像大多数男人一样,白发让他看起来更具成熟魅力。他前额、嘴边和眼睛旁深深的皱纹展现出经验与智慧,而不是那种该与整形科医生约时间解决的麻烦。就连他那件穿了三十年,还有补丁和拴扣的海蓝色羊毛衫似乎也比这年头大部分男人穿得更有品味。

他站在钢琴旁边的走道，用老是让她觉得被审查的目光看着她，好像在分析自己喜不喜欢她的新发型或她的穿着。在她长大的过程中，替女儿定规则的是妈妈——可不可以涂眼影、学校舞会该穿什么衣服、平常晚上外出时的门禁时间。可是她爸爸只需要随便扫一眼或批评一句，就会让她觉得自己得体或愚蠢、漂亮或丑得无与伦比、迷人或邋遢。当然，这些批评都不是随口说的，从来都不是。他说的每个字都经过考虑、衡量和精心选择，他对那些无法正确用字的人嗤之以鼻。虽然蕾想不起来爸爸曾经大声骂过人，可他无数次毫不留情地反驳她的论点和意见，让她到现在心理都留有阴影。

"他是个编辑。"当蕾难过的时候，她妈妈会这样安慰她，"语言文字是他的生命，他谨慎使用它们，也衷心喜爱它们。不要认为他在针对你，亲爱的。"蕾会点点头说她明白，发誓更注意下次该怎么表达，同时努力不把爸爸的话放在心上。

"嗨，爸爸。"她害羞地说。她听过艾米和阿吉亚娜叫她们的爸爸为"老爸"，却很难想象自己也可以叫得这么亲密。虽然他六年前就已经退休了，但查尔斯·艾丝娜永远都会是总编，直到他去世为止。十二年来，他以铁腕作风主导着帕拉蒙出版社，用他自己的话说，与现在大型出版公司的做法不同，他不搞手牵手鼓舞员工的无聊事。就连在家里他都尽可能地与家人保持距离，维持一贯的冷漠。秋季出版时间表、出版计划、助理编辑，以及来自公司高层的压力，甚至手下的作家们在工作几年后，都会变得不那么难以应付，而小孩则不同。蕾猜想这就是他为什么宁愿投身工作也不愿多陪孩子的缘故。直到今天，蕾仍试着与父亲保持距离，尤其注意不说出自己的心里话。

"我已经恭喜过未来的女婿了。"他边说边穿过房间朝蕾走来，"过来吧，亲爱的。请容许我恭喜你。"

父女间短暂拥抱，亲吻额头，双方都十分客套，缺少亲情的温暖。这个形式完成后，艾丝娜先生就催促他们去餐厅，开始发号施令。

"罗素，可以请你用吧台那个没有柄的杯子倒酒吗？卡罗琳，色拉要淋上醋。其他都弄好了，我不想在等的时候让食物变得湿湿软软的。蕾，亲爱的，你可以坐好放松一下，毕竟今晚是属于你的。"

她告诉自己没必要胡思乱想，可就是没办法摆脱被攻击的感觉。"好吧，"她说，"我会的。"

他们在吃芝麻菜和羊奶奶酪色拉时谈论蕾父母的欧洲之旅，吃牛排配芦笋和马铃薯时则聊订婚的事。罗素讲买戒指和计划求婚的趣事给大家听，蕾的父母比平常笑得更开怀，一切都有理有序，甚至可以说很愉快，直到蕾的手机在她甜点吃到一半时响起。

她从桌下拿出手提包，掏出手机。

"蕾！"她母亲斥责，"我们还在吃饭呢！"

"是的，妈妈，我知道，可这是亨利打来的。我失陪一下。"她拿着手机走到客厅，但想到这样大家仍可以听到她在讲什么，于是又躲到后面的露台上。她在关上门前听到她爸爸说："我从来没与星期五晚上九点打电话给手下编辑的老板工作过，除非真的大事不妙了。"

"你好。"她应道，心里暗暗觉得爸爸讲得对，并猜想亨利打电话来是要开除她。跟杰西·查普曼的谈论已经过去十天，虽然蕾道歉了无数次，亨利对她的态度仍然冷淡得很。

"蕾，我是亨利，对不起这么晚打给你。可是我有急事，等不到明天了。"

来了，她这么想，准备要听坏消息。在成为这家出版社史上最年轻的资深编辑前被开除已经够惨了，还要走回去告诉她爸爸这事，更让她觉得难过。

"没关系。我在我父母家，刚吃完晚餐，时间刚刚好。一切还好吧？"

亨利叹口气。完了！事情可能比她想的还糟。"你跟查尔斯在一起？好极了，他一定会很高兴的。"

蕾做个深呼吸，逼自己讲话："说吧。"现在她的声音听起来比较像鸭子在嘎嘎叫，而不像在讲话。

"你坐稳了吗？你不会相信的，我也不太相信。"

"亨利。"她小声说，"拜托你快说。"

"我刚才和杰西·查普曼通电话……"

哦，感谢老天，蕾这么想，总算可以放松了。他只是打电话来告诉我杰西·查普曼已经挑好合作的出版社了。她知道自己该在乎他是不是选择了布鲁克·哈利斯，可她现在其实已经心安了。

"……他决定要请我们出版他的下部小说。"

"亨利，那太好了！我好兴奋。我会再去向他道歉一次……"

他打断她。"我还没讲完，蕾。他让我们出版，可是有个条件，他要你当他的编辑。"

蕾刚准备说"你在开玩笑吧"，亨利又开口了。

"这不是在开玩笑。"

蕾试着吞口水，可嘴里像是含着棉花般干燥。兴奋、恐惧与如释重负的感觉混合在一起，让人难以承受。"亨利，拜托别这样对我。"

"拜托什么？你听到我说的了吗？《纽约时报》畅销排行榜作家，普利策文学奖得主，全球销售量五百万册，还有，过去几年直到此刻为止都销声匿迹的家伙——要求，不对，是指定要你，蕾·艾丝娜当他的责任编辑。"

"不会吧！"

"蕾，打起精神来。我不知道该怎么说。他指定你，而且只要你。他说从他成功以来没有人再对他讲实话。大家只会包容、宠溺他，对他说他很棒，可没有人（他的编辑、出版社到经纪人都一样）会跟他说实话。很显然他喜欢你坦诚对他这一点。我记得他是这么讲的,'那个女孩无法忍受废话,我也是如此。我要与她共事。'"

"'无法忍受废话?'亨利,我的工作就是在对作家们说他们想听的废话,虽然我有时候会说溜嘴,可是……"

"说溜嘴?"

"好吧,这么说好了,我常讲话不经过大脑,可我并不认为自己应该想到什么就说什么。仅仅是不经意时说溜嘴了而已。"

"哦,这我当然知道,可是我们的朋友杰西并不知道,他以后也不会知道。"他停顿下来,"蕾,必须说我和你一样吃惊,或许惊讶的程度更甚,可我希望你仔细听好,你有这个本事。如果我不是百分之百确定你能应付的话,我根本不会同意他的要求。你不仅能够应付,还会成功。你当然也不需要我来告诉你,这对你的职业生涯有多重要。这周末休息一下,好好考虑,星期一一进公司就到我办公室来,知道吗?我会支持你的,蕾。一切都不会有问题。"

回到餐桌边,她的家人正在讨论订婚宴会的事,她小声宣布自己将担任杰西·查普曼新书的责任编辑。

"哦,他要出新书啊?"她母亲在倒咖啡,"很好啊,距离他上一本书已经有好一阵子了,不是吗?"

罗素比较了解事情的重要性,可也不比她妈妈好多少。他当然表示支持,一直以来他总是很骄傲地向朋友和同事介绍她的工作内容。他知道蕾那天在亨利的办公室很有可能冒犯了杰西·查普曼,可是像杰西·查普曼这样的作家并不会出现在他的私人书单上。

不过,这都不重要。唯一了解这件事重要性的人一个字都没听漏。她爸爸看起来像是有人把他的肚子当沙包打了一拳,表情非常奇怪。"杰西·查普曼?那个杰西·查普曼?"

蕾只是点点头。这时如果开口,她无法保证自己不会洋洋得意起来。

他很快镇定下来，高举酒杯要庆祝，可蕾看出他眼中的怀疑与难以置信。她知道他在想，一定是搞错了，与他丰富多彩的职业生涯比起来，他初出茅庐的女儿是如此缺乏经验，却要担任一位大牌作家的责任编辑，而他自己还从没与那么有名的作家合作过。蕾差点要同情起爸爸来，只是差点。她这辈子第一次看到她爸爸——这位集舞文弄墨的文字工作者、伟大的导师、法官与陪审团多角色于一身的非凡之人，竟瞠目结舌得说不出话来。

装进去的东西，就算是真的

当其他美国人都把周末花在欣赏烟花表演以及在泳池旁烤肉时，艾米和朋友们却站在库拉索机场外的人行道上，试着思考她们的假期怎么会变得这么离谱。她甚至没发现自己的太阳镜已经从她头上被偷走了。那两个长发、长着青春痘的少年坐在轻型货车里，他们在几百英尺外停下来，把头和手伸出窗外，边朝她们挥动手里的眼镜，边用她听不懂的语言开心地喊着什么。艾米这才用手去摸摸头，确认太阳镜真的不见了。

"为什么那些小鬼对我们大吼大叫？"阿吉亚娜一脸茫然地问，"他们想把那副太阳镜卖给我们吗？"

回答这个问题似乎让艾米觉得十分艰难，她的舌头那时不太灵光，虽然要解释那是她的太阳镜应该是很容易的事，可她费尽力气却没有发出任何声音。蕾显然也没看清楚状况。"跟他们说你不需要太阳镜，你刚买了一副。"她含糊地说。

"可是我真的需要一副。"艾米沙哑地说。她不断朝那两个男孩的方向挥手，他们刚驶上大马路朝机场出口方向移动。"帮帮我们。"她听起来像电影《泰坦尼克号》里的罗丝，在救生筏上冻僵了，几乎失去知觉地在大西洋里漂流，虽然（感谢老天）她们现在并没有冻僵也没有漂浮在海上。

"打起精神来，姐妹们，我们得振作一点。这可是难得的假期。不是在办丧事,我们应该好好享乐。"阿吉亚娜一字一句地讲着,花了很大力气才把话说清楚。

这个假期比上次艾米参加的葬礼还要无趣很多,连食物都更难吃。可她什么都没说。毕竟,她们是来庆祝蕾订婚的,要是被她的乌鸦嘴破坏了,那可是个大罪过。就算整趟旅行在还没开始时就变成了一场噩梦那又怎样?你最好的朋友一生只会订一次婚(希望如此……如果这个订婚的朋友是蕾,那就绝对没错了),而她下定决心要让蕾度过一个真正开心的假期,就算把命豁出去也没关系(照现在这情形看,是很有可能"把命豁出去"的)。

她努力不去回想整个过程有多讽刺,可当她醉醺醺地吃了镇静剂,坐在加勒比海边的机场,当地小鬼还抢走她的太阳眼镜以后,她不得不好好思考一下,事态到底为何会发展成这样:她的前男友预先安排了这趟旅行来庆祝他们交往五周年,却为了一个处女拉拉队队长离开她,把机票扔给她当做补偿。艾米告诉自己,人要有点自尊,她应该叫他去死,叫他永远不要出现在她面前,可是钱统统都付了,最近她又因为新工作压力很大……好吧,她承认收下机票只是为了趁机暗示邓肯,自己会和新男友一起去。

"说真的,艾,去吧。行程统统都安排好了,钱也付了。这对你有好处。"她从巴黎回来一个星期后,邓肯过来拿他的DVD和内裤时就是这么对她说的。从工作的角度看,巴黎之行很完美,可她还在为保罗直截了当的拒绝而感到痛苦,更不要提是因为她谈到生孩子才把他吓走的。可恨的是,分手后邓肯看起来非常健康快乐,也许是她认识他以来身心状态最好的一次。浑蛋!

"什么?你和你的拉拉队队长还没准备好一起出游吗?还是婚前旅行也被禁止了?"

他叹口气,暗示他就知道艾米会这么说,他很快把整份行程安排交给她,在她脸颊上啄了一下。"去吧,去晒点太阳,我不想看到它被浪费。"

"谢谢,邓肯。我们会这么做的。"声调在"我们"两个字上加强。当然,他一点也没留意到!

浑蛋!

艾米很反感他居然敢鼓励她去玩,可她更厌恶自己居然听从了他的话。她根本就应当不理会整件事的,可后来当她告诉朋友们说她要一个人飞去荷属安的列斯群岛,她们都不太高兴。

"一个人?你怎么会想独自去那里?尤其是你两个最好的朋友就坐在这里,而且其中一个才刚订婚。你不邀请我们也太过分了吧。"阿吉亚娜不满地嗤之以鼻。

蕾比较含蓄一点。"拜托,又不是什么大不了的。除此之外,我正在编我第一位大牌作者的书,工作忙得不可开交,而且我觉得如果不理罗素自己跑出去玩,他会不高兴的。"

艾米点点头。"看吧!蕾很忙,我确定你也有,呃……很多事要忙。"没有人知道阿吉亚娜每天在做什么,可她们彼此心照不宣:永远不要问这个问题。"况且,邓肯只订了两个人的票。"

不管分手后她下了什么决心,艾米就是不想花时间去挑选男人或在当地夜店的桌上跳舞。巴黎之行以及与保罗之间发生的事对艾米自尊心打击很大,她现在最不希望听到的就是阿吉亚娜催促她去找男人。

"两个人和三个人有什么差别?所有问题,只要打通电话就可以解决了。还有,亲爱的蕾,我可不管你工作上有什么安排。至于罗素,他只需要了解你最好的朋友很为你们高兴,想祝你们幸福,这样就够了。"阿吉亚娜对她们露出最迷人的笑容,"就这样决定了。我们什么时候出发?"

她们离开纽约后情况每况愈下,虽然艾米已经记不太清楚细节了。她们搭早上六点从拉瓜迪亚机场飞往迈阿密的班机,然后阿吉亚娜不知道怎么居然说服大家放弃理智，在飞行中来了杯血腥玛丽，而且还是在早上九点前（虽然艾米不得不承认感觉还不错）。然后第二、第三杯很快下肚，等到她们抵达库拉索机场时，在迈阿密转机时的情形已经模糊不清。证明她们的确在迈阿密作过短暂停留的唯一有力证据——那副阿吉亚娜坚持让艾米在机场免税店购买的价值两百美圆的 Gucci 太阳镜刚刚已经随艾米的行李一起凭空消失了。可阿吉亚娜还在坚持认为是她和蕾吞下的小药丸正在发挥神奇的效用，行李、太阳镜，还有其他东西她都不在乎了。

在猛烈的午后阳光下，她们靠着阿吉亚娜和蕾的行李箱打盹儿。这两个行李箱都奇迹般地没有被偷，完好如初。

"我们现在在哪里啊？"蕾边问边随便地用橡皮圈绑头发，"我好像记不得了。"

阿吉亚娜抬头看了一眼。"牙买加？"

她们咯咯笑，另外两个人都知道牙买加不是正确答案，可就是记不得答案是什么。

艾米从随身行李里拿出行程表开始念："阿鲁巴、博奈尔、库拉索，荷属安的列斯群岛的三个大岛，距离委内瑞拉海岸约八十英里。人口……"

阿吉亚娜举起双手。"我快无聊死了。"

"我统统想起来了。"艾米口齿不清地说，"我们现在在库拉索。从迈阿密起飞的班机延迟了，还错过了到博奈尔的渡轮。我们被困在这里了。"

"姐妹们，不要那么沮丧好不好？"阿吉亚娜高声说，"我们的肤色很棒，还会碰到性感的荷兰男人。"她停了一下，"荷兰男人性感吗？"

"荷兰男人？我不知道牙买加有荷兰男人！"蕾用非常不像她的声音高声喊着。阿吉亚娜放声大笑，两个女人举手互拍了一下。

艾米的太阳穴阵阵作痛，皮肤热得像要烧起来。"大家打起精神来，我们得离开这里。"

她们稍微有些精神恍惚地下飞机，但总算意识清楚地走向了渡轮柜台，而麻烦也从此开始。艾米有礼貌地要买三张票。

"不行。"一位肥胖的、穿着宽松花长裙和拖鞋的黑皮肤女人一脸愉悦地回答她们，"取消了。"

"取消了？什么意思？什么叫取消了？"艾米尽量怒目而视，可她的下巴还不及台子高，因此效果大打折扣。

那女人微微一笑，一点同情心也没有。"没了。"

她们又花了一个小时才弄明白，这些岛屿间原先是有渡轮连接的，可是现在没有了。跨越三十英里的唯一办法是搭乘两家当地航空公司的飞机，而这两家航空公司却取了"博奈尔快递"和"大卫大卫航空"这种让人非常不放心的名字。

"我宁死也不要搭'大卫大卫'的飞机。"在她们站在两家公司并在一起的售票柜台前时阿吉亚娜宣布。这两家航空公司的柜台都是由一位员工和一张有轮子的小桌组成的。

"人随时随地都可能会死。"蕾说。她拿起一张手写的班机时刻表。"哦，等等，这应该会让你们觉得安心点。上面说，重新整修过的六人座飞机非常值得信赖。"

"重新整修？六人座？值得信赖？这就是这些人可以想出来的他妈的最好的形容词？你确定我们要把生命交给他们吗？"艾米即将崩溃，打算把这整件事忘了，搭下一班飞机回纽约。

可蕾还没讲完。"等等。你看，这里有张照片。"用钉书针钉在时刻表后面的正是飞机的高画质照片——一架色彩缤纷、几乎是荧光色的飞机。蕾把它递给阿吉亚娜，阿吉亚娜一脸厌恶地挥挥手，点了一根香烟。她深深吸了口烟后把香烟交给蕾，蕾下意识地伸手去接，然后才想到自己已经戒了。"

阿吉亚娜吐烟。"不要给我看那个,拜托。世界上没有任何理由可以解释为什么要把飞机搞得那样花花绿绿。"她又瞄了瞄那张照片,边吸烟边念叨,"天啊,还是架螺旋桨飞机,我才不搭螺旋桨飞机,我不能忍受螺旋桨飞机!"

"可是你一定得坐。"蕾哼了一声,"我们还需要你来决定选哪一家呢!大卫大卫六点有一班飞机,而博奈尔快递在六点二十分有一班,就是看起来像杰克逊·波洛克涂鸦的那架。你喜欢哪家?"

阿吉亚娜哀号了一声,艾米给蕾一个白眼。

阿吉亚娜在皮夹里翻找,把她的美国运通白金卡递给蕾。"选你觉得会让我们有最大存活机会的那家,我要去替大家找喝的。"

航空公司不接受信用卡,她们只好把荷兰盾、美圆和旅行支票凑在一起买了三张机票。艾米和蕾想找个地方坐,可这机场似乎什么设施都没有,连座椅都没有。整座机场大楼不过是个有很多灰尘的开放空间,而且很神奇地连一寸晒不到太阳的阴凉地都没有。她们累得不行,只好回到之前坐的人行道旁。说是人行道,其实也可能叫做走道、柏油路或停车场。她们就这样瘫倒在行李箱上,直到阿吉亚娜拎着塑料袋一脸骄傲地坐到她们旁边。

艾米从她手上抢过袋子。"我这辈子从没这么想喝水过,拜托你告诉我不止买了一瓶。"袋子里只有一个装着蓝色液体的玻璃瓶,"你买了开特力运动饮料而不是水?"

"不是开特力,亲爱的。蓝色库拉索。不觉得这看起来很好喝吗?"阿吉亚娜把芭蕾平底鞋脱掉,露出粉红色的、趾甲修剪完美的脚趾,然后把背心的下沿往上拉,夹到胸罩边上。尽管已经看过无数次阿吉亚娜平坦的小腹和毫无赘肉的腰,艾米还是忍不住直直盯着看。阿吉亚娜则很有礼貌地假装没注意到。她头朝着那瓶子点了点。"这是当地特产。

如果我们打算在起飞前把一切都忘掉的话，就该马上干掉它。"

蕾从艾米手上接过瓶子，照着标签念："蓝色库拉索是甜的蓝色酒精饮料，用干掉的苦橘子皮酿造，一般用于替鸡尾酒加色。"

"是啊，你想说什么？"阿吉亚娜问，她正专心地往已经是金黄色的肩膀上涂抹夏威夷美黑油。

"我想说什么？这只是有酒精的食用色素，我们不能喝这个！"

"真的吗？我可以。"阿吉亚娜把盖子转开灌了一大口。

艾米叹口气。"没有水吗？我好想喝水。"

"不骗你，这里真的没水喝。我找遍整个机场，唯一一家店面的铁门已经拉下来了，门口还有一个板子写着'关闭'——看起来是永远不会开门了。有个地方看起来曾经是间酒吧，也有可能是海关，里面有个区域原本看起来像要开餐厅，可现在却更像是混乱的巴格达市中心。只有大卫大卫登机门那里有一辆折叠推车，一个面貌和善的男人站在那里说他那儿是免税店。他有十箱里士满极淡烟、几条压扁的瑞士三角巧克力、一瓶占边波本威士忌，还有一瓶这个。最后我选了它。"她把瓶子递给艾米，"好啦，艾。放轻松点，我们可是在度假。"

艾米接过瓶子，瞪着它，然后喝了一口。那酒尝起来像液化甜味剂加上一点后劲。她又喝了一口。

阿吉亚娜微笑，骄傲得像孩子参加六年级才艺秀的家长。"就是要这样。蕾，甜心，你也喝一口吧。就是这样……现在，姐妹们，我有礼物要给你们。"

蕾强迫自己把酒咽下去，然后浑身打颤。"你那个表情看起来很眼熟，拜托告诉我你没有偷运某种违法的东西。如果眼前这建筑……"她伸手朝四周挥了挥，"……是国际机场，你们能想象这里的监狱是什么样子吗？"

阿吉亚娜丝毫不受影响，从牛仔裤口袋拿出一个红白相间、形状像颗大胶囊的盒子。她扭开盖子倒出三颗药丸，自己吞下去一颗，剩下的分给朋友们。

"妈妈的小帮手。"她唱道。

"安定？你什么时候开始吃安定了？"

"什么时候？从我决定要坐上看起来像游乐场过山车的飞机开始。"

艾米只要听到这个解释就够了。她和着蓝色库拉索吞下那颗小圆药丸，又看着蕾做了同样的事，然后一切都变得不那么重要了。

一个小时过去，然后又过了一个小时。艾米先睁开眼，看见她的小腿肚已经晒成有些脏的鲑鱼色，脚边地上还有六个空啤酒罐。她模糊地回想起之前有个男人朝她们走来，脖子上还挂着一个冷藏桶。他不卖水，可是他卖名字很怪的啤酒。当时觉得喝啤酒似乎是个好主意，可啤酒、蓝色库拉索、安定加上在华氏一百多度的高温下缺水，这可不是什么明智之举。

"阿吉亚娜，快醒醒！蕾，要登机了！"

蕾睁开双眼，似乎清醒过来了："我们在哪里？"

"快点，我们得赶快离开。比乘飞机更恐怖的事就是今天晚上睡在这里。"

这句话似乎把每个人都吓醒了，她们一同朝着正确的方向踽蹒而去。

"哇，这里安检真是太谨慎了。"蕾喃喃自语。她们三个朝着写有"大卫大卫，晚上六点"的黑板前进。"我就是喜欢这种不会用X射线机和金属探测器给旅客造成不便的机场。"

她们顺利登上六人座小飞机。上了飞机，阿吉亚娜把最后一口蓝色库拉索干掉，马上就靠着窗睡着了，驾驶员看到这一幕后投来一个奇怪的眼神。整段航程没有想象中那样惊险，但艾米与同行旅客在飞机安全降落时还是全部用力鼓起掌来。抵达时，她们向博奈尔机场订好的出租车当然早已不见踪影,而阿吉亚娜的硬壳化妆箱也在二十多分钟的飞行过程中凭空消失,可大家也都不在乎了。

"这趟旅程每搭一次飞机就不见一样东西,我们正好轻装成行。"阿吉亚娜边说边耸肩。

她们到达了酒店并从出租车里钻出来时,已经几乎二十四小时没躺下来过了,前后经历了酒醉、清醒、遗失两件行李,还在一座绝对不可能通过美国航空局安检的机场搭了一家名字听起来非常不靠谱的航空公司的飞机。幸好老天保佑,她们的酒店和当时邓肯给的照片上所显示的那个同样优雅宁静,当柜台服务人员把她们的房间升级为有两间卧室的套房时,艾米差点抓住对方狂吻一通。蕾已经累垮了,衣服都没换就倒在比较小的那间卧房昏昏睡去。阿吉亚娜看起来也打算那么做,可艾米决定先洗个澡再睡。

"阿吉,我能不能借你的睡衣?"艾米坐在超大的大理石浴缸里发问。她在水龙头下把整瓶沐浴乳冲进浴缸,现在浴缸里都是细致的泡泡,四周充满桉树叶的香气。

"随便你拿。只要留下那条淡紫色丝质衬裤和浴衣给我就好,那是我的幸运装。"

"你饿不饿?"艾米又问。

"饿死了。叫客房服务怎么样?"

艾米穿着旅馆的浴袍和拖鞋走进房间,在阿吉亚娜的行李箱里翻找,却只找到一条黑色吊袜带和一双网状丝袜。"你难道没有一条四角裤或别的什么吗?"

"艾米,亲爱的,四角裤是男人穿的。"阿吉亚娜强行让自己坐起来,手伸进行李箱里掏,"来,穿这个。"

艾米接过薰衣草色的丝质衬裤和性感衬衣举起来看。"……你一个人在家,想要放松一下时也是穿这个?"

阿吉亚娜楚楚动人地哼了一声。"才不，它们看起来像我祖母会穿的东西……事实上，我想这真的是她送的。我通常穿这个。"她拉出一条紫红色的三角裤举过头顶，丝料像流水般滑过她的肌肤。

艾米叹口气。"我不该恨你有完美的身材，可我实在是恨得不得了。"

"亲爱的，这些东西你也能拥有。"阿吉亚娜把自己的乳房往上托，性感睡衣的带子一路滑脱下去，露出她经过巴西式蜜蜡脱毛处理过的干净的下体，"只要花个一万美圆，在克拉姆医生神奇的双手下躺几个小时就行了。"她低下头又捏了一下乳房，"我很庆幸能在硅胶被认可合法后重做胸部。现在看起来自然多了，你不觉得吗？"

大二圣诞节假期回学校后，艾米就欣赏过，哦，见鬼，应该是膜拜过阿吉亚娜的隆乳。当然，四个月后，当其中一个的盐水袋开始漏水，事情就没那么完美了。那时艾米把阿吉亚娜送到急诊室，整晚陪着她，等整形医师来重塑她垂垮的左乳。可现在呢？看起来把盐水袋换成硅胶绝对是个正确的抉择——尽管这代表艾米得再花整整四天时间照顾朋友、陪她康复。阿吉亚娜的这对乳房毫无瑕疵、浑圆、尖挺，美得看不出一丝一毫的人工痕迹……呃，好吧，也许看起来还是稍微有点假，可以前不认识阿吉亚娜的那些人怎么会知道？阿吉曾笑着说过："装进去的东西，就算是真的！"当它们是他妈的如此完美时，真的假的，又有谁会在乎？

艾米想过不知道几千几万次，拥有这种胸部会是什么感觉。或者，老实说，拥有任何一种胸部是什么感觉。她向来很满意自己娇小的身材，而且年纪越大，她就越喜欢自己的身体——有多少女人能自然保持纤瘦？可是，即使她知道有无数女人向往她细瘦的大腿、小巧的臀部，以及毫无赘肉的上臂，她还是渴望了解拥有那种男人喜爱的柔软曲线、那种充满女人味的身体究竟是什么感觉。面对阿吉亚娜那种胸部，艾米满脑子都是性感的蕾丝胸罩、可以被身体撑起来的露背礼服，还有不需要衬垫的比基尼。阿吉亚娜绝对不可能去童装部买衣服，因为她的胸部塞不进小女孩的衬衫里。艾米梦想永远不用再听到"做个男人无法一手掌握的女人"这种广告词，梦想穿无肩带衣服时不需要先把胸垫塞进去撑着。还有，就算一次也好，让一个男人盯着她的乳沟而不是眼睛。

当然，她永远没有勇气去做，今晚当她凝视着阿吉亚娜的胸部时，她知道自己仍是个胆小鬼。她也了解自己向来是用纤细敏感的气质来吸引男人，而这都是因为她拥有的是娇小身体而非丰满乳房。她柔弱的身体让他们体会到自身的力量和男人味。

艾米叹口气，把头上的毛巾丢到地上。"算了，要不今晚就不吃了？我累到动不了了。"

阿吉亚娜把手摆在胸前。"还要问吗？今天少吃点，代表明天穿比基尼更美。"

"说得好。晚安了，阿吉。"

"晚安，艾。我希望你的梦里出现一堆外国帅哥，不要以为我们已经忘了你的承诺……"

在艾米回答前，她已经睡着了。

度假第二天，她们坐在泳池旁，在阿吉亚娜从海滩包里拿出香烟的过程中，她一直感觉到蕾注视的目光。阿吉亚娜点燃香烟后慵懒地吸了一口，她知道在很想抽烟的人面前做这事，对那个人来说是种折磨——管她的，她们现在在度假。而且蕾又不是不能现在稍微享受一下，然后回家再戒一次，毕竟阿吉亚娜就是这么做的。

"要来一根吗？"阿吉亚娜带着调皮的笑容问，手朝蕾躺椅的方向一摆。

蕾瞪了她一眼，但身体很快往前倾。"只要让我闻闻就好。"她说这话时把脸凑到烟升起的地方。她呻吟着，声音比往常更低沉。"老天，真舒服。如果我知道自己只剩下一年、五年或十年的生命，我发誓第一件要做的事就是去买包烟。"

艾米摇摇头，几缕头发从马尾里松开。她边调整自己的泳衣（运动型的两件式泳衣，看起来更像运动衫而不是比基尼）边说："你们两个真是讨厌。没有人告诉你们抽烟是个坏习惯吗？太恶心了。"

"你今天真是太可爱了。"蕾说。她喝光剩下的橙汁，把手提包摆在躺椅上。"老天，我等不及要晒太阳了。你们能相信现在都已经是七月了，而我整个夏天都还没出过一次门吗？"

阿吉亚娜夸张地上下打量蕾。"哦，你也许不知道，"她说，"半透明的蓝色真的很适合你。"

"随便你取笑吧。"蕾几个星期来第一次看起来这么开心，"二十年后我们再来比比看，到时你们两个皮肤癌的肿瘤都从脸上凸起来，还要用一大堆肉毒杆菌来抚平皱纹。我简直等不及想看了。"

阿吉亚娜和艾米兴趣盎然地看着蕾把防晒用品从手提包里井然有序地拿出来，两个瓶子外加一个盒子。她先是从肩膀到脚趾都抹上一层防晒系数五十的娇韵诗防晒霜，然后把黑色比基尼往后拉，抹在被泳衣遮住的皮肤上。完成这项繁复的程序后，她又往身上喷露得清防晒露，防晒系数一样是五十，以确保"没有漏掉任何地方"——她对两位聚精会神的观众这么说。蕾成功把身体抹满、洒满防晒产品之后，又开始防护面部，抠了好多法国进口的脸部防晒油往双颊、下巴、额头、耳垂、眼皮和脖子上抹。她把头发挽成一个松散的发髻，戴上一顶大得像桌子的草帽和一副巨大的黑色太阳眼镜。

"嗯。"她呼口气，把手压在头上，以免帽子被吹掉，"真是舒服。"

阿吉亚娜看了艾米一眼，然后翻了个白眼，两人相视微笑。不可否认蕾很古怪，可那个小小仪式充满了蕾的个人风格，让她们看得很心安。

"好了,姐妹们,闲聊够了。我们有正事要讨论。"阿吉亚娜宣布。她知道蕾不想谈论订婚的事,前天在海滩晒太阳时她就表达得很清楚了。那时她焦虑地不断提到那个老板刚派给她的知名作家,却只用一个字带过即将到来的婚礼。那种焦虑她们早就看惯了,也早已学会把蕾的焦虑不当一回事。这些年来她们总是听蕾说"我期中考考砸了",还有"我一定没办法及时把手稿看完",但大学时期她们一直看到她得 A^+,工作上则不断获得升职。阿吉亚娜决定放她一马,不过,仅限现在。

"我不懂你的工作,蕾,可是我想知道更多有关艾米巴黎之旅的细节。"阿吉亚娜说着把目光投向艾米,"巴黎可是号称爱之城的地方。我可是很期待听到不少故事。"

艾米嘟囔着,把平装版的《伦敦是美国最棒的城市》摊开摆在胸前。"要我说几遍啊?根本没什么好说的。"

"骗人的。"蕾说,"你提到一个叫保罗的男人。这个名字听起来不像是个外国人,也许你可以多透露点?"

"我不知道为什么你们老是要我重复这段。"艾米不悦地说,"简直是折磨人。我把整个故事都告诉你们了:保罗是半个阿根廷人、半个英国人,穿衣服很有品味,到过很多地方,总体来说迷人又有吸引力,然后他选择参加前女友的宴会,而不是跟我上床。"

"我确定一定有另一种解释,也许他只是……"

阿吉亚娜插嘴打断了蕾那一连串安慰人的设想。"拜托,那天晚上会变成那样只有一种解释,当然首先我们都假设保罗是异性恋而且是个男的。艾米,老实跟我们说,你真的想和他上床吗?你渴望得到他吗?毫不犹豫、迫切地想要他的身体吗?"

艾米不太自在地笑了出来。"哇,我不知道该怎么回答。我想是吧,对,我确定。和他见面几个小时后,我只差没扑到他身上去了,不是吗?"

"你说的'扑到他身上去',指的其实是'紧张兮兮、非常含蓄地表示……试着表示……你想和他再喝一杯'而已。我说的没错吧?"

"或许吧。"艾米不愿承认。她决定不把保罗离开的真正原因告诉她们。如果坦白自己问了保罗以后想不想要小孩这个问题,她的朋友们绝对不会放过她。虽然就她看来这个问题很正常。

"你并没有好好扮演一个什么都不在乎、到处参加派对、出来只是想找些乐子的女人吧?"

"我不知道。也许没有,够了吧?知道为什么吗?因为我本来就不是狂野放纵、什么都不在乎的派对明星。我是个不起眼的女人,只想认识我喜欢的人,而不是与陌生人打情骂俏。"

阿吉亚娜露出胜利的笑容。"那样的话,我的朋友,就是你的问题了。"

"这根本不是什么问题,"蕾眼睛都没张就接着说,"艾米就是这样的人。不是每个人都能接受毫无意义的一夜情。"

阿吉亚娜吐了好长好长、充满挫折感的一口气。"首先,姐妹们,'一夜情'是那些在大西洋城的赌场或是中西部旅馆偶遇的可怜人才做的事。'勾搭'是那些喝醉的女学生联谊会成员在春季期末考后做的事。而我们做的是风流韵事,美好、性感、不设防的风流韵事,懂吗?其次,我想我们的讨论偏题了,我可不是那个要艾米在去过的每个城市都来段风流韵事的人,这些统统是她自己宣布的。当然,如果你认为自己做不到……"

这时,一位穿着有领衬衫和卡其短裤、长得很可爱的金发服务生过来询问是否可以为她们点餐。她们一人点了一杯玛格丽特,然后又继续刚才的话题,仿佛没被打断过。

"没错,你说得对。"艾米承认,"这是我的决定,我一定会去实行。这对我也有好处,让我不再那么专注于结婚,心情比较放松。只是,虽然嘴上说起来很美好,可当你午夜身处一间奇怪的旅馆,看着一个不太熟的人，想到他就要看到你的裸体，而你却连他叫什么名字都不知道……我就是觉得不太对劲。"

"可如果你态度正确，那也可以让你感到很自由。"阿吉亚娜说。

"或是让你面临一场大灾难。"蕾接着说。

"拜托，你能不能乐观点啊？"

"听着，艾米想要这么做，我完全懂是为什么。假如我这辈子只和三个男人上过床，而且他们都是长期男友，我也会想去尝试外面的生活。可是我们也要让她明白，一夜情，不好意思，我该用'风流韵事'这个词，也不是一直都那么美好和值得炫耀的。"蕾说。

"那是你的感觉，我一直都觉得不错。"阿吉亚娜微笑着。这是真的，起码大部分时候是。连她自己都数不清楚自己到底和多少男人睡过，可她享受每一次的过程。

蕾猛地发难："哦，真的吗？我猜你不记得那个冲浪男了……他叫什么名字来着？帕夏？和你睡完后会与你击掌叫好，当你问他要不要来杯酒时，他叫你'老兄'，而且用的是那种'老兄，找点乐子'的口吻。还有那个对脚有奇怪性癖好的人，想在你脚上抹乳液然后让你踏遍他全身。还有，谁能忘记你在伊莎婚礼上遇到的那个男人，在你骑在他身上时他还可以和他妈通电话。要我继续吗？"

阿吉亚娜举起右手，露出她最动人的笑容。"我想这些我们都记得。然而，我亲爱的朋友，你还是有点偏离主题。人总不能因为几个坏苹果就不去逛果园吧？那些只不过是运气不好的特例。你怎么不说那位认为在卡地亚买钻石送我是绝佳前戏的奥地利公爵？还有在哥斯达黎加碰到的那个和我在日出时的海滩上做爱的冲浪男——这是我的又一个冲浪男，或是那个可以从他家屋顶俯瞰整个哈得孙河的建筑师……"

"我只是要你知道事情有正反两面。"蕾边说边直直看着艾米。

"你太煞风景了。"阿吉亚娜尖叫，"我要去游泳了。"她试着放松，可是这段话让她烦躁起来。蕾在那里讽刺什么？她在城里最大的出版社上班，有个人见人爱的体育主播未婚夫，而且他眼里还只有她一个。她五官秀丽体面，足以让男人着迷，却又不会让女人痛恨。为什么她还老是那么消极呢？

"我希望你在逼我那么做以后，不要忘了你自己要做的事。"艾米说。

"当然不会。"阿吉亚娜应道，"事实上，我想我已经碰到未来的老公了。"

"嗯。"蕾低声回答，一点也不吃惊。从服务生的盘子上接过冰透的玛格丽特后，她先是把杯子压在额头上，然后舔过杯缘的盐巴。

"是吗？"艾米问。阿吉亚娜不太高兴，因为艾米听起来像是在应付。

"是，就是那样。"阿吉亚娜回答，"虽然你们都不太有兴趣听，但这个对象可是托比亚斯·拜伦。"

两人立刻抬起头，吃惊地望着她。哼，你们现在总算有兴趣了吧！感谢上帝。

"那位托比亚斯·拜伦？"蕾问。

对，这样才对。"就是那位。"她点点头，"事实上，他的朋友们叫他托比。"

蕾的眼珠都快掉出来了。"你在开玩笑吧？快说，小姐，我们要听！"

"当然要讲。"阿吉亚娜微笑着，"可我想先去游泳。"她像只午觉刚睡醒的猫一样翻身从躺椅上站起来，缓步走向游泳池。这会让她们得到教训，谁叫她们总是不把她的话当真。她用脚趾试试水温，然后跳进去，健美的身体几乎没有溅起水花，然后她开始优雅地往前划动。虽然她不是很喜欢海水（盐分很伤头发，更别说海里那些长刺的恶心生物了），但阿吉亚娜可以游得像条鱼一样自在。她母亲早年很怕小阿吉亚娜在自家泳池溺水，所以坚持让她学会走路前就先学会了游泳。不仅如此，苏沙太太还很有效率地在一个下午就达成了目标。她直接把九个月大的阿吉亚娜丢进五英尺深的水里,还把女儿的游泳圈脱掉,看着她往下沉。阿吉亚娜刚进入青春期时第一次听到这个故事,简直吓坏了。"你就看着我溺水啊?"她这么问母亲。

"拜托,没那么夸张,你只在水下一会儿,然后就学会打水让自己的头探出水面。鼻子里进点水根本不算什么,对不对?"这不是心理医生会建议的方式,却同样有效。

她来回游了十趟,优雅地从一位满身肌肉的男服务生手上接过卷好的毛巾,还对他报以一个开心的笑容。阿吉亚娜走回来,艾米把正在看的书页折角,摆到一边。

"阿吉亚娜·苏沙,你为什么到现在才告诉我们这件事?我们在阿鲁巴岛上已经好几天了……"

"是博奈尔。"蕾和阿吉亚娜同时说。

艾米挥手叫她们不要讲话。"随便啦。我们已经在博奈尔待了整整两天,你现在才想到要告诉我们?什么样的朋友会这么做?"

"我们还没有很认真地在交往。"她边说边享受朋友们的表情变化给她带来的乐趣。她最爱把天大的消息留到最后,好达到最好效果。"可是我觉得他有潜力。"

"有潜力?杂志说他是高智商的乔治·克鲁尼,潇洒、有成就、异性恋、单身……"

"离过婚。"艾米补充。

蕾不耐烦地挥挥手。"那不过是他二十岁出头时犯的错误,只维持了三十六个月,而且没有小孩。严格地说,他根本还算不上离婚男人。"

阿吉亚娜吹了声口哨。"嗯,看起来你们的消息还蛮灵通的。这是不是表示你们都同意?"

她们点头如捣蒜。

"再多说点他的事。"艾米呼口气,可能是因为大家的目标已经不是她而感到放松吧。

阿吉亚娜在椅子上稍微移动了一下正在滴水的身体以调整座垫,可这个小动作已足以让附近正在日光浴的人发出低声惊叹。"嗯,我想我不需要再说他的生平了,你们已经都知道了。可是,呃,他真的是个宝贝。我两星期前在《城市居民》的片场遇见他。"

蕾翻过身,从后面把比基尼的带子松开。"你去那里干吗?"

"吉尔斯带我去的。我本来要去看安吉丽娜和马多克斯,可却碰到了托比。"阿吉亚娜开始一字不漏地复述她和托比之间的对话,虽然有点添油加醋,可重点倒都没漏掉。讲完后,她挑逗地含着吸管,深深啜了一口玛格丽特。虽然无法确定,可她觉得泳池对面的帅哥们都在盯着她。

"你觉得他会打电话给你吗?"艾米真心诚意地问。

有点气恼朋友们竟然认为他不会打来,阿吉亚娜脱口而出:"他当然会打。为什么不会?"

"哦,听起来有人有点敏感过头了……"蕾故意这么讲。

"什么?你是指亚尼?我早就不在乎了。"阿吉亚娜伸长腿,脚趾翘高。

"你和亚尼有什么发展吗?"艾米急着问,"为什么我老是最后一个知道新消息?"

阿吉亚娜叹口气。"我不知道为什么我们老是在这件事上打转。上个星期我把我的号码给他,要他打电话给我。"

"然后呢?"

"他居然把电话号码还给我。"阿吉亚娜装出百无聊赖的样子。可朋友们太了解她了!这件事不但一直困扰着她,也更让她确定找个丈夫的时间到了。亚尼的拒绝是几年前她还深信绝对不会发生的事,这让她确信自己的机会正在渐渐变少。

"他说为什么了吗？"

"没有，只说对不起，说他不能打给我。"

"我相信只是因为他……"

"拜托。"阿吉亚娜随意挥挥手，保持微笑，"我又不感兴趣。瑜伽老师亚尼怎么比得上好莱坞最受尊崇的导演之一？"

"嗨！"艾米坐起来，对着阿吉亚娜右肩后方绽放笑容。

"什么？"阿吉亚娜有点糊涂了，一转身看到一个还挺有吸引力的男人正站在后面。他身上的夏威夷冲浪短裤松松挂在髋骨两侧，露出一圈练过的腹肌，湿湿的头发在阳光照射下闪着光。他把头发从脸上往后拨时，阿吉亚娜注意到他有力的双手。他该刮个胡子，身高也没达到她喜欢的标准，可整体来说还算秀色可餐。他还在对着艾米微笑。

"嗨！"他说，"希望我没打扰你们……"他有澳洲口音，她最喜欢澳洲人了。十一岁时她的初吻就是给了一位澳洲男孩，当时他被送到圣保罗阿吉亚娜的邻居家过暑假。从那之后她和许多澳洲籍人士交往过，自认也算是那国的荣誉公民。

"当然没有。"阿吉亚娜娇声说，本能地把肩膀往后拉，胸部往前挺。

"哦，呃，我们……我坐在那边的朋友们，"他指着泳池对面的桌子，有三个男人坐在那里，假装没看她们，"我们在想，你们今晚愿不愿意与我们共进晚餐？"阿吉亚娜难以置信地望着他——他真的只对着艾米讲话？难以置信！这个可口的小东西真的喜欢艾米胜过她？

"我们来这里是为了参加一个朋友的单身派对，可现在我们已经待了三天了，彼此讲话也讲到厌烦了。所以，呃，如果你们几个女孩今晚可以陪我们的话就太好了。没什么其他的，我保证，只是在海滩边一个不赖的小酒吧，喝好喝的酒，听好听的音乐。我们请客。你们觉得怎样？"

就连艾米这么迟钝的人，现在也已经发现这个男的是在对她讲话。阿吉亚娜虽然被这情况吓到，可艾米如此快的反应更令她印象深刻。"你们人真好!"艾米模仿南方女孩的口音说,"我们很乐意。"

那个澳洲男人似乎很开心,小跑着到吧台借笔。他刚走开,阿吉亚娜便决定要让自己振作起来。她压抑着心中逐渐升高的"男人不再觉得我有吸引力"的焦虑感,把对那个澳洲男人的批评全都吞回肚子里——比如说,进一步观察后发现他长得挺矮的,更不用说那些脏兮兮的胡碴了;而且她早就过了为不懂得打扮自己的男人倾倒的年纪。她尽量把注意力放在保持笑容这件事上。阿吉亚娜神秘兮兮地凑近两位朋友轻声说:"艾米,亲爱的,那小子身上简直写满了你的名字。把巴黎之旅当成业余者的牛刀小试吧。我的朋友,此刻你身边可是有个专家指导。要小心……"艾米害羞得脸颊泛红,蕾深表赞同地眨了眨眼,阿吉亚娜则强颜欢笑,努力不让自己的眼泪掉下来。

蕾在皮包里翻找,什么东西都可以,她得在杰西过来前做点什么,不能只是坐在那里瞪着天空发呆,但她也不想驼着背不停地按黑莓手机。蕾走出办公室前,她的助理确实拿了一份一百多页的手稿摘要给她,可她不想在这个时候读它。午餐时间在迈克尔小馆拿出手稿,就像在加州贝佛利山庄的连锁咖啡店读剧本一样不上道。其实此刻她真正想做的是拿出耳机,隔绝隔壁桌子那个男人高声讲电话的噪音。如果今天是和朋友们在一起,她一定会换桌,可杰西马上就要到了,她不想惹出什么事来。因为对今天的午餐感到焦虑,加上楼上邻居半夜穿木屐咔啦咔啦的噪音,让她昨晚睡眠严重不足。她真想偷偷戴上耳机,只要一只就够了,真的。让她可靠的iPod(里面只储存最令人放松的古典音乐和情调音乐)安抚她紧张的神经。她才刚把耳机线解开,领班就出现在桌旁:杰西到了。

"很高兴再次见到你。"她故意不站起来迎接,只伸出手而已。

他探身吻她的脸颊。这只是出于礼貌,没什么特别的意思,可蕾还是觉得有点兴奋。只不过是紧张罢了,她告诉自己。

杰西站在已经为他拉出来的椅子旁边,环顾四周。"蕾,亲爱的,能麻烦你跟我一起换桌坐吗?"他瞪着坐在蕾后面那两个西装笔挺的男人,其中一个还在打电话,刻意不压低声音说,"我他妈的最烦一直在餐厅里大声讲电话的家伙了。"

那个被骂的人一点都没注意到杰西的斥责,可是蕾差点感激地从位子上跳进他的怀中。"我讨厌死那个人了。"她边说边快手快脚地把自己的东西收好,杰西已经在招手请服务生过来。这次他们换到角落里一张安静的两人桌位,直到再次坐好,蕾这才准许自己偷偷看了杰西几眼。

他穿着牛仔裤和西装外套,外套可能正是上次在亨利办公室穿的那件。他的头发抹了一点摩丝,看起来稍微打扮过,但还是随兴得很,好像从没在意过自己的外表一样。这立刻让蕾想起自己花了多少时间打扮。

蕾已经很久没花这么多时间打扮过了。她最近忙翻了天,严重睡眠不足,以往近一个小时的打扮工序缩减为最基本的几个步骤:快速洗发后用吹风机把头发吹到半干,上点睫毛膏,最后在上班路上搽点口红。可今天早上不同,她不但没有赖床,还小心翼翼地在不吵醒罗素的情况下自动进入全身打扮模式。

在今天以前,她已经不断地反复考虑过第一次与杰西的正式会谈要穿什么。他整个人的风格就是随兴,这点确实不假,可她倒想显得专业点。她爸爸不断提醒她:年纪大些的男作家在把她当成编辑前总会先把她看做一个女人,如果想得到他们尊重,就得先把她身上女性化的部分掩盖掉,至少不要打扮得太过分。蕾一直很小心地遵守这项原则,可是今天,这最该要小心的时候,她却无法忍受平常穿惯的黑色、灰黑色或是海军蓝裤装,平日穿的棉质胸罩似乎也不太对头。于是她套上荧光粉红贴身丁字裤配运动胸罩,包裹的部分少,露的部分多。为什么不呢?她这么想。反正这样穿,可爱多于性感,换种风格有什么不好?想到这儿,她穿上自己最喜欢的 Diane von Furstenberg 七分袖紧身裙（低胸设计，有着亮黄色、白色、黑色的抽象图案）。她把头发吹干、赤着脚化好妆后，没选择平常上班穿的平跟鞋，反而穿了一双三英寸高的细带凉鞋。在她亲吻罗素额头说再见时，他还睡眼惺忪地吹了声口哨。可是刚上地铁，她就在想自己是不是穿得太隆重了，等到在餐厅坐下时，她已经深信自己看起来更像个高级妓女，而不是专业、有品位的编辑。

不知是他守分寸，还是根本没注意到（蕾不确定是哪个），杰西的目光锁定在她的脸上，然后说：“我那位灰扑扑、像只小老鼠般的编辑到哪里去了？希望你不是为了我才打扮成这样。”

看着他在对面的椅子上坐好，蕾越发后悔起自己挑的服装。她早有心理准备会听到杰西带性别歧视的批评，亨利警告过她。另外从他"文学界摇滚巨星"的地位来看，她也早认定他会是个自大的浑蛋。尽管如此，她还是不想接受这种明显的侮辱，要是现在不把话讲清楚，他们这段合作关系肯定会以失败告终。他也许确实是位知名作家，但他现在是"她的"知名作家，她得让他明白这点。

"为你？"蕾假装打量自己，然后故作轻松地笑笑，"杰西，你注意到了啊？不过这是为了待会儿的派对穿的。"她停下来，希望自己听起来更有自信些，"现在轮到我问了，你是为了我才这么穿的吗？"

他的手马上把额前的头发拨开。"是啊，我看起来很邋遢吧？"他有点不好意思地说，"只不过错过前一班火车，整趟行程就全乱了，简直像是场噩梦。"

"火车？我一直以为你就住在城里。"

"没错，可我在这里就是不能专心，所以我都在汉普敦写稿。"

"哦，那样……"

他打断她的话，苦笑道：“是有点装腔作势，我知道。去年十一月买的房子，那时天气刚要变冷。我以前总是很讨厌汉普敦那帮装腔作势的家伙,这点我想你不会意外。可这次不同。冬天的汉普敦灰暗又与世隔绝,只有台电脑,没其他东西干扰,可以连着好几天看不到什么人,是个闭关的好地方。可是当太阳在五月一下子探出头来,整个上东区的居民就全涌进那里了。"

"那你干吗留在那里?那里的七月热得要命。"蕾说。

"就是懒而已。"

"拜托,我一点也不相信。"

"相信吧,我已经习惯了,没办法逼自己离开。除此之外,我城内的家楼上的公寓正在整修,噪音大得让人受不了。"

"嗯。"蕾说着从服务生手上接过菜单。

杰西摇摇头,边往椅背上靠边叹气。"我很好奇,你怎么能忍受与那些像我一样以自我为中心的狗屁作家们朝夕相处?"

蕾忍不住笑出声来。"这是工作需要。"

"讲到这里,我想你应该会对我目前稿子的进度……"

"杰西,"她甜甜地说,打断了他讲到一半的话,"我们工作的时间还很多,我想这次就只是好好聊聊,认识彼此,把编辑工作留到下次吧。"

他看着她。"你确定?"

"十分确定,如果你也同意的话。"

他头歪向一边,端详着她。"你很奇怪,我居然会碰上一个不想讨论我的书的编辑。好吧,你想聊什么,艾丝娜小姐?"

蕾很高兴。她与一帮好友的库拉索订婚庆祝之旅虽有些失败,却给了她足够的时间来思考应付杰西的策略。她知道两人若要合作顺利,从一开始就主导他们对话的节奏与内容是唯一的办法。她知道杰西来吃这顿午餐前,原本预期他的新编辑和新出版社会迫不及待地想听听他新书的进度,所以她才刻意假装不在乎。

等到他们吃完主菜(他吃牛腹排色拉,她吃香料烤鲈鱼条),两人已经天南地北地闲聊了起来，只除了写作以外。蕾从谈话中得知杰西在西雅图长大，觉得那里令人意志消沉，于是二十多岁时前往东南亚一带打零工，但觉得那里的情况也令人沮丧。他还告诉她《觉醒》刚登上畅销书排行榜时他有多吃惊，一本信手写来的旅游日志却赚了好几百万又是多么难以置信。他还说在一个人年轻、有成就又突然非常非常有钱的时候，才会知道纽约的派对究竟有多疯狂。两人开始交谈不过一个小时多一点，蕾就觉得他们已经建立起了一种对彼此而言都不寻常的联系——这当然不是什么浪漫情愫，但不可否认，一种亲密感正迅速发展起来。讲着讲着，杰西顺口提到了他的妻子。

"你有妻子？"蕾问。

他点头。

"也就是说你结婚了？"

"一般人都是这样定义的，没错吧？这让你很惊讶？"

"不是。嗯，算是吧。不是讶异于你会结婚，只是……呃，好吧，可能是有点讶异。毕竟我从没在报章杂志上看到这条消息。"

杰西笑着，她觉得他笑的时候帅多了，不知为何感觉比较年轻，也没那么咄咄逼人。他瞄到她的左手，扬起眉头。"我看你也要加入已婚人士的行列了。"

不知为何，她突然不好意思起来，还十分不自在。

"要点什么甜点吗？"她问，拿起菜单假装在看。

杰西问都没问就替他们各点了一杯浓缩咖啡，这种过度自信的行为让蕾既觉得讨厌，又很被吸引。如果可以选择的话，她比较想点薄荷茶，但不用自己东挑西选的感觉也还不错。

"告诉我，艾丝娜小姐，你负责编辑的上一本大获成功的书叫什么名字？当然，我指的是在我之前。"

"我想不需要我来提醒你，查普曼先生，你这本新作是否能够成功，还得过后才能见分晓。"

"我只是想多了解将要当我的编辑的女人而已。"

"你到底想知道些什么？"

"你还负责过哪些作家？你最喜欢的是谁？他们的哪几本书你觉得不错？"

她有点不好意思："我想你大概已经知道那些问题的答案了。"

"什么意思？"

蕾停下来考虑坦诚相告后可能发生的各种情况。她当然不会正直到觉得一定得讲实话，但又觉得这时候玩心机有点愚蠢，所以她看着他的眼睛说："意思是我相信你早已了解过了。你很清楚你是我至今销售量最高的作家，毫无疑问，而且高非常多。你也一定知道我的老板、同事，甚至可能整个出版业都认为我没有足够的经验来编你的书。"

杰西一口就把浓缩咖啡喝掉。"那你自己怎么认为呢，亲爱的蕾？"他问，嘴巴似笑非笑地撇了一下。

"我认为你肯定已经受够了这些无聊事。我不知道你为什么会销声匿迹六年，可我怀疑这与派对或那些虚虚实实的八卦没有多大关系，我认为你想重新开始，还想要一个没什么可以失去的编辑，某个愿意接受风险甚至渴望冒险的年轻编辑。"她停下来，"我讲得对吧？"

"非常好。"

"谢谢。"她觉得肾上腺素急速升高，精神紧张，但总体感觉还不错。

"虽然这听起来有点像个自视甚高的浑蛋。"他说，"我想我确定自己的决定是正确的。"

"没错。"她点点头。

杰西向服务生要账单，拿到手以后马上交给蕾。"是布鲁克·哈利斯请客吧？我想。"

"当然。"她把全新的美国运通卡放进账单夹里，然后靠后坐好，"杰西，"她边说边从包里把红皮记事本拿出来，"我们下次什么时候再见面？我下星期二和星期五的午餐时间都有空，星期二会更好。当然，我们也欢迎你到公司来……"

"下星期我没时间。"

"嗯，好吧，那你觉得再下星期……"

"不行，也没时间。"

她的公司花了三百万美圆买了一个名字和一个保证，而他竟然不想挪出时间好好讨论编辑事宜？"你连话都不让我说完。"她轻声说。

"对不起。"他一副快笑出来的样子，"只是我下几个星期本来就不打算再进城，而今早的火车事件更坚定了我的决心。我们只能等到我想回来时再见面，如果你不想让这种事发生，我也很欢迎你到汉普敦来。"

"这我得看看行程再答复你。"她不在乎似的说。

"他会要你来的。"杰西说。

"什么？"

"我指的是亨利，他会要你来的。别担心，蕾，汉普敦并不远，我也答应了会好好照顾你。那里有星巴克的。"

服务生把卡和收据交给她。她小心地把它们放进皮包的夹层里，然后开始收拾东西。

"我没让你生气吧。"杰西问。

蕾凭直觉知道，他其实一点也不在乎她生不生气。

"当然没有，只是我下个约会要迟到了。我今天晚点或明天会打电话同你约下次会面时间。"

他微笑着把路让出来，好让她能走在前面。"听起来不错。还有，蕾，试着别紧张好吗？我们会合作愉快的。"

他们走出去时外面正在下雨，蕾还在皮包里翻找雨伞时杰西已经小跑着往第六街去了。"晚点再聊。"他头也不回地离开了。

蕾暗暗咬牙切齿，他真是个自大、轻浮的家伙，连问都不问她需不需要叫出租车或陪她一起走回公司，他甚至没谢谢她请吃午餐。她不知道该怎么照料这个眼里只有自己的人。也许她可以讲讲客套话，然后拿着胡萝卜在前面诱着、领着，可是她绝对不会睁着楚楚动人的大眼睛说"我好崇拜你天才的写作才能啊，大作家"，用那种方式编书她做不到。现在不可能，以后也不会这么做，更不可能为了像杰西·查普曼这样讨厌的人折腰。该死，从没编辑过、可能这辈子都没读完过一本书的阿吉亚娜也许更适合对付他。当她走过八条街时，这个念头一路折磨着她，湿透的三英寸高跟鞋让这段路感觉更糟。走进办公室前她已经准备好要谢绝当这个人的编辑了，她觉得必须马上让亨利明白。

"艾丝娜，进来这里。"亨利在她经过办公室门口时叫住她。蕾从电梯出来后没办法不经过亨利的办公室，很显然他是故意这么设计的。

蕾希望能有几分钟好好整理自己心情，说实话，披件羊毛衫或换双平底鞋都能让她的刻意打扮不那么显眼。可是她知道，亨利整个下午都在等她回来。

"哈啰。"她简短地招呼，尽可能谨慎地坐在他房里的双人沙发上。

"怎样？"亨利问。他上下打量着她，幸好表情保持不变。

"嗯，他的确挺难对付的。"在察觉这话听起来有多愚蠢时，她已经说出口了。

"难对付？"

"他很自大，就像你之前警告我的一样，可是我认为没有什么难题是不能解决的。当我试着跟他约下次的会面时，他毫不犹豫地拒绝来曼哈顿。"

亨利抬起头。"他不是住在西村吗？"

"是的，可他说在这里无法专心写作，所以在汉普敦买了新房子，还想当然地认为我会去那里找他……"蕾笑着，没把话讲完。

"你当然会去。"亨利大声打断她,而他通常不会这么做。

"我会去?"蕾问道,同时讶异于亨利激烈的反应。

"对,如果有必要,我会把你其他的工作移交给别人。从现在起到他新书出版的那天为止,你要把这件事放在第一位。如果他说你们要在布朗克斯动物园会面,因为新生的小狮子会给他写作灵感,那你就得配合他。只要手稿在截止日前拿到并顺利出版,我不在乎你是不是要在坦桑尼亚待六个月。想办法办成这件事就对了。"

"我了解了,亨利,真的。你可以依靠我办成这件事,也不需要调开我负责的其他项目。"蕾说。她想到手上那位患有慢性疲劳症的传记作家、那位还在找人背书推荐的小说家,以及那位一天打三次电话跟她讲新想到笑话的喜剧演员。

亨利的电话响起,他的助理透过内部对讲机说是他妻子打来的。"好好想想我刚说的话吧,蕾。"他把手压在话筒上说道。

她点点头,快步走出办公室,不去注意两脚传来的疼痛。刚倒在自己的座椅上,她的助理马上就抱来一叠数据和备忘录交给她。

"这些合约必须马上签好,我才能在下班前寄出去。设计部门的帕布罗说,如果你对《马西森回忆录》的封面稿有任何想法,请你马上告诉他。哦,还有……"

"安娜,可不可以等会儿再讲这些?我得打通电话。走出去的时候麻烦你把门关上,我一个人待一下就好。"蕾试着让语气保持平静,可她好想尖叫。

感谢安娜的贴心,她只是点点头,安静地离开并关上门。如果不马上打的话,蕾不确定之后还会不会有精力打这通电话。她拿起话筒开始拨号。

"嗯,这么快。"杰西应道,听起来像在嘲弄她,"我能为你做什么,艾丝娜小姐?"

"我看过行程了,可以在汉普敦和你会面。"

他努力不用洋洋自得的语气说话,可蕾感觉得到他在偷笑。"我很感激,蕾。下几个星期我会离开做些调查,八月第二个周末可以吗?"

蕾没再看自己电脑上的计划表或月历。有什么意义?亨利已经说得够清楚了,杰西要怎样,她就得怎样。

她深呼吸一口,用力咬住自己的大拇指,直到留下一个深深的印子。"我会去的。"她说。

妈妈喝酒是因为我在哭

伊莎带头走进她公寓的电梯,按下十一楼的按钮。"你刚刚说某个澳洲帅哥深夜饮酒跳完舞后陪你在海滩漫步,然后根据你对自己和朋友们的庄严誓约,你……原谅我爆粗口……要和随便哪个拥有外国护照的人上床,结果你最后却还是没这么做?"

"对。"

"艾米,艾米,艾米。"

"我做不到,可以吗?我就是做不到!我们在沙里翻滚,疯狂地亲吻,他的吻功很棒。接着他把上衣脱掉,我的天,那身材……"艾米闭上眼睛低吟着。

"然后呢?我到现在还没听到任何不对头的事啊。"

"然后,就当他要解开我牛仔裤的扣子时,我吓坏了。我也不知道为什么,就是这样。情况很……很不真实,看到那个男的压在我身上,正要进来,而我连他姓什么都不知道。我真的做不到。"

伊莎把房门打开,艾米跟着她走进铺着大理石地砖的玄关。"你刚才居然真的用了'进来'这个词啊?"

"伊莎,"艾米警告她,"你可不可以专心一点?我想要和他做,真的很想。我被他深深吸引,他很贴心而且没有压迫感,还是个澳洲人,这可能是最完美的假日恋情。可我还是要他停下来。"

凯文坐在客厅另一头的书桌前埋头工作，这时抬头冲艾米微笑道："这情节比我的病人邮件里对她出院后情况的描述要有趣多了。"他把电脑关上走过来，亲吻了艾米的脸颊后再搂住伊莎，给她一个温暖的拥抱表示欢迎。"我好想你，宝贝。"他轻声对着她的耳朵讲。

伊莎亲吻他的嘴唇，随后用手背摸了摸他的脸颊。"嗯，我也好想你。医院值班的情况还好吧？"

"呃，对不起。"艾米打断他们的低声絮语，"我不想打扰你们甜蜜的重逢，可是你们结婚也很久了，我又找不到人可以谈私事，请暂时把重心放在我身上好吗？"

凯文笑着拍拍他妻子的屁股。"说得也是。我会把你的东西摆在客房，然后帮你们准备喝的。你们在这里等我。"他朝厨房走去，伊莎若有所思地看着他。

"他好得令人头晕目眩。"艾米说。

"我知道。"伊莎忍着笑意叹口气，"他太好了。如果我不是那么爱他，可能会无法忍受这种人。来吧，我们去阳台坐坐。"

艾米很想坐在其他的地方，比如空调前的地毯就是个好位置，她不想顶着南佛罗里达州炽热的太阳坐在阳台的铁椅上。

"生活在这里的人是不是总是汗流个不停啊？"艾米问伊莎，后者看起来似乎完全不怕热。

伊莎耸耸肩。"时间一久就习惯了，而且没什么人会选八月的大热天造访迈阿密。"对艾米眨眨眼后，她调整坐姿以便多晒点阳光，"好了，我们刚刚讲到他正准备'进来'……"

玻璃门这时被推开了，凯文手上拿着一个托盘，上面都是饮料和点心。他沮丧地摇摇头说："我好像怎样都躲不开这个话题。说真的，艾，你能不能讲快点？"

伊莎站起来帮凯文的忙，艾米却在想，这女人的精力到底是哪里来的?猛烈的热浪和湿气,让艾米觉得自己的身体都快融化了。

"没什么好讲的。"艾米说,她从盘子上抓了一把葡萄,然后从冰桶里拿出一瓶水看了看,"我们不喝酒吗?两位大医生,你们今天应该都不用再回医院了吧?"

伊莎和凯文很快地交换一个眼色。"是啊,我们等会儿会开瓶酒。可是首先,"他递给伊莎一个帆布手提袋,"我们有东西要送给你。"

"送给我?"艾米一脸疑惑地问道,"应该是我送你们东西吧?我才是客人。"

伊莎把帆布袋打开,递给艾米一个小盒子,盒子用黄色包装纸包得很好,还用彩虹丝带打了结。"这是给你的。"她说。

"谢谢,我很高兴。可我想先警告你们,如果这是征婚网站的礼券、《约会指导手册》,或是任何关于卵子冷冻的信息,我可是会发飙哦。"

伊莎应该知道艾米只是在开玩笑,可在听到这话后笑容却黯淡了下来,这令艾米有点讶异。"赶快打开吧。"伊莎催促着。

艾米从来不是会好好拆礼物的那种人——难道真有人会收藏用过的包装纸和蝴蝶结吗?她迫不及待地把盒子拆开,看见一件包在黄色棉纸里的白色T恤时并不感到意外。从她们两姐妹开始自己赚钱,可以不时互赠包裹开始,两人就常常把印着有趣、讨厌、好笑或无聊句子的T恤送给对方,看自己送的能不能比对方上次送的更顽皮、更新奇。几个星期前艾米刚送了伊莎一件无袖背心,上面印着"相信我,我是医森",伊莎则快递寄去一件狗用T恤作回敬。T恤是为小型犬设计的,所以只好转赠给鹦鹉欧弟,上面写着"我只在丑八怪摸我时才咬人"。

艾米把那件衣服举得高高的,大声念出上面印的字:"'世界上最好的姨妈'。我没看懂,这件T恤有什么亮点……"这时伊莎和凯文又交换了一个眼色,艾米恍然大悟。"我的天啊!"

伊莎只是微笑点头,凯文把手伸过桌子捏捏她的手。

"我的天啊。"艾米又小声讲了一次。

"我怀孕了!"伊莎大喊,她跳起来拥抱艾米时还打翻了桌上的两瓶水。

"我的天啊!"

"艾,说真的,换句话吧。"凯文建议,他的眉头因为担心妻子而皱了起来。

艾米心潮澎湃地拥抱着她妹妹,却一个字都讲不出来。有人提到关于怀孕的事时,她的思绪总是会飞到一年多以前她第一次目睹生产实况的那天。那时伊莎让艾米穿上手术袍,指示她假装成医学院学生,带她到产房全程见证了一次典型、顺利的自然生产。那次经验给艾米带来的冲击,不管是六年级看的那些健康教育影片,还是伊莎或朋友们说的毛骨悚然的生产故事都无法匹敌。而艾米现在统统都想起来了,只是这回产台上的陌生人将会变成她妹妹。现在她满脑子都是一个小婴儿的头从妹妹私处冒出来的景象。

还来不及整理心情,她的思绪马上又转换了。现在她想到的是多年来浏览的婴儿用品店和网站,她总是对毛茸茸的小靴子和绣上姓名首字母的围兜温柔低语,用最可爱的婴儿产品来填满她幻想的购物车。现在她可有一个好理由来大采购了,买给她自己的外甥或外甥女。可有这么多选择,她该怎么取舍才好?当然她得买那些印有幽默字句的连身婴儿服,像是写着"谁都不准叫宝宝去罚站",还有"妈妈喝酒是因为我在哭"的衣服。是要买可爱的开司米羊毛小高领毛衣呢,还是羊皮衬里的澳洲名牌婴儿靴,或是限量发行、印有黄绿色苏格兰格子的荷兰进口婴儿车?那些看起来像玛丽珍鞋的小袜子是一定要的,还有超迷你的小浴袍也同等重要。她会略过所有只重功能或过分精雕细琢的产品,让其他人去买Boppy牌的哺乳枕、暖奶器,或是刻有婴儿姓名的蒂凡尼银制汤匙吧,她要做的就是确保伊莎的小宝贝拥有所有曼哈顿居民的时尚必需品。如果她不做,谁会做?当然不会是小婴儿的爸妈,他们忙着接生其他人的孩子,怎么可能去找最新、最酷、最可爱的婴儿用品。是啊,这工作非她莫属。如果真的有什么事可以用上"当仁不让"这四个字,那就是现在了。她会做到伊莎刚送她那件T恤上标语的要求,成为世界上最棒的姨妈。而且谁知道,也许某天她也会把这些东西用在自己的小孩身上,自己的宝宝和伊莎的小孩会分享彼此的衣服和玩具,就像他们的母亲一样。这对表亲会比亲兄弟姐妹更亲。仔细想想,她觉得伊莎可以在她怀第一个小孩时怀第二个小孩,这样她们就可以一同度过怀孕阶段了。她们可以一起去产前瑜伽教室,而伊莎可以用她向病人解释病情时那种平静、专业的声音来向她描述生产过程。她们的分娩时间会间隔几个星期,因此可以到彼此的分娩现场互相支持。是啊,这真是个好计划,特别是考虑到……

"艾?你还好吧?说点什么。"伊莎大声说。

"哦,伊莎,我真为你们高兴!"艾米站起来说。她再次拥抱妹妹,然后又给凯文一个拥抱。"对不起,我只是乐昏头了。"

"很疯狂吧?"伊莎问,"我们自己都还不习惯。我以为这没什么大不了的,毕竟怀孕和接生是我们每天面对的工作,可当事情发生在自己身上时一切就都不同了,你能明白吗?"

严格来讲,她并不明白。如果她现在的单身生活不再改变的话,她可能永远也不会有机会明白。可是她也知道,伊莎不是那个意思。"你几个月了?"

伊莎伸手握住艾米放在大腿上的双手。"艾,你可不要生气哦……"

"什么?你不会下个月就要生了吧?你是怀孕都九个月了,其他人还以为你只是吃太多甜甜圈而有点发胖的怪物吗?现在想想,我的确注意到你的脸最近稍微胖了一点。"

"已经第十三周了,刚进入怀孕中期。预产期是明年二月。"

艾米专心计算日子。一个月有四个星期，四要乘以三以上的数字才会到十三……"你已经怀孕三个多月了？凯蒂·赫尔姆斯和詹妮弗·加纳怀孕没多久就向全美国宣布喜讯，而我的亲妹妹竟然等到怀孕中期才来告诉我？"

"艾，我们很想对你说，可我们更希望能当面告诉你。我想等我们聚在一起，面对面，还有那件可爱的T恤……"伊莎脸上满是着急的神情，泪珠在眼眶中滚动，让艾米也想哭了。

"伊莎，别这样。我只是开玩笑，我保证。我很高兴你选择当面告诉我，透过电话讲这种事，感觉会完全不一样。"她在妹妹流下眼泪时赶紧说。因为有凯文在场，艾米迟疑了一会儿，但很快想起他已经是她的家人了，于是马上把自己的上衣脱掉，套上那件印着"世界上最好的姨妈"的新T恤。"你看。"她说，转过去给伊莎看，同时注意到凯文刚才很有礼貌地把眼光避开了，"我太喜欢这件衣服了。你有宝宝我真的很高兴。更高兴的是你选择当面告诉我这件事。我好爱你。伊莎，过来这里，再抱我一次。"

伊莎哽咽着，擦干脸颊上的眼泪。"都是因为荷尔蒙，这阵子我老是情绪不稳。"

"她确实是。"凯文点头。

"不要管了。我们来庆祝一下！今晚我请你们去吃迈阿密最好的餐厅。我们该去哪里？乔·斯通蟹肉馆好吗？"

凯文想在晚餐前小睡一会儿，艾米和伊莎则花了将近两小时的时间安慰对方，并且分享所有细节。是啊，不管想不想知道小孩的性别，伊莎和凯文都会知道，因为两位医生肯定忍不住想去看自己宝宝的超声波照片，而且两个人都知道该怎么看。没有，他们还没讨论给孩子取什么名字，虽然伊莎很想男孩叫埃兹拉，女孩叫莱利。她们讨论给小女孩一个比较中性的名字有多可爱，还有如果不用外公外婆的名字为小孩取名，她们的母亲会有多不开心。艾米问伊莎小孩现在的情况,伊莎讲着讲着就睡着了。

艾米从走廊柜子里拿了一条薄毯盖在妹妹身上。可怜的小妹妹一定累坏了。怀孕了却还得继续住院医生连续三十六小时的值班工作,向姐姐宣布重大消息又令她激动疲惫。艾米躺下,依偎着伊莎,自己也闭上眼睛,思绪纷纷。当然,伊莎怀孕的消息令艾米很兴奋。十一岁时还吮吸手指的小伊莎贝尔非常害怕蜘蛛,是个无可救药的大音痴,害得全家人都求她别在洗澡时唱歌。而现在她居然要当某个人的妈了。这个老是模仿她的行为举止、老是当跟屁虫的小女孩不久后就要有自己的孩子了。这实在太奇怪、太难以理解了。想到这里,有一瞬间她想到的是妹妹都要有小孩了,而她甚至连可以发电子邮件的男人都还没有。好了,还是先把这念头摆一边吧。现在不是有这种自私想法的时候,尤其不该出现在希望支持妹妹并且成为最棒姨妈的时候。不行,她不允许自己那样想,没什么好想的。

凯文温柔地把她们姐妹摇醒。"不是该你们叫醒我吗?"他问道,顺手打开电灯。

伊莎把头埋在薄毯里发牢骚。"几点了?"

"快十一点了,我不知道你们两个怎么样,我现在可没兴趣到外面吃饭了。"他弯腰亲吻伊莎的额头,"甜心,你想到床上来睡吗?"

伊莎唯一的回答:"啊……呃。"

"好吧。"艾米呻吟着说。她一个星期六十五个小时都在餐厅里,只要能在家里吃,她总是举双手赞成。不管走进哪家餐厅,她都无法放松地扮演客人的角色,她的脑袋会自动转变成经理模式,没办法不去算服务人员与客人的比率、观察调酒师的效率、评估管理阶层要多快才能达成当日营业额。相比之下,待在家里把冰箱里的东西热点来吃就轻松多了。这时她才想起……

"我的天，你有小孩了。"

伊莎笑出声，踢她姐姐的肚子。"是，我们可没骗你。"

"看到你发福的脸颊，我就统统都记起来了。"艾米露齿一笑。

"坏蛋。"

"肥婆。"

凯文举手投降。"我要从这里逃走了。伊莎，上床前记得把门窗关好。"

伊莎转向艾米。"如果我现在去睡觉，你不会恨我吧？我知道现在对你来说可能算中午，可我受不了整晚熬夜。"

艾米夸张地叹口气，摇摇头假装失望。"只因为你怀孕了，前晚又不停接生别人的小孩，就可以拿来当借口吗？好吧，我猜接下来的八个小时，我自己仍可以想办法消磨时间。"

伊莎戳戳艾米，然后拥抱她。"我明早就会比较有精神了，我保证。"

他们替艾米准备好几条毛巾，刚说完晚安就不见了人影，不过艾米心里觉得这样正好，给了她一点独处时间。她还没从刚刚的小睡中完全醒来，可一想到伊莎怀孕了，她就情绪亢奋、精力充沛。她拿出手机和最新一期的《Elle》杂志，搭电梯到一楼，从后门走到灯火通明、拥有自然造景的游泳池。除了两个在远处边下棋边喝啤酒的二十多岁男人外，这地方安静得令人感动。艾米卷起自己的七分裤，坐在热水池边，把脚伸进热气蒸腾的水里时吐出一口气。

她打电话给蕾。

"天啊，听到你的声音我真高兴。"蕾说，电话才响了一声她就接听了。

"为什么？这么美好的星期五晚上，你又和一个我所碰见过的最好的男人订了婚，难道你没有其他的事可以做吗？"

"罗素的妹妹，对，就是那个游泳选手来纽约度周末，所以今晚他待在自己家陪她。"

"了解。你不就是喜欢这样吗?"

蕾叹气。"没错,我想是这样。她很甜美,让人不得不喜欢,友善、外向,从头到脚都完美得让人头晕目眩,和她哥哥差不多是一种类型。"

艾米听着蕾拆开戒烟锭的锡箔包装纸,然后是一阵咀嚼声,她感觉到朋友放松了下来。"总比那些表面支持你,背后却捅你一刀,让你生不如死的家伙好。你的小姑如果只是友善得讨人厌,算你运气好。"她说。

"没错。可我总得找些事情来抱怨。"停顿,又是一阵咀嚼声,"你今晚要干吗?哦,等等,我忘了……你不是在佛罗里达吗?"

"是啊,这里就跟非洲一样热。"

"伊莎好吗?我已经好久没见过她了。"

"伊莎……"艾米在琢磨该怎么对蕾说。她认为自己应该听起来更兴奋点(管他的,她确实是很兴奋)可是时间有点晚了,加上裹着她双脚的热水,以及听到伊莎怀孕消息后的震惊,艾米感觉已经筋疲力尽。管他的,她的确很兴奋,她真的很为伊莎开心,也很高兴自己要变成姨妈,可她无法摆脱想放声大哭的感觉。

"艾米,她还好吧?没什么问题吧?"

蕾声音里的关心和同情触动了一些什么。没过多久,艾米的眼泪就扑簌簌地掉下来。

"艾米,和我说话。你怎么了?"

"蕾,我真是太过分了,"她啜泣着说,"恶心、卑鄙、让人痛恨。我唯一的妹妹,也是我世上最要好的朋友,告诉我她怀孕了,我却不能为她高兴。"

"伊莎怀孕了?"蕾严肃地问。

艾米点点头,然后想起蕾看不见她,这才出声回答:"是啊。预产期是明年二月。他们下个月会知道宝宝的性别。"

"哦,艾米。"蕾说,"连我都想同时对你说'恭喜'和'我很遗憾',

你现在的心情有多复杂,我能想象。"

"我知道他们迟早会有孩子,只是不知道会是现在。蕾,她可是我的妹妹。"

"我明白,我明白。"蕾安慰她,"不要觉得你现在的感觉有什么不对。你当然为她高兴,可是我也理解你复杂的情绪。任何人都会如此,尤其是邓肯刚那样对待你……"

这就是艾米为什么打给蕾而不是阿吉亚娜的原因,更不要提打给她妈妈了。

"我南下到这里,花整整三个小时谈论自己愚蠢、失败的艳遇,一直在讲我为什么无法和陌生人上床,而伊莎已经和她完美的丈夫在完美的年纪组成了一个完美的家庭。我到底做错了什么?"艾米听着自己可怜兮兮的语气,又开始哭了。让她发泄一下吧,就算是怨天尤人也好。她勉强在伊莎面前装成一个全力支持、摩拳擦掌想帮忙的好姐姐,但这不代表在蕾面前也得如此。

"艾米,亲爱的,你什么都没有做错。你和伊莎现在只不过处在不同的阶段,这完全是时机的问题,和你是什么样的人一点关系也没有。我当然不怀疑你会是个好姨妈、好姐姐,可更重要的是,我知道你也会碰到一个非常棒的男人。完美的男人,知道吗?"

"嗯。"艾米叹气。她抬起伸进热水池里的脚,把裤管卷得更高,然后再把脚放回去,"不想再说这个了,告诉我你过得如何。"

现在换成蕾叹气了。"没什么好说的。哦,等等,我想起来了。你猜我昨晚碰到谁了?"

"给个提示?"

"阿吉亚娜属意的未来老公。"

"你碰到托比亚斯·拜伦了?我的天啊!快告诉我所有细节!我根本不知道他打过电话给她。"

"没错,她这次有点奇怪,什么都不肯说,好像是怕破坏这段关系。我猜托比之前回洛杉矶待了几个星期,现在才又回到纽约。他们上星期三第一次出去约会,然后昨晚和我还有罗素四个人一起出去。你可要听清楚了,她还没和他上过床。"

艾米倒吸一口气。"不会吧?"

"是真的。"

"他有什么问题吗?阿吉亚娜从来没有与一位成功、有名又帅气的男人出去约会却没上床的纪录,更别说他们还约会了两次。这可从来没有过!"

"我知道。"蕾笑着说,"不过,我想她大概把你们两个打的赌看得很重。他似乎没什么让人受不了的地方,虽然有点好莱坞式的油腔滑调,可还不至于让人退避三舍。礼貌,迷人,又很喜欢她。"

"那她呢?"艾米问。

"她似乎也很崇拜他。我们一起去奥迪餐厅吃晚餐——真不知道我们为什么要陪着去,整晚就看着他们眉来眼去。"

"这样太棒了。"不用人提醒,艾米就脱口而出这种预料中的响应。她当然希望自己时时换男友的朋友能找到真爱,就像她本该为自己妹妹怀孕而开心一样。可是"应该如此"并不代表"事实就是如此"。

"是啊,嗯,我们等着看吧。下周末她要去洛杉矶看他,这大概是最后一次了。她到时一定会搞砸。"

"蕾,这可不是好朋友该有的态度。"艾米假装不高兴,可实际上很开心。

"那你又能把我怎么样?算了吧,我们都了解她,也都知道她不是当妻子的料。现在不是,可能永远都不是。她想去试试看也不错,可对此我不太乐观。"

"我同意。那你好吗?罗素好吗?"艾米注意到远处那两个男人收拾好双陆棋盘,自以为豪迈地拍背互道晚安,其中一个白皮肤、头发稍长的看起来年纪很轻,他捡起两个空啤酒罐后拿着棋盘朝大厅走去。留下来的那个黑发男人身穿短袖亚麻衬衫(艾米估计他大概有六英尺高)则转身朝她这边走过来。

"他很好,没什么新鲜事可报告。我们双方的母亲已经全心投入婚礼筹备,我们则不想介入太多。"

"聪明的选择。"艾米低声说。她有点恼怒,那个男人把皮夹和毛巾扔在她旁边的躺椅上,还开始脱上衣。又不是整个泳池挤满了人,他干吗一定要站在她旁边?

"是啊,对这种事我实在没兴趣。现在光工作就已经够我烦的了,刚刚我又得知下周末得去长岛出差。"

"嗯。"艾米说,实际上一个字也没听到。她身边那个男人正在脱牛仔裤,露出下面海军蓝的紧身短裤。艾米很感兴趣地注意到,这家伙脱了衣服后显得非常瘦,也许有人会形容他是皮包骨,可艾米宁可说他是柔软轻盈,虽然她不知道能不能这样形容男人。他的小腹平坦,胸部没什么肌肉,可仍然很吸引人,是歌星约翰·梅尔那种类型,忧郁而捉摸不定。如果不去看他身上那件有些老土的短袖衬衫,他甚至算得上性感。

手机另一端蕾还在讲汉普敦和新作家的事,可艾米已经没法静下心来听了。她全部的注意力都集中在身旁那个男人身上,意识到他正在偷听她们的对话后她说:"蕾,我要进去了。几分钟后我从楼上再打电话给你好吗?"

"我也要去睡了,明天再聊吧。"

"好啊,亲爱的。好好睡吧。"艾米没等蕾回答就挂了机。

那个男人对她微笑。他笑起来时给人的感觉不错,虽然还没到让人失魂落魄的程度,艾米这么想。他把脚放到热水池的第一格阶梯上,然后很快就把身体浸到滚烫的热水里,似乎没感觉到水有多烫,转身对她说:"哦,在想男朋友?"

艾米感到双颊发烫,她很讨厌自己这样。"没有,呃,那不是我男朋友。我没有男朋友。那是我朋友蕾,她在纽约。"

他促狭地一笑。她真想把他杀了,然后再自杀。为什么她老是讲出这么蠢的话?她在和谁通电话、晚上睡哪里、有没有男朋友,这些关他什么事?她知道自己说话很大嘴巴,可他就一定得取笑她吗?

"了解。那纽约的蕾好吗?"

艾米看不出他是在取笑还是认真在问,这让她很不舒服。"纽约的蕾好得很。"她说,语气比预期中还傲慢。她回望这个正凝视着自己的男人,动了动浸在热水里的脚指头,突然不再介意他会怎么想:"她这星期工作忙死了,听起来一点也不为她快要举行的婚礼而兴奋。这实在很奇怪,因为她的未婚夫很棒。她刚告诉我我们的另一个朋友爱上了一位有名的导演……我不会告诉你他的名字,因为我得保守秘密……这根本不像她的作风,因为阿吉亚娜没办法专情于一个男人,她喜欢收集男人。可是这些都不算什么重大消息,今晚最让人吃惊的,是我刚知道我妹妹有小孩了。"

"听起来你和纽约的蕾有很多要聊的。"他说话时一脸好笑,却似乎不感惊讶。

"那轮到你了,你有什么过度私人或不恰当的话题想和我分享吗?"艾米问。

他耸耸肩,做出"我胸怀坦荡,就如你所见"的手势,"没有。"

"哦,真有意思。"艾米说。混蛋,她想。她可不是先侵犯他人私人空间、打断他人电话、开启话头聊天的那位。艾米把脚从热水中抽出来,准备离开。

"好,好,你别走。我叫乔治,在迈阿密大学学法律。刚才和我下棋的是我表弟,可他就像我亲弟弟一样。他刚告诉我他女朋友得了花柳病……可不是他传染的。还有什么呢?我能进迈阿密大学是因为我爸的关系,他永远不会让我忘记这点。我做过的最蠢的事是某天晚上在拉斯维加斯闪电结婚,那时我喝得不省人事。"

这还差不多。他没有保罗那么文雅,可是绝对很搞笑。艾米笑了出来。"就像小甜甜布兰妮一样。"她说。

"完全一样,事实上可能比她更糟。和我结婚的那个女孩我前一晚才刚认识。"

"好极了。"艾米鼓掌,又把腿伸回到热水里,"乔治,那你认为……"

她话还没讲完,乔治不知怎么就突然逼近过来,速度之快让她瞪大眼睛,嘴巴吃惊得合不拢。在她有时间思考或反应前,他已经滑到她双腿之间,膝盖跪在热水池的阶梯上,唇压住她的唇。艾米惊讶得不知所措,只好回吻,瞬间感受到久已遗忘的悸动在身上流窜。与邓肯交往的初期她也有同样的感受,但这种感觉在两人交往一年后就消失了。她在库拉索和澳洲男亲热时也没有这种感觉。那时感觉虽然不赖,可她并没有准许自己失控,停止内心交战。可是现在和乔治在一起,她的脑袋里神奇而愉悦地一片空白,除了一件事——她隐约记起,自己从没被人如此热烈地吻过。

温柔只持续了几分钟,刚好足够让艾米全心沉浸,然后乔治把她搂入怀中,赤裸的上半身贴在她还穿着衣服的身上,用他的牙齿轻咬她的下唇,把头埋入她颈边。有那么一秒,艾米从那欢愉中分了神,心里想着:老天爷啊,这根本是烂俗言情小说里才会出现的情节。可下一秒钟,她就享受得把头往后仰,所有的含蓄消失殆尽,只差没开口哀求他继续吻她脖子和肩膀处敏感的肌肤。她用双腿夹住他的腰,十指插入他的头发。乔治呼吸急促,然后毫无预警地把她抱离池边,让她的身体紧靠在他身上,两个人一起沉入水中。

这个举动总算让艾米从梦幻中惊醒。

"乔治！我的天啊，我还穿着衣服。你在干吗？"

他以唇来回应。她继续抗议，直到他又开始逗弄她的下唇。他们两人湿润的双唇、周围蒸腾的热气，以及热水浸透她衣服的独特触感，让艾米觉得自己要融化了，同时又轻盈得似乎要漂浮起来。虽然注意到乔治正把她湿透了的T恤往头上拉（棉T恤吸满水后实在很重），但艾米却完全没有在意这个动作的真正意义。今晚她和平常一样没戴胸罩（这是平胸唯一的好处），因此两人的肌肤可以立即相贴，同时令艾米疑惑为什么自己以前从没有过这么强烈的感觉。这次体验如此登峰造极，她觉得自己真是白活了三十年。也不是说和前三个男朋友上床的感觉不好，可是这次……经过这次以后，光是好又怎么能令她满足？

从这时起，乔治不再是另一个独立的个体，他不是法学院的学生，也不是那个下棋的男人，或是几分钟前才碰到的陌生人，他只是一个她渴望靠近的身体。他脱掉她的七分裤和棉质丁字裤，并任由它们漂走，仿佛这是世上最自然的事。他一只手脱掉自己的短裤，另一只手则把她的头按向他的唇，进而把她的身体抱离水面，让她躺在走道上。走道地板和空气的冰凉感觉让她从刚才的热度中解脱。艾米忘了自己在陌生人面前赤身裸体，忘了小区游泳池周围有多少公寓住户可以看到他们在温存亲热。她根本不担心自己比基尼线的除毛工作彻不彻底（实际上就是糟透了），兴奋的脸有多红（像红酒），或是躺下时胸部看起来有多平（非常平）。除了想要他之外，她脑中一片空白。她感觉他顶住自己大腿内侧，便挪动身体好让他更靠近，可他刻意避开了，好像更享受挑逗她的感觉。在似乎永无止境的爱抚和亲吻后，他才戴上不知从哪儿冒出来的保险套进入她的身体，这时艾米知道，自己再也离不开这种满足的感觉。

不可一世的自信与迷死人的笑容

阿吉亚娜一直不明白为什么会有人讨厌搭飞机。真的，花几个小时窝在开司米羊毛毯下喝香槟、看电影有什么不好？机上的食物确实难以下咽，就算头等舱也一样，可如果上机前先把要用的东西都准备好（减肥巧克力、杂粮综合水果色拉、依云矿泉水），情况就会好得多。尤其今天她旁边坐的是一位又帅又有名的单身明星。虽然他只活跃在小屏幕上，但演的可是 NBC 电视台最受欢迎的黄金时段连续剧，连阿吉亚娜都会准时收看。他最近刚与一位身材非常棒的二十一岁肥皂剧女星高调分手，此事闹得沸沸扬扬。之前阿吉亚娜看《美国周刊》追踪过整段八卦，包括某天晚上双方从美国东西海岸用黑莓手机传送的愤怒短信（周刊一字不落地刊登了），当时她就觉得他可以找到更好的对象。此刻她偷瞄他漂亮的外形跟精心练就的肱二头肌，更确信自己想得没错。

可惜她已经名花有主了，阿吉亚娜叹了口气。这一叹让旁边的男人忍不住抬头看她，阿吉亚娜故意装作没看到。谁都知道娱乐界的人最麻烦。阿吉亚娜和太多演员、音乐家、喜剧演员、职业运动员约会过，自认在这方面已经算是权威了。任何和她同等级的女人都深知，这些家伙只会对一件事产生反应，那就是挑战。这些家伙与其说是有成就的大人物，还不如说是群闹别扭的小孩，他们最渴望的就是他们无法得到的。这也就是为什么阿吉亚娜现在要假装根本没注意到他的原因。

之前他走过来坐在她旁边靠走道的位子上时，阿吉亚娜马上就认出了他。当他彬彬有礼地向她打招呼时她只"嗯"了一声；接着她用一通接一通的电话填满了登机到起飞之间的空暇；等到可以使用电子仪器后她又在他能借机打扰之前迅速地打开了iPod开始听——阿吉亚娜觉得自己到目前为止干得还不赖。当笑容满面的空服人员问她是否要喝点什么时，她请那位电视演员重复一遍对方所说的话，然后从头到尾只对空服人员微笑，点完一杯香槟后马上又把耳机戴上了。

几分钟后他拿出一份剧本来看，还故意加大动作翻弄剧本，露出封面上面CAA艺术经纪公司的显眼标志。他看起来读得很专心，但阿吉亚娜觉得他只是做样子给她看的，很明显只是希望她觉得他很厉害。她翻个白眼，微微一笑，他看到以后马上借机搭讪。阿吉亚娜对此一点也不意外，毕竟，他一直在找机会和她说话。

"你在听什么？似乎很有趣。"他边问边摆出一个还不赖的笑容。

阿吉亚娜其实什么也没听，耳机只是拿来做做样子，表示她没兴趣聊天。而现在正如她所预期的，效果好极了。

她看了他一眼，等了一会儿才慢慢把左边的耳机拿下来。

"抱歉，"她睁大眼问，"你刚说什么？"

"我只是想知道，你是不是听到什么有趣的东西了。我刚刚看见你在笑……"

阿吉亚娜又刻意等了几秒，让他有些不知所措，然后才悠悠开口："哦，有吗？不，我只是想起件好笑的事。"模棱两可，充满暗示性与神秘感，这全都是阿吉亚娜的专长。

他露齿一笑。老天，他真的很帅。"哦，我很想听听。我们现在什么都没有，就是有时间。"他说着伸开双手，"严格来讲，我们还有四个半小时才能下飞机。"

"下次吧。"阿吉亚娜说。她把一绺秀发缓缓拨到耳后，确定对方能清楚地看到她修长的手指、搽着淡粉红指甲油的指甲和无懈可击的肌肤后，这才朝他伸出一只手。"我是阿吉亚娜。"她说。讲名字的时候特地加上一点巴西口音。

"迪恩。"他说着，紧紧握住她的手。

阿吉亚娜当然早就知道他是谁，可还是故意装作不认识。"那，迪恩，你今天到洛杉矶来干什么？"

"只是来和一些导演以及摄影棚的人开会而已，还不就是那些事。"

"哦，你是个正在力争上游的演员呀。失敬失敬。"她现在说谎说得越来越流利了，可这是必须的。她当然知道，没有任何处在"力争上游"阶段的演员会搭头等舱，但这家伙当初成名得太快，只要她稍微让步，他的自大心态就会把他们两个都压扁。还有，要是她稍微露出认出他的迹象，她的形象马上就会从性感、有深度的巴西裔纽约人变成浅薄的追星族。阿吉亚娜宁愿死也不要变成那样。

"呃，不是，事实上，我是……"

"祝你试镜顺利！你紧张吗？"

他皱起眉头。"我这次不是去试镜。我已经是……"

"迪恩？"阿吉亚娜甜甜地打断他，"你能否替我请空服人员过来一下？我想再来一杯香槟。"

他叹口气，招手请空服人员过来，除了阿吉亚娜的香槟，还替自己点了杯姜汁汽水调威士忌。"你住在洛杉矶吗？"为了更正她错误的观点，他现在更想继续两人的谈话了。

"我？住在洛杉矶？怎么可能。"阿吉亚娜笑着说，"我只是周末来拜访朋友而已。"当然他没必要知道，她的"朋友"其实就是男朋友。要是她讲出托比亚斯·拜伦的名字，一定会让可怜的迪恩头昏脑涨。"没有比真正的试镜更刺激的了。你是要争取电视还是电影的角色呢？"

他露出沮丧的神情。如果要更正她的错误，他就得自我介绍，而他的自尊永远不会允许他这么做。她现在牢牢掌握住他了,她很确定。她确定到开始倒数:五、四、三、二、一。

"嗨,阿吉亚娜,何不让我请你吃顿饭?如果你愿意的话,你可以和你的朋友一起来。如果你知道上哪儿去玩,就会发现洛杉矶其实没那么糟。"

果然,她还是魅力依旧嘛,尽管快三十岁了,可还是有办法让任何男人,好吧,是几乎所有的男人(之前那一定是亚尼的错,不是她的)在十分钟内约她出去吃饭。她的目标已经达成。

"哦,我真的很希望可以去,迪恩,可是整个周末都安排满了。"需要强大的意志力才能说出这几句话,可她现在必须保持专情,上星期托比才说过,他不会再和其他人约会,并且希望阿吉亚娜也不会。托比是她生平第一个认真交往的男朋友,也是完美的老公人选。当年他刚从南加州大学电影学院毕业就拍出佳片,一举成名(还进账几百万美圆),现在已是好莱坞最炙手可热的导演之一。只要想到几个月后他们宣布订婚时她那群朋友惊讶的表情,她就觉得很开心。而她母亲听到这消息一定会昏倒,对于这点阿吉亚娜很确定。就是这些想法带给她力量,才得以拒绝此刻坐在身边那秀色可餐的男人。

"那我猜我们只能在纽约吃饭了。"迪恩说这话时脸上带着不可一世的自信与迷死人的笑容。

"我想是吧。"阿吉亚娜马上回答。这种情况下,一个女人还能怎么回答?她问自己。只不过是吃顿饭,没人可以说她不是模范女友吧。他实在太帅了。

他们一路聊到飞机降落,到着陆时,阿吉亚娜已经完全清楚该怎么在床上对付迪恩了。直到走到出口前的最后一秒,她才想起托比会在领取行李处等她。

"迪恩,亲爱的,我得去补个妆。我们得在这里说再见了。"

"我等你。会有车来接我，我可以载你到朋友家。"他说着也停住脚步。

"谢谢你，亲爱的，可是不用了。你先走吧。"她垂下睫毛，然后又美目半睁半闭地抬眼看他，"我宁愿在纽约相见。"

"好。"他说，吻她面颊，"我会打电话给你。"

"好啊。"她亲昵地说。

阿吉亚娜花了五分钟补妆，之后自信地走向领取行李处和男友见面。当她走到那里时，只看到一位身穿制服的司机拿着写有她姓名的牌子而非托比本人，她并没有因此不高兴。毕竟他们整个周末都会在一起，能有几分钟空当不用打情骂俏、耍心机、装出完美的样子也不错。司机把她的名牌行李箱抬到推车上，毕竟拖着行李箱走实在很不优雅。随后他递给她一个左下角印着二十世纪福克斯标志的信封。

"拜伦先生说很抱歉他不能亲自来。"司机说着，带头走向停车场。

"没关系。"阿吉亚娜说，心情好得不得了，"如果你不介意的话，我想在车里小睡一下。"

坐进最新款礼车的舒适后座，阿吉亚娜却发现自己兴奋到睡不着了。两个半月后，她总算可以看到托比传说中的豪宅。她把他写的短函读了又读。"亲爱的阿吉亚娜，抱歉突然发生了预料之外的事，我没办法亲自到机场接你了，我保证会好好补偿你的。爱你的托比。"她注意到他用了"爱"字，这也许只是好莱坞的习惯，她这么想。不可能他真的已经爱上她了吧？她愉快地叹了口气。像这样一次只与一个人交往还挺轻松的，她之前为什么要反对呢？虽然这样不会像同时和十二个男人交往那么刺激，可是绝对没那么累。还有，虽然她很不情愿承认，但她妈妈说得很对：今早在飞机上，她注意到坐在椅子上时自己的大腿看起来比以前粗了一点；冲去厕所检查时，她又注意到左眼附近有条细纹。都怪那些可恶的日光灯和越来越严的安检，居然连保养品都不准带上飞机了。要是她大腿再肥一点或者、老天爷啊，长出鱼尾纹来，她可就抢不到任何大导演或英俊演员了。现在是到了认真考虑安定下来、找个可以好好照顾自己的男人的时候了。阿吉亚娜对目前的进展感到满意,托比整整大她十二岁(稍稍有点呆,她得承认),是他走运才能碰到像阿吉亚娜如此年轻漂亮的女人。幸好,托比自己也这么认为。

才想到这儿,托比的名字就真的出现在她手机屏幕上。她等电话响了三声才接。

"威廉吗?"她用困惑的语气问。

"阿吉亚娜,是你吗?"可怜的托比听起来有点疑惑,还有点生气。

"哦,托比,亲爱的,你好吗,甜心?你给我的信写得真好。"

"谁是威廉?"他粗声问。

"什么威廉,亲爱的?"她对自己叹气。演这段戏很累,却是必须的。

"你以为我是某个叫威廉的人,你接电话时说'威廉'。我再问一次,谁是威廉?"

"托比,亲爱的,我只是犯了个有点笨的小错,你知道我有时候很健忘。我连一个叫威廉的人都不认识,我保证。"阿吉亚娜降低声音,马上从可爱的女孩转变为性感的挑逗女王,"告诉我,你是不是等不及想见我?我可是非常想见你了。"

"我等不及要对你上下其手。"他对着话筒粗重地呼吸。

男人实在太容易操纵了。怎么会有这么多女人不懂,只要一点训练跟创造力,她们就可以拥有自己想要的任何男人。

司机刚要把车驶往405号公路,这时另一个电话插进来了,阿吉亚娜说:"托比,我得接另一个电话了。你有空的话可以和我在旅馆碰面吗?"

"那是威廉吗?"他充满占有欲地问道。

"不是,亲爱的,我很抱歉,事实并不像秘密爱人那么刺激。是我妈妈打来的。"

"这么说你承认有秘密爱人了？"

她开心地笑，决定要放这可怜的男人一马，也因为实在没什么挑战性可言。"绝对没有秘密爱人。只是一个五十多岁的巴西妈妈，想告诉我最近是个多么差劲的女儿。"

"我晚点去见你。"他语气生硬地说，随即挂了电话。

阿吉亚娜深呼吸，接了插播。"妈妈，真高兴听到你的声音。"

"告诉我，阿吉，你最近跑到哪里去了？"

"你想要听假话，还是真话？"

"阿吉亚娜，我现在没心情跟你玩。"苏沙太太说。

"怎么了？"她问，一点也不担心是她爸爸的心脏病发作或是几百个表兄弟中突然有人死了，她唯一怕的是父母考虑来纽约长住。

"我刚和杰乐通过电话。他说你今天早上拎了个像旅行车那么大的行李从公寓离开。"

"你打电话给我的门房来监视我的行踪？"阿吉亚娜大声喊道，忘了托比的司机可以听到她说的每个字，"你怎么可以这样！"

"是我的门房。"苏沙太太反击，"阿吉亚娜，我记得我们前不久讨论过这事。你爸爸被你上个月的美国运通卡账单搞得很不高兴。我记得你花了一万美圆在衣服和鞋子上，又花了一万美圆在旅行和娱乐上。我们已经要求你大幅减少这些无聊的花费，而你现在却又跑外面到处逍遥了。"

"妈妈，我怎么是'逍遥'了，我现在人在洛杉矶。"她降低声音，一只手遮住嘴，"我在和一个男人交往，一个非常合适的对象。"她更小声地讲话，几乎是在用气声了，"这些不能算是花费，是投资。"

这说法似乎让妈妈安静下来。忍受父母的施舍很丢脸，但阿吉亚娜无计可施，她住的是他们的房子，他们可以随时搬来，讲都不用讲一声，一直住到想走为止；他们也可以盘问她花在服饰、美容或机票上的每一分钱，因为是他们买单。阿吉亚娜已经三十岁了，还被逼着拿托比当挡箭牌，实在很没面子。幸亏没人在旁边目睹这种惨状。

"是这样吗？"她妈妈问，"这个男人是谁，我能问吗？"

"哦，只是个小电影导演。你听过托比亚斯·拜伦吗？"

阿吉亚娜听到她妈妈倒吸了口气，简直乐坏了。

"托比亚斯·拜伦？他不是才得过奥斯卡吗？"

"他是得过，他还被提名另外两个奖呢。他可能是当今最有影响力的三位导演之一。"阿吉亚娜骄傲地说。

"你和拜伦先生是什么关系？"她妈妈问。

"他是我男朋友。"她试着装得若无其事，可是藏不住语气里的喜悦。

"男朋友？阿吉，亲爱的，你从七年级开始就没交过男朋友了。你的意思是你现在只同他一个人约会？"

"那正是我想说的，妈妈。"阿吉亚娜回答，"事实上，这次我过来都是他的意思。他说如果不让我成为他洛杉矶生活的一部分，既不认识他的朋友，也没去过他家，他会感觉很奇怪。"她又开始小声讲话，还把头弯得比司机座椅后背还低，"我听别人说他的豪宅很惊人！"

老实说，她事先做了不少准备，花了很多时间在网上搜寻托比的信息，读了一篇《Instyle》时尚杂志对他单身住所的报道，那里面还刊出了十几张照片。阿吉亚娜早已知道他以利落的现代风格装潢了那栋有四间卧室和五间卫浴的豪宅，整栋房子是巴厘岛式风格，室内和户外都有淋浴间和花园，还有分别用来进餐、起居的亭阁。除了这些外，还有一座美得令人难以置信的泳池，看起来像要永无止境地延伸到下面的山谷去。阿吉亚娜已经开始想象，只要在一些小地方稍作改进（主卧一定要加个梳妆台，还要马上添上适当的加州壁橱），她就会在那里住得非常非常开心。

"那我这次就不再坚持了，亲爱的。可是请你以后节制一点，我不说你也知道，你爸最近的压力很大。"

"我知道，妈妈。"

"在拜伦先生身边表现得好一点。"她妈妈警告道，"不要把我教你的忘了。"

"妈妈，我当然不会忘。"

"那些规矩在有权有势的男人身边就更重要了。他们很习惯女人自行拜倒在他们脚边，所以绝对不要那么做。"

"我知道，妈妈。"

"保持你的神秘感，阿吉亚娜。我知道你们这一代比我那时候更容易跟男人上床，但也因如此，在别的方面维持遥不可及的形象就更为重要。你了解吗？"

"是的，妈妈，我完全了解。"

"像你大老远飞到西海岸去见一个男人，就很不聪明。"苏沙太太讲。

"妈妈，也是时候了，他已经去纽约拜访我四次了。"她可能夸张了点，可是她妈妈没必要知道。

"希望你至少是住的酒店。"

"当然，虽然待在他家会便宜很多……"

话还没说完她妈妈就发飙了。"阿吉亚娜！你要知道，你爸爸跟我当然不希望你老是乱花钱，可这种特殊情况，不用顾虑到钱这档事。"

"我在开玩笑，妈妈。我在半岛酒店订了套房，我会去入住。"

"记住不要跟他过夜。如果你一定要跟他亲热，至少懂得及时抽身离开。"

"是的，妈妈。"阿吉亚娜偷偷对自己微笑。大部分人的妈妈会警告女儿不要随便跟男人上床，害怕她们得性病、受人轻蔑或名节不保。而苏沙太太完全没有这些顾虑，她只怕阿吉亚娜走错一步，让双方的权力关系失衡，以至于让阿吉亚娜尽快找一名合适的男人嫁掉这一终极目标更难达成。

"那好吧，亲爱的，很高兴我们聊到这个。他听起来的确不错，绝对比你平常交往的要好很……"

"我星期天回纽约后再打电话给你，好吗？"

她妈妈那头传来沙沙翻页的声音，然后传来："我看看我的日程安排……啊，那时我们会在迪拜。手机应该可以用，可你还是打公寓的电话比较好。你有那个号码吗？"

"我有，我会打过去。祝我好运吧。"

"你不需要好运，亲爱的。你是一个艳丽无双的女人，任何男人，当然包括托比亚斯·拜伦先生，都会想要拥有你。你只需要记住你的责任，阿吉亚娜。"

她们隔着电话亲了一下然后挂掉。阿吉亚娜瞄了司机一眼，猜他到底听到了多少，而司机正在小声对着蓝牙耳机说话。她妈妈确实有本事把人搞得精神崩溃，而且与蕾和艾米的妈妈差异颇大，可是她的成就也不容否认。苏沙太太顺利由超级名模转型成一辈子享受奢华生活的贵妇，这样的生活统统由一位仁慈而努力工作的男人提供，而他把她当做女神一样衷心爱慕。圣保罗的庄园、葡萄牙的海边别墅、纽约和迪拜的豪华公寓……这些可不是随随便便就能有的，而皮草和珠宝、豪华轿车和仆人也都不赖，更别提个人开销完全不受限制这一条（这是她在婚礼前就坚持的条件）。忍受妈妈无止境的教导是很累，可阿吉亚娜不会去质疑她在与男人相关事宜上的权威。

阿吉亚娜看着窗外，车子从405号公路下来后驶上威尔希大道，穿过西木区，然后朝教堂街开去。阿吉亚娜已经好几年没来洛杉矶了，可是她确定司机错过了转向酒店的路。

"先生？抱歉，我想我们已经错过半岛酒店了。不是在圣塔莫尼卡大道吗？"

他咳嗽一声，从后视镜看她。"拜伦先生指示我们去另一个地方，女士。"

"哦，这样吗？恐怕我得推翻他的指令。请先载我去我的酒店。"即使再想去托比的宫殿（也就是她未来的家），她也得先整理失去水分的头发和黯淡的面容，另外还得平抚自己居然被人称"女士"而非"小姐"的心理创伤。

司机不理她继续往前开，她先是感到恼怒，随即是害怕，她被绑架了吗？还是司机是个有美女坐在后座就会发神经病的变态？她该打电话给托比吗？或者打给妈妈或警察？

"对不起，女士。只是……"

"你可以不叫我'女士'吗？"阿吉亚娜气呼呼地说，把所有可能到来的危险都抛在脑后。

司机看起来很不好意思。"当然，小姐。我只是说，我想你一定会喜欢我们要去的地方。"

"难道我们要去麦当娜的卡巴拉中心？"她充满希望地问。

"不是，女士。呃，小姐。"

"汤姆·克鲁斯的山达基教中心？"

"恐怕不是。"他减慢速度向左转，一个漂亮、滑顺、神奇、令人由衷赞叹的弯……开到了罗迪欧大道上。

"巴黎监狱？"现在她可以轻松地开玩笑了，因为他们确实到了一个让人愉悦的地方。

司机把车开到写着"禁止停车"的路边，熄火后下车帮阿吉亚娜开门。他让她挽住胳膊，然后说："请跟我来。"

他带着她走向碧碧精品店（在牛仔路上），她紧张了好一会儿，直到看到标志。阿吉亚娜提醒自己不要忘了呼吸。但她即刻想要高歌、哭泣、尖叫。我的天、我的天、我的天啊！她想着，强迫自己调整呼吸，可能吗？不可能吧？她扫了一眼这家精品店别致的橱窗，确定这一切都是真的。他们走进了为奥斯卡金像奖增色不少的神圣殿堂——"钻石之王"哈利·温斯顿精品店。

"哇！"她惊呼一声，一下子忘记司机和傲慢的女店员都在看着她。

"是的，这里确实很有气势。"女店员边说边做作地点点头，"你第一次来吗？"

阿吉亚娜重新调整心情，决心不让这个女人看扁她。她露出最明亮的笑容，伸出手拍拍那个女人的手臂。"第一次？"阿吉亚娜做出一个被逗乐的表情说，"真要是第一次来就好了。我只是有点吃惊，因为我原本以为我们要去宝格丽专卖店呢。"

"是吗？"那女人显然一个字也不相信，"恐怕你今天只能先将就这里了。"

要是平常，阿吉亚娜早已反唇相讥了，可是四周的金碧辉煌让她有些不敢造次。于是她微微一笑。"老实说，我不太知道自己来这里要做什么……"

那女人四十多快五十岁，就连阿吉亚娜也得承认她在这年纪看起来还不错。她深蓝色的套装很有女人味，专业却也讨人喜欢，脸上的妆也无懈可击。她伸出手指指休息区，要阿吉亚娜坐在那里。

司机无声离开了。阿吉亚娜在那张古董绒布长沙发上坐下。沙发很柔软，坐起来很舒服，可是如果不想整个人瘫在上面的话，只能小心翼翼地坐在一角。一位丰腴、穿着老式女仆装的妇女端出茶和饼干摆好。

"谢谢，阿玛。"女店员看也不看地说。

"Gracias（谢谢），阿玛。"阿吉亚娜接着说，"Me gustan sus aretes. Son de aquí？（我喜欢您的首饰，它们是这儿的吗？）"

女侍很不好意思，似乎不习惯与客人讲话。"Sí, señora, son de aquí. El señor Winston me los dió como regalo de boda hace casi veinte años.（是的，女士，是这儿的。这是温斯顿先生送给我的结婚礼物，都快二十年了。）"

"Muy lindos.（真漂亮。）"阿吉亚娜嘉许地点头，阿玛腼腆地消失在厚重的绒布拉帘后面。

"你怎么会说这么流利的西班牙语？"女店员问，看得出她只是出于礼貌，并非真的好奇。

"葡萄牙语是我的母语，可是我也会讲西班牙语，毕竟这两种语言是相通的。"阿吉亚娜耐着性子解释，虽然此刻她很难压抑自己的兴奋之情。

"哦，很有意思。"

有意思才怪，阿吉亚娜在想这是不是创下了男人最快向她求婚的纪录。托比应该不会就这么求婚……吧？太可笑了，他们初夏才刚认识。比较可能的是，他在担心她那子虚乌有的"秘密情人"，于是决定（当然，这是个正确的决定）用珠宝换回美人心。

"今天天气好像特别凉，不是吗？"那女人问道。

"嗯。"聊够了吧。阿吉亚娜想要尖叫：我——要——我——的——礼——物！

"拜伦先生要我为你展示……"一位六十多岁穿着三件式西装、脖子上挂着宝石鉴别镜的老先生听到女店员的话，马上把一个小绒布托盘交给她。她把东西托到阿吉亚娜面前。"……这个。"

黑色绒布上躺着一对阿吉亚娜看过最美的耳环。美这字眼已经不足以形容，那绝对是艳光耀人。

女店员用仔细修剪过指甲的手指谨慎抚摸过其中一只，接着说："很美，对不对？"

屏息超过一分钟的阿吉亚娜这时才呼口气。"好精致的水滴形蓝宝石，就像萨尔玛·海耶克戴去奥斯卡的那对。"她终于可以正常呼吸了。

那女人猛地抬起头，盯着阿吉亚娜。"哦？你很懂珠宝？"

"还好。"阿吉亚娜笑着说，"可是我懂你们的珠宝。"这实在很难得，不，简直是令人目瞪口呆，托比居然还记得她很喜欢旧杂志上萨尔玛在奥斯卡戴的那对耳环。这件事已经够让人难以置信了，而他竟然把照片留着，两个月后还找到一副一模一样的送她，简直难以想象。

"事实上，这就是萨尔玛·海耶克小姐在奥斯卡戴的那对耳环。自从我们借给她之后，很多人都来询问。然而……"她停下来以制造戏剧性，"……现在它们是你的了。"

"哇哦！"阿吉亚娜喘不过气，几乎忘了自己在哪儿，笨手笨脚地想把它们戴上。

十五分钟后，明星戴过的水滴形蓝宝石耳环稳稳地垂在阿吉亚娜耳下，她手拿一瓶伊云矿泉水，跳进车后座。她很开心，不只是因为她新得到的礼物，还有它背后所代表的意义：她有一个全心爱她的男友，用爱与感动（还有哈利·温斯顿的珠宝）围绕着她。她总算了解为什么其他女孩渴望这种稳定。如果可以从一个人身上得到一切，谁还需要那么多男人以及他们带来的麻烦呢？电视演员迪恩帅得无话可说，可是如果他五年接不到工作，住在西好莱坞的演员宿舍里，那还能帅到哪里去？不可否认，她喜欢她曾经约会过的外科医生、以色列间谍和达特茅斯的大学生。她欣赏他们每一个人，可是那是以前，那时她还是个女孩，不是一个有成熟欲望的女人。阿吉亚娜用手指抚弄蓝宝石，对着自己微笑。这个周末会很完美，她很肯定。

"你们出版社付你的薪水没高到让你上门服务吧？"罗素温柔地抚摸着蕾的背。

"是啊。"她说，希望他不要停下来。她贴着他宽阔、温暖、几乎没有毛的胸口，把头埋进他腋下。她一直都很喜欢和他搂在一起，现在也是如此。她可能不想与罗素做爱，可是至少她不讨厌他的抚摸。蕾还记得艾米与马克的情形，与邓肯交往之前，艾米说性爱从没让她感到愉快过，即使在刚开始的时候，而且情况越来越糟。虽然这主要是艾米的心理作用，她自己也承认。后来马克每次触碰她时，她都觉得很恶心。正因为蕾完全了解想闪开男友的吻的那种复杂感觉，这故事老是缠绕在她心里，但也因此她觉得这种亲热让她很安心。如果他们之间有问题的话，她不会想裸体躺在罗素身旁，享受他的抚摸吧？一切都清楚显示，情况一点都没变。女人也会偶尔有性欲上的起伏吧？一星期前她做头发时从《时尚芭莎》的一篇文章中读到，女人的性欲非常敏感，会受到压力、睡眠习惯、荷尔蒙等各种无法控制的因素影响。只要花点时间有耐心一些（就像罗素平时所做的那样），大部分女人会恢复正常。她只要耐心等待就好。

"他是什么样的人？"罗素问，"他真的像一般人想的那样疯狂吗？"

罗素大概已经上 Google 查找过杰西了。"你是指什么？他……不知道该怎么讲，就像作家该有的样子吧，他们都疯疯癫癫的。"

罗素翻个身，用一只手遮住眼睛，阻挡从窗帘边缘透进来的晨光。"是啊，可是这家伙在自己作品卖了五百多万本又获得普利策奖后，就消失了整整六年。真的是毒品问题吗？还是他已经江郎才尽了？"

"我不知道。我们只一起吃过一顿午餐，他没向我透露多少。"蕾试着控制语气中的紧张，这可没那么容易，"听着，我也不想大老远开车去呀。"

这也是事实。难得有两天时间不用进办公室，蕾有很多别的事想做，而不是在劳动节的周末开车远赴汉普敦。

"我知道，亲爱的。只是，想办法别让他对你作威作福好吗？他可能以为自己是大牌，但你才是他的编辑。应该由你来做决定才对吧？"

"是啊。"她不假思索地回答，但其实她正在想罗素有多像她爸爸，有多烦。艾丝娜先生在她走马上任前对她说过一模一样的话,原本是想要鼓励她,可在蕾听来却像是一位前辈对晚辈施恩般的训诫。

罗素吻她的前额,套上一条四角裤走进浴室,把水开到最烫,然后把浴室门关上,走向厨房。他开始弄每天的健康早餐:豆浆奶昔、无脂酸奶和三个去蛋黄的炒蛋。他在等蒸汽温暖整个浴室,他就喜欢这样。这个习惯最让蕾受不了。干吗浪费这么多水?她一次又一次问他,他只是提醒她,水费包括在每个月的管理费里,所以不用白不用。而这还只是她无法忍受的事情之一。她可以理解他为了录像,每个星期都需要化一次妆,可是她很厌恶看他卸妆的样子。他用她的卸妆水和卸妆棉,小心翼翼地清理眼睛下面的皮肤和鼻子,虽然不知道为什么,可她觉得很恶心。虽然他不曾忘记卸妆,也不曾发生粉底沾在枕头上的糟糕事,可是他卸妆的动作就是令她恶心。

她怪自己如此不通人情、如此偏执,深呼吸让自己放松。现在是晴朗的星期四早上九点,她却觉得自己已经四十八小时没有睡觉了,还经历了一次世界大战。蕾感到累坏了,轻微的焦躁在体内酝酿,却还是得拖着身体起床,一头钻进满是蒸汽的浴室。

她好不容易套上一条白色牛仔裤,在罗素洗好澡前把东西都收好,隔着浴室门给他个飞吻,然后赶紧离开。她拉着小行李箱到东十三街的租车公司,办理了所有对方提供的保险(安全第一),然后她从店员手上接过一大杯冰拿铁,吃两颗戒烟锭,坐进一辆福特福克斯的驾驶座。路程比她预计的短,两个小时多一点后,她把车停进艾斯提亚餐厅的停车场,这家店的外观看起来像鱼鳞板搭起来的茅屋,与杰西描述的一模一样。她从厕所出来,点了一杯咖啡后才打电话给杰西。

响了四声他才接电话。

"杰西?我是蕾,已经到餐厅了。"

"已经到了?我以为你下午才到。"

她觉得血压越来越高。"我不知道为什么你会那么认为。我们昨天讲好了我会在十二点到十二点半之间到。"

他笑了笑,声音听起来像刚起床。"是啊,谁会真的那么准时?我说的中午,是指三点。"

"哦,真的?"她说,"当我说中午,就真的是指中午。"

他又笑了笑。"懂了。"他说,"我在换衣服,马上就到。你喝杯咖啡,休息一下。等会儿就开始工作,我保证。"

她又点了一杯咖啡,翻看前一个客人留下的报纸《流行新知》的特刊。

在看到杰西以前,她已经听到他走近的声音,但她眼睛只盯着报纸,假装认真阅读一篇讨论用天然猪鬃制作梳子的文章。身边坐的全都是这家餐厅的老顾客(她会这么认为是因为他们从外表来看都是当地人),他们都在向他挥手打招呼。其中有一位老人穿着绣有名字的工作服,外表很粗犷,他穿的是真的工人装,不是布鲁明戴尔百货店卖给年轻人的那种仿制的怀旧服饰。衣服的名牌上写着史密斯,他举起咖啡杯对杰西眨眨眼。

"早安。"杰西说着拍拍那个老头的背。

"嘿,老大。"老头点头晃着咖啡杯说。

"星期一晚上的计划没变吧?"

那个男人点点头。"没变。"

杰西走到早餐区,一路和每个人都打了招呼,然后才坐在蕾旁边的椅子上。不知道为什么,蕾觉得他今天比之前碰面时还好看。就一般标准来说,那不是性感或帅气,杰西看起来还是一如往常的随兴,虽然听起来可能有点蠢,但他看起来很酷。他的穿着是一部分原因——他穿着窄版经典格子衬衫,配上一条看起来像为他量身剪裁的Levi's牛仔裤。可是一定还有某种其他因素,与他展现自己的方式有关。他的一举一动都表现得很放松,可是又不像九十年代那种特意经营的不修边幅,杰西的随兴看起来很真实。

她注意到自己在打量着他。

"星期一要干吗？"她马上问，只因为这是她第一件能想到的事。

"你是个不喜欢客套的人，对不对？我也一样。"杰西笑着说，"星期一是扑克之夜，这次轮到史密斯做庄。他住在村里酒店楼上的小套房，房子太小，没办法容纳那么多人，所以他安排我们在东汉普敦机场碰面，他是那里的维修师。我们要在停机坪打牌，我还挺期待的。"

蕾摇摇头。也许那些八卦杂志和谣传都是真的，杰西已经疯了。几年前他还坐着私人飞机去各个国家办签售会，享用全世界的美食、服饰和女人，利用新得来的名气参加每个盛大的宴会，而现在他窝在这个长岛东部劳工阶级的村庄，在简陋的停机坪与维修工人打牌……希望这本新书真有他说的那么好，蕾心想。

好像看出她心里在想什么，杰西说："你很想开始工作吧？说出来吧。"

"我是很想开始工作。我只在这里待两天一夜，但直到此刻我还不知道你在干吗！"

"那我们走吧。"他塞了十元钱给柜台后面的女士，然后带蕾出门。脚才踏出门一步，他马上点了一根烟，"我想给你一根，可是直觉告诉我你不抽烟。"

他没有等她回答，而是马上坐上自己的揽胜路虎豪华越野车。

"跟着我。房子离这里只有几分钟车程，可是有很多弯。"

"你确定我不需要先登记好旅馆？"蕾边问边用手指绕着自己的马尾。她原本打算住在萨格港一间老式美国旅馆，它的气氛、木制装潢、待客之道与它特大杯的马提尼一样出名。

杰西从车窗探出头来。"欢迎你去试试看，不过我在来这里的路上打过电话，他们坚持三点以后才能入住。相信我，如果可以等到那时候再工作,我会很高兴……"

"不、不用,我们走吧。我会利用下午休息时间去办理手续,然后我们再继续工作。"

"听起来不赖。"他摇起车窗开始倒车,后轮打起一阵尘土。

蕾赶紧跑去发动租来的车,跟在他后面。他左转进赛格路,直接穿过村庄、经过旅馆。他透过后视镜挥手指引蕾。这条主街的环境颇优美,有古典雅致的服装店、家庭经营的餐馆、生鲜市场,中间还夹杂几间画廊和酒店。大人们用红色货车载着小孩和蔬菜。车子都会礼让行人,人们不为什么特别原因就可以对别人微笑,几乎每个人都带着狗。

他们穿过市区朝海边开去,岸边有座码头,过桥后他们又转回蜿蜒的木头路上。杰西的私人车道有一英里长,碎石路上布满透过树叶洒落的点点阳光,让这段车程像是通往世外桃源。再往前开,蕾看到路旁有栋像小旅馆的屋子,白色的小茅屋有蓝色窗帘和可爱的小前院,孩子可以在前院坐摇椅、看书。再过五百码是片整理过、全新的儿童户外游戏区,没有那种颜色鲜艳的塑料玩具,有的是攀岩墙、树屋、帐篷、沙盒、儿童用的野餐桌和两座滑梯,看起来都是用红木,以手工打造而成。这景象让蕾暂时无法呼吸,她知道杰西有妻子(虽然他给蕾的印象是妻子不在汉普敦),可是她从没想象过他当爸爸的样子。当然这本可以想到(如果他不是的话反而有点奇怪),可是看到这些证据,她还是稍微觉得有些失望。

他们开到大门处时,她的心跳加速、呼吸急促,一副紧张的样子。杰西在她前面下车,朝她走近。她的前额冒汗,满心希望自己是在家里沙发上看手稿或与罗素聊他马上要对托尼·罗莫进行的访问,就算她得和罗素上床、看体育节目或者忍受楼上邻居穿木屐召开舞会都没关系。任何地方都比现在这里好。

杰西替蕾开车门,领着她走到阳台,那是一片宽敞的开放空间,只用吊床和情人吊椅作装饰。吊椅旁边摆着一瓶意大利勤地红酒和一个用过的酒杯。

"你的孩子在这里吗?我想见见他们。"蕾在说谎。

杰西看看前门四周,起初有点不理解,明白以后便微笑起来,像是能读她的心思般。"哦,你是指那个游乐场啊?那是给我侄子们玩的,不是给我的孩子的。"

他讲得似乎很斩钉截铁。虽然她在心里说,不管怎样她都不在乎,也知道这样问很无礼而且太过私人,但她还是豁出去了。"你是说你还没有小孩,还是你永远都不想要?"

他笑着摇摇头,把前门打开。"老天,你心里想什么就说什么,是吧?"

一不做二不休。"是哪一种?"她问。

"我不想要小孩。现在不想,以后也不想。"

蕾举起双手。"看来我踩到地雷了。"

杰西尽量控制住不笑出声来,可蕾还是察觉到了。"你还想知道其他事吗?像是我吃得好不好,睡得好不好?"

"既然我已经问完小孩的事了,那……你吃得好不好,睡得好不好?"她大笑出来,之前的焦虑逐渐消失,和他斗嘴真好玩。

他的眼睛布满血丝、胡子没刮且脸色苍白,就连头发看起来都有点缺乏生气——虽然不脏不油,但看起来就是没精神。他摆出夸张的姿势,屁股往旁边一翘,然后噘着嘴说:"告诉我,你觉得我吃得好不好,睡得好不好?"

"都很糟。"蕾脱口而出。

杰西笑笑,把门推开。"欢迎光临寒舍。"

蕾看看四周。踏上去会吱吱嘎嘎响的地板,巨大、破旧的农庄餐桌,手织毛毯杂乱地铺在沙发上,虽然她一进门就已经爱上了整栋房子,却还是故意大声说:"杰西、杰西、杰西……你真的把钱统统花在可卡因和女人身上,就像八卦杂志说的那样吗?"

他摇摇头。"不,应该说是可卡因、酒和女人。"

"说得好。"

"好了,我们可以开始了吗?我大部分时间都在房子后面写作,所以你何不在这边准备一下,我会端饮料来。"他打开冰箱,弯身查看里面,"我看看,有啤酒、难喝的白酒、还可以的玫瑰红酒和血腥玛丽。现在喝红酒有点早,你想喝什么?"

"我觉得现在喝这些都有点早。请给我一杯健怡可乐。"

杰西弹了个响指,从冰箱拿出半瓶坎特伏特加。"选得好。一杯血腥玛丽,马上就来。"

她早已知道和他争这些没有用,况且他看起来需要点酒来醒醒昨晚的宿醉。蕾不太记得宿醉是什么感觉。回想刚毕业的时候,她就算喝到凌晨三点,隔天早上九点还是可以准时开始工作,偶尔甚至早餐时再喝几口酒以减轻头痛。她记得与艾米还有阿吉亚娜一起深夜狂欢的日子,从城市的一头到另一头,不管是酒吧的"欢乐时光"还是某人的生日宴会,喝太多酒、抽太多烟、吻了太多不记得姓名容貌的男人。天啊,那似乎是好久以前……虽然只经过了七八年,感觉却像是上辈子的事。现在她脚上的高跟鞋不再那么高(她以前怎么会穿那种不舒服的鞋子),下班后用餐的地方从过去挤满人的酒吧变成了比较高雅的餐厅(感谢老天),她也记不得除了工作和失眠外,还有什么时候整晚不睡了。不过,蕾提醒自己,那些所谓的快乐记忆,应该只是因为她缅怀的心境才变得美丽的。一定是这样的。那时她可没有优渥的工作,没有属于自己的公寓,更没有一个宠爱自己的未婚夫。

蕾走过采光充足的客厅,把玻璃门拉开,露出一片她所见过的最令人心旷神怡的户外空间。那已经不能算是后院,而是一片森林中的世外桃源。耸立的橡树和枫树环绕出了一个独立空间，地上是长满柔软小草却又没被过度修剪的绿色草坪。还有个水泥喷砂的小池，池子小得只能算是个水洼或是澡缸。两张躺椅、一张桌子和几张椅子环绕着小池，一切似乎都融入了背景，人们的目光只放在真正的景色上，就是那座更大的水池。那水池差不多二十英尺宽三十英尺长，池里有个可以漂浮、有靠垫、能让人躺在上面做日光浴的浮垫，还有一条简朴的摇桨小木船。水池后面，在这片空间的最边缘，树叶茂盛的角落里，有一张巴厘岛式的柚木制坐卧两用床，宽度可以轻易挤进两个人，上面有四角亭屋顶。蕾非常想走过去直接倒在那张床上，她很怀疑，杰西在这片让人放松的美景中，是如何让自己专心工作的？

"不错吧？"他边问边站上石头露台，递给她一杯配有芹菜和青柠檬的血腥玛丽。

"我的天，这地方和你屋子前院，或屋内都完全不同。这里……真的很让人赏心悦目。"

"谢谢赞赏。"

"不，真的。你想过请人来替这里拍照吗？我能想象它出现在设计杂志上时所能显现的魅力，那本杂志叫什么名字？对了，好像叫《居住》。这里的品味很适合它。"

他用手拨拨头发，灌了一口百威啤酒。"不可能。"

"不，真的。我真的认为这里可以……"

"记者或摄影师都不准来我家，绝对不行。"

"我明白了。"蕾应声。她不禁回想起在她和罗素交往前，就在著名的建筑装潢杂志里看过罗素的住所，在一篇讨论"黄金单身汉之家"的文章中，还特别刊出罗素的超现代阁楼，称那里是"难以抗拒的杰作"。当时蕾看着罗素家厨房的照片，觉得它看起来太工业化、太像员工餐厅；那张非洲铁刀木床，低得就像床垫直接摆在地上一样；浴室看起来就像是把五星级酒店的直接搬到家里。杂志上说那个地方共有两千两百平方英尺的开放空间，有着超大的窗户，直到他们第三次约会，蕾才亲眼见识到那些黑色硬木地板。从那时起，她尽可能少待在那里。罗素家的暗色系配色和那些金属家具以及它们尖锐的转角，让她变得比平常更容易紧张。

杰西坐在桌旁，要蕾坐在他对面。他从容地把啤酒喝完，做个深呼吸，这才打开帆布包的扣环，从里面拿出一叠电话簿大小的纸，双手交给蕾，像亚裔服务生递账单或名片一样。"请批评得温柔些。"他小声说。

"你不是要听我诚实的评语吗？"她接下手稿摆在面前，不知道自己怎么能忍住不马上翻开来看。"再也没人对我说真心话了，大家都对我悉心保护、唯唯诺诺，我只想要一个会告诉我事实的编辑。"她重复第一次在亨利办公室见面时他讲的话。

杰西点燃一根烟，然后说："那都是虚张声势的废话。我是个需要人照顾的小孩，就算是有建设性的评语，我都难以接受，更别提全盘负面的批评了。"

蕾把手往桌面一撑，对他微笑道："如果是那样的话，杰西·查普曼先生，你就与我认识的其他作家没什么两样。我至今还没碰到有救世主情结的作家，但是极度缺乏自信、不断的自我怀疑与自我惩罚，这些我都能应付。"

杰西举起他的烟，摆出要她停止的手势。"哇，我们不要进展太快。那些，"他指着手稿，"保守点不说是近十年，起码可说是今年对文坛最重要的贡献，这点我很确定。我只是请你万一看到一两段不喜欢的段落，能体贴一点。"

"哦，当然。我不喜欢的地方一定只有一两段而已，说不定还不到那么多。"蕾点点头假装很严肃。

"好极了。我很高兴我们想法一致。"他停下来看着她，然后说："咦？"

"咦什么？"

"你不读吗？"

"等你让我一个人独处时，我就会开始。"

杰西张大眼睛。"一个人？我不知道你们平常是这么做的。"

蕾笑笑。"你我都很清楚，这一切都不是正常情况。"

杰西装出一脸无辜。"你在说什么？"

"'正常情况'是我老板编辑你的书，根本轮不到我。'正常'应该是我已经读过你的手稿，或至少大纲和其中一章，之后再开两个半小时的车来跟你会面。'正常'会是……"

杰西举起手表示投降，然后站起来。"我无聊死了。"他这么说，"如果需要任何东西可以大声喊我，我在楼上午睡。"他没再多说一个字就从她面前走开了。

过了好一会儿，蕾才注意到她已经气得把指甲掐进了手掌里。他是故意激怒她还是本性如此？当他说怕听苛刻评语，或自认这本新书好比耶稣基督重临人间时，究竟是在开玩笑还是在做表面功夫？他可以很迷人、很随兴、很睿智，然后，砰！开关一转，他马上变成那个报导中的混蛋。

她看看手表，知道还需要一个小时才能去旅馆登记，喝了一口血腥玛丽，她贪婪地看着杰西留下来的那包烟，然后开始读稿子。故事发生在柬埔寨金边的一间外国记者俱乐部，主角是一位不修边幅、酗酒成瘾的美国男子。蕾觉得这个故事似曾相识，虽然不是逐字照抄，但她马上联想到格雷厄姆·格林的《爱到尽头》《文静的美国人》和卡普托的《信而有为》。只是这样还无所谓，因为改起来很容易。可是继续读下去之后，她开始担心了。这个故事的情节本身还好，一个二十多岁的年轻人，初出茅庐写的第一本书就进入畅销书排行榜确实能让读者有种窥视的快感，毕竟这是作者的亲身经历。真正让她担心的，是文笔的问题，整本书的文字风格淡而无味、毫无独特性，有时甚至单调乏味，完全不像是杰西的作品。她深呼吸，提醒自己事情本可能更糟。假设故事本身就很失败，那她根本不知该从何着手。

一小时后，杰西拖着脚步走回来，睡眼惺忪，手上的啤酒换成了一瓶水。蕾开始感到问题超出她能力所及了：蕾·艾丝娜，从没负责过任何名作家的菜鸟编辑，现在却得告诉文坛最叫好又叫座的作家——就这份草稿来看，他的新作将不会登上任何畅销书排行榜。结果很简单——她办不到。

杰西点根烟，把烟盒推到她面前。"活得开心点吧。你整天都盯着它看。"

"我有吗？"

他点点头。

她确实在盯着那包烟没错。蕾没有再考虑，只稍微想了一下罗素知道后会有多失望，然后从烟盒里拿出一根，摆在双唇之间，急着靠向杰西伸过来的火柴。虽然第一口烟让她的肺有种灼烧感，味道很苦涩，可是第二第三口就顺多了。

"我一整年的努力都白费了。"在吸进一口烟后，她懊恼地说。

杰西耸耸肩。"我觉得你不是那种会过度沉溺于酒精、毒品、食物，或任何东西的人。如果偶尔抽根烟会让你开心的话，为什么不好好享受？"

"如果我可以做到偶尔抽根烟的话，我会那么做。"蕾说，"问题是几分钟后，我会一根接一根地把整包抽完。"

"啊，振作小姐也有弱点。"杰西微笑着说。

"很高兴我和烟瘾的艰苦搏斗能让你这么开心。"

"我并不是觉得这有什么好笑，而是觉得很可爱。"他停下来想了一会儿，"不过，也是，这确实很好笑。"

"谢谢。"

杰西指指那份手稿说："看了有什么想法，还是正常情况下你没读完整部小说，就没办法讨论？"他喝了一大口水。

好险，他自己给了她一个台阶下。蕾含糊地说："我才看了七十页，还是等我全部读完再说好了。"她咳嗽了一声。

杰西专注地看着她，让她觉得很不自在。他似乎在研究她的表情，尝试寻找线索。他这样看了她整整一分钟，蕾觉得自己的脸都开始发红了，他仍然什么都没说。

"我想我该，呃，去旅馆登记了……"蕾说完把烟蒂丢进杰西用矿泉水瓶子做成的烟灰缸。

"好。"

"之后我该过来吗？还是你想在其他地方碰面。旅馆大厅？咖啡厅？我们约四……四点半如何？"这时两人之间的紧张气氛已极其明显，蕾得使劲提醒自己别再说下去。

"回这里吧。等你读完以后再回来就好。"

蕾笑笑，可是很快发现杰西不是在开玩笑。"我最少还需要五六个小时才能从头到尾读完。我们可以先谈这本书的出版时间。"蕾觉得自己的语气像在征求他的同意，于是马上又用自己最有威严的声音补充，"亨利讲得很清楚，截稿日期不能改。"

"蕾，蕾，蕾，"他的语气听起来有点失望，"每个截稿日期都是可以协调的。麻烦先读手稿，等你读完以后再回来。你想也知道，我不是那种很早上床的人。"

她无所谓地耸耸肩，企图表现出不在乎的样子，然后开始收拾东西。"如果你想等的话，我是无所谓。"

他点了另一根烟，靠着椅背。"不要生气，蕾。我们得花点时间才找得到适合我们的方法，有点耐心吧。"

蕾哼了声,想都没想就回答:"'找到适合我们的方法'?'有点耐心'?这是你在嬉皮士聚会或戒毒中心里学到的吗?等等,你不会还在戒酒吧?"

有一会儿,他看起来像被甩了一巴掌,可是很快就回复原状笑着说:"很高兴你终于了解我了。"他边说边吐烟。

"对不起,我不是有意要……"

"拜托,蕾,快走吧。"他用拿着烟的手朝门的方向挥,"我已经很多年没有与编辑合作过了,如果一开始我不够配合,请原谅我好吗?"

蕾点点头。

"很好。我很期待等会儿见到你。不用先打电话,你随时都可以过来。好好读吧。"

蕾把租来的车开出杰西家颠簸不平的车道,她的胃里沉甸甸的,无法确定他们第一次会谈究竟是个不错的开始,还是预示着一场大灾难。但是她猜想,大概是后者吧。

把他算作拉丁美洲男人

艾米小心翼翼地用指尖把小烤箱里的口袋饼翻了个面,开心的是它们烤得金黄酥脆,恼怒的是她不能放大一点的饼进去烤。她的朋友们一年会上她家拜访两次,比起准备一顿大餐(可能是意大利菜:新鲜干贝配半熟意大利面),但这次她宁愿用小烤箱为她们烤口袋饼。饼干占据了整个流理台面,所以她只好把用来搅碎豌豆的碗摆在大腿上。艾米总是用"某天她和邓肯会拥有属于自己的地方"来安慰自己,她幻想拥有一个有巨大维京炉灶、冷藏库和摆满整柜不锈钢碗盆的地方。可是这个幻想已经破灭了。

她实在不敢相信分手已经整整五个月了,更奇怪的是他们还保持着频繁的联系,如果她诚实一点的话,只是她单方面在这么做而已。虽然艾米没有对伊莎或其他朋友们讲,分手后的前几个月,她还定期打电话给他,出现在他的住所,直到他把锁换了为止。受到那次侮辱后,她决定要控制自己。等夏天过了一半,艾米已不再打电话了,除了在巴黎被保罗拒绝之后的那一次。哦,此外她还写过一封电子邮件给他。实在太丢脸了,可是艾米就是没办法不那么做。她原已决定不再写信给他,但她去佛罗里达前的某个晚上,在工作需要的试酒会上喝多了,睡前坐在电脑面前。那天是她朋友宝丽的三十岁生日,她打开邮箱想写封信祝贺她。她在收件人一栏打入"宝",然后邓肯的邮件地址就自动弹了出来

(在联络人名单上,她昵称他为"宝贝"),于是她就写了一封信给他。(当时她也想过写一封给保罗,那位她在考斯特碰到的男人,不过既然他那时拒绝了她,她自然不会有他的邮件地址。)

嘿,宝贝:

真高兴能听你说起在圣特罗佩兹度过的美好时光,我很想你。现在没日没夜地工作,我想这是到处奔波的新工作所必须的吧。只是离你这么远让我很难过。谢谢你送给我漂亮的法式家居服,上面好多蕾丝,又美又性感。我等不及要穿给你看了。再过一个星期我就可以过去陪你了……

亲亲,艾

她按下发送键,看到邓肯的名字出现在送信栏里觉得好兴奋。如果这样他都还没有反应,那再怎么做都不会有了。等了整整两天他才回复,内容还很让人失望。他只是说:"我想你不小心把信发错人了。"然后加了一个笑脸。一个情绪符号,太欺侮人了吧!她马上就后悔写那封信给他。他没有吃醋问艾米打算寄给谁,是哪个秘密情人,没问起她的新工作,甚至没有调侃她穿性感家居服或即将出发的法国南部之旅。这是最后一试。这次通信后整整两个月艾米都没有再与他联络。更重要的是,她很高兴自己从与乔治偶然热烈地做爱后,两个星期都没想过他。这清楚地说明一件事:更多偶然热烈的性爱很有必要。

门铃在八点整时响起,艾米准备好听欧弟嘎嘎乱叫。毫无意外,它醒来以后摇摇头,开始鬼话连篇。"是谁?上来吧!是谁?上来吧!"

门铃的开门功能已经坏了,她叹口气,套上夹脚拖朝楼梯走去。虽然这栋楼有台一九二五年产的老电梯,可是自从三年前在里面困了一整个下午后,艾米便相信还是走楼梯更安全。她感谢阿吉亚娜和蕾约的一年来她这里两次，特别是她们住同一栋楼，而且住的地方都比她这里舒服。因此她老是顾忌房子太小，并且为客人得爬五层楼而感到抱歉，更不用说到了之后还得坐在地板上，整晚忍受那只讨厌鹦鹉的侮辱。

"嗨！"打开门看到姐妹们都坐在底楼时，她开心地叫出声来，忘了该小声点。现在是十月，空气还算暖和，却烟雾弥漫。"哇！我看到什么了？"

阿吉亚娜用手肘推艾米，笑笑指着蕾。"快看，快看。"

于是蕾把烟熄掉，嘴里吐出一团烟来。

"蕾！怎么了？你之前戒得很好啊。"艾米失声喊道。

"'之前'是个关键词。"

"怎么了？"

"因为杰西·查普曼，就这样。"阿吉亚娜一脸开心的样子。

她们排成一排爬楼梯。

艾米回头看着朋友们。"你重新开始抽烟为什么是杰西·查普曼的错？"

蕾夸张地叹了口气。"我总是以为你们没听我讲话。"

"哦，不要演了。"阿吉亚娜说，"我们听过你大大小小每一个与工作有关的剧情。只是我们很幸运地知道，这个杰西·查普曼比其他疯疯癫癫的作家有意思点。"

"等等，回到'因为杰西·查普曼'，那是什么意思？"艾米问。她们总算爬到公寓楼层，艾米开心地看到朋友们累得上气不接下气，而她一点感觉也没有。

"没什么。你讲的好像有什么绯闻，我向你保证，没有。他只是很难应付。"

阿吉亚娜嘻嘻笑。"我赌他是。"

艾米要她们去拿座垫，自己开始倒已经事先打开的红酒。"说到和陌生人上床……"

阿吉亚娜尖叫得好响亮,连欧弟也凑热闹地嘎嘎叫,蕾用双手把耳朵捂住。

"艾米!你不会吧!"

"哦,我会!"说出这几个字后,又看到朋友们惊讶的表情感觉真好。几个月过去了,她还没机会亲口告诉她们,因为这期间她们分别到汉普敦和洛杉矶旅行去了,可是艾米很庆幸等到现在才讲。

"不……"蕾粗声呼气,从酒杯上抬起头,一脸惊讶。

"会……"艾米唱和着。

"肥婆!肥婆!肥婆!"欧弟乱叫着。阿吉亚娜用手敲它的笼子,欧弟马上就想去咬她。

"统统告诉我们,他是谁?在哪里?什么时候?怎么发生的?感觉好吗?他会是你未来孩子的爸爸吗?"

艾米啪的一声坐在地板上,喝了好大一口酒,让她们两人的注意力都集中在她身上。

"他的名字叫乔治,在迈阿密学法律。我拜访伊莎和凯文时碰到他的,事情就这样发生了。"艾米看着自己的手说。

阿吉亚娜开玩笑地拍拍她肩膀。"你在逗我们玩吧?你觉得呢,蕾?"

"我相信她真的做过。"蕾若有所思地说,"可是总欠缺了些什么,我们没有听到完整的故事。"

"你坠入情网了,对不对?"蕾身体往前倾,"说对了吧?你爱上那个男人了,认定他是你老公的人选。"

阿吉亚娜点头表示同意蕾的说法。

"百分之百。未来律师,你妹妹的朋友,也许是世上最好的人。我很替你开心,甜心。不用惊讶,我真的为你开心。可是……"

阿吉亚娜摇摇食指打断蕾的话,插嘴说:"我是这次赌局的另一方,请大家相信我，我保证会在约定时间内订婚，漂亮地赢得这盘赌局。"

"我是证人。"蕾附和，"真的。我很高兴你找到梦中的白马王子。艾米，你就把冠军头衔交给阿吉亚娜吧。"

阿吉亚娜从咖啡桌上拿起外卖的菜单，开始翻页。"我们来点些东西吧。送到的时候刚好可以看《实习医生格蕾》。寿司？"

"等一下。"艾米说。

"等一下！肥婆！等一下！肥婆！"欧弟又开始乱叫。

"我不知道你怎么能忍受和这只讨厌的动物住在一起。"阿吉亚娜说。

艾米把阿吉亚娜手上的菜单拿走，然后抢走蕾手上的电视遥控器。关掉电视，最后说："我要你们把注意力放在我这里，拜托。"

蕾叹气。"你订婚了？可不要跟我说你已经准备嫁给那个男人了。"

阿吉亚娜和蕾一起放声大笑。

"我要你们两个知道……"艾米伸出一只手指，"第一，那是完全随兴、没有关系的性，我也永远不会再见到那个人。"

很满意地看到朋友们的注意力都集中在她身上，她继续讲："第二，我很喜欢。"

第二点让朋友们都安静下来，阿吉亚娜总算开口："你做了？"

艾米点点头。"我跟你们谈论他，这并不恰当，我是讲真的。"

艾米隔天早上随口向妹妹提起乔治的名字，才知道自己做了什么。

"谁？"伊莎问，她在用锅子煎蛋。

"一个叫乔治的男人。我昨晚在泳池打电话给蕾时，他就在那里，我们聊了一会儿。"艾米停顿了一下，"他人似乎不错。"

"乔治……乔治……我不认识叫乔治的人。"伊莎说。

"可能他是刚搬来的吧？算了，这不重要。"艾米从没对伊莎有过任何隐瞒，可是她不能在妹妹刚宣布怀孕后，就把和乔治发生的事大大咧咧地拿来对她讲。那只是很……很琐碎的小事，有点蠢。

凯文走进厨房替自己倒咖啡。"你们在谈论谁？"

"艾米昨晚在泳池那儿碰到一个邻居。叫乔治。可是我想不出来她说的是谁。"

凯文转向艾米问道："法律系学生？"

艾米点头。"是啊，他说在迈阿密法学院。"

"挺高的小子，长得还不错，一直穿短裤？"

"就是他。"艾米同意。

"是尧治。我不知道他什么时候开始称自己乔治。这个小鬼在这附近很有名。"

凯文说"小鬼"的方式让艾米紧张起来，"在这附近很有名"听起来也不太好。

"你是指？"艾米问道，虽然她真的不想知道。

"是个花花公子。每天晚上都和不同的女孩搞在一起，有时候还同时和两个上床。那男孩才二十三岁，睡过的女人比一般人一辈子的还要多。"

艾米僵在那里，装着橙汁的玻璃杯就这样举在桌子和嘴巴之间。"二十三岁？"

伊莎陪着艾米在餐桌边坐下，小心地咬了口烤面包。"是啊，他还没长大，可是女孩们很喜欢他。"她奇怪地看着艾米，"怎么了？发生什么事了吗？"

艾米努力不让自己呛到，然后说："少无聊了，当然没有，你懂我的……"

凯文喝完咖啡，开始系鞋带。"伊莎，亲爱的，虽然艾米很漂亮，可是我猜尧治的目标是十八到二十五岁的女孩。"

痛。

艾米重述这段对话给朋友们听，讲完以后她们笑得眼泪都流出来了。

"你？不会吧，认真点！"蕾笑岔了气，摸着肚子躺到地上。

"他二十三岁，亲爱的，真的？"

"我那时又不知道！我更不知道他的嗜好是跟毫无戒心的女人在泳池边做爱……"

"毫无戒心的'老'女人。"阿吉亚娜加了一个字。

"随便你们笑。"艾米边说边把一条毛巾扔向欧弟的笼子，"可这是我这老女人最棒的性爱经验。"

忽然艾米举起手。"等一下。我们忽略了很重要的一点。我可以假设尧治是古巴人吗？"接着她耸耸肩，"可能吧。回想起来，凯文后来好像提到过他的家人是很有名的反卡斯特罗激进分子。"

"那……"蕾低下头来，把胳膊伸长。

"那？"艾米困惑地问。

"那你刚与第一个外国人上床。"阿吉亚娜说，"没错，他可能在美国出生，但加勒比海属拉丁美洲，应该不能算是美国。我投票赞成，以示友好和鼓励。他应该不算美国人。"

"我附议。把他当成拉丁美洲人，绝对没问题。"

阿吉亚娜伸手去捏艾米的脸颊。"恭喜，亲爱的。一个喽！如果我们把邓肯算成北美洲人的话……还剩五个。"

提到邓肯名字的时候，艾米觉得空气突然变冷，她确定自己看到阿吉亚娜和蕾交换了一个眼色，可是她没去管。艾米知道她们不相信她已经不在乎他了。老是想说服她们让她觉得很累。"是啊，我已经治好了只和男朋友上床的毛病，感谢你们鼓励我朝荡妇之路迈进。"

她们互碰酒杯。艾米打电话去她们常订的那家寿司店，要了三碗味噌汤、两份寿司餐、一份生鱼片，还有特别辣的蘸酱。蕾在旁设定数字录像机好录《实习医生格蕾》，这样等会儿她们就不用把时间浪费在广告上。半小时后，艾米又爬了一趟楼去给送外卖的人开门，回来后看到阿吉亚娜把欧弟的笼子挂在五楼窗户外面，她们正开心地玩拿筷子夹东西的游戏。

"罗素好吗？"艾米问蕾，希望她能多发言。她们已经认识很久了，艾米知道蕾把私人生活保护得很紧，可是她从没放弃尝试。

"什么？"蕾问，一副心不在焉的样子，"罗素？哦，他很好啊。他这星期要访问托尼·罗莫，所以最近很忙。"

阿吉亚娜拿起一个黄尾寿司蘸酱油，把它放进嘴里。"艾米说你们选好结婚的日子了？"

蕾点点头。"明年四月。"

"四月？真的？这么快！"艾米有点吃惊。想到蕾上次说他们订婚前只交往一年而已，她以为他们真的会等到明年夏天，可是她仍然很高兴看到蕾的婚事有进展。

"是啊，但那绝对不是我的第一选择，可是没关系。"

"为什么？"

"不知道。我猜是因为我一直很喜欢秋日婚礼的感觉。不过，似乎太快了点，而且杰西的书预定那时候出版，到时候怕是会忙得不可开交。总之我爸妈说，那天是俱乐部这两年内唯一有空的周末，因为有人取消了预定。而且这也符合罗素家人的行程安排，所以我们就这样决定了。我其实无所谓。"她耸耸肩。

"听起来像个宽容大度的新娘。"阿吉亚娜说。

蕾又耸耸肩。"为什么我要为了挑日子而有压力？我们迟早都会结婚，哪天结婚有差别吗？"

"喂，蕾，你让我浪漫的憧憬都没了。"艾米说。她原本要化解尴尬，可是话才出口就觉得说错了，于是马上换话题。"那查普曼先生呢？你见过他妻子了吗?"

蕾放下筷子,盘腿坐好,好像准备要好好聊一聊。"我还没见过他太太,甚至无法确定她到底存不存在。我从没在任何报章杂志上读过关于她的任何消息,要不是那天他在吃午饭的时候提起,我永远也不会相信这件事。不过很奇怪,他从来没有真的谈论过她,比如说,到现在我都不知道她的名字。"

"他招惹你了吗?"艾米问。不知道蕾何时才会意识到到底发生什么事,她可能有点喜欢上那个男人了。顺道一提,那男人听起来像是第一级的浑蛋。艾米认为这情况有点糟糕。况且,最恼人的是,蕾已经遇到像罗素这样的好男人,却不珍惜他。

蕾抬起头。"招惹我?艾米,他是我的作家。当然没有。"

"你已经订婚了。"艾米加上一句。

阿吉亚娜替每个人斟酒,然后说道:"姐妹们,姐妹们,镇定点。我确定杰西·查普曼已经对蕾上下其手了。毕竟,他可是花名在外,蕾又是个美女。这当然不是她的错。现在你们可不可以谈谈我的事?我有东西要给你们两个看。"

她把手伸进 Chanel 手提包里,拿出一个绒布盒。"快来看看,托比送的,或者我该说是哈利·温斯顿精品店送的。"

蕾和艾米都挤过来看这对动人的耳环。

艾米无法不注意到蕾闪闪发光的订婚戒指,跟阿吉亚娜的蓝宝石耳环摆在一起。她的朋友们似乎都迷恋这些小东西。她们应该知道自己有多幸运,有个爱她们的男人送她们珠宝。如果能找到她的真命天子,她会开心地放弃世上所有的钻石,或是,只保留对她有意义的那颗。如果过去一切顺利,现在她和邓肯应该在安排他们的婚礼了。

"托比记得我很喜欢旧照片里萨尔玛·海耶克参加奥斯卡的那对耳环,据说这就是她戴的那对。"

艾米吹口哨。"要好好抓住他，阿吉。真讨厌，为什么只有蕾见过他而我没有，我什么时候可以跟他见面？"

"接下来几个星期他都在多伦多，可是他想替我下个月的生日办个盛大的派对。我告诉他说三……这个年纪没什么好庆祝的，可是他坚持。不知道在哪里办比较好。"

她们又聊了这集《实习医生格蕾》，还有回放的《大明星小跟班》，几段换日线频道的《擒获坏男人》。她们刚准备开始看氧气广播公司播的《新娘百分百》时，艾米说她累坏了，虽然感谢大家能来，但因为明天要早起，所以现在差不多该说再见了。蕾和阿吉亚娜听了有点吃惊，可是没特别放在心上。她们花了几分钟收拾自己的东西，拥抱说再见，然后就只剩下艾米一个人了。

她只是没有以往那样聊通宵的心情。她心浮气躁，没来由地难过。那些都不是真的，艾米这么告诉自己，用发卡把前额的刘海夹起来，用力地洗把脸。伊莎几个小时前打电话来报告好消息，她和凯文会有个小男孩。艾米发自真心兴奋地欢呼，还问他们是不是仍想取艾斯拉这个名字，伊莎笑了起来，说凯文好像为了某种原因要取名为"迪伦"。迪伦是字母D开头，邓肯也是。邓肯（如果有办法让他谈到孩子）坚持他只要男孩，因为只有男孩可以用他的名字。她已经当乖宝宝很久，抗拒很多引诱，可是今晚她的意志力崩溃了。伊莎宣布的消息，蕾和阿吉亚娜在讲到邓肯名字时交换的眼神，都让艾米无法不去想他。她想到他可能已经和那女人私奔了，或更糟，让她怀孕了，而无论发生什么艾米都不会知道。

这一切是怎么了？她怎么快三十岁时才变成单身，而阿吉亚娜和蕾都快要结婚了？可她们两个好像都还不在乎，实在太不公平了。邓肯不是名导演或名电视主播，可是大部分时候对她挺好的。艾米不是个白痴，她知道他喜欢和别人打情骂俏，也听他说过还没准备安定下来，但谁能预料到事情会变成这样?

她靠近电脑。

理智大声警告她不要把它打开。不要!不要!不要!你会后悔的。坏主意!这是个坏主意!有一刻这声音听起来好真实,是不是欧弟在讲话?可是她控制不住自己。四秒钟后,她的手指在键盘上敲打。十秒钟后,她看到布里安娜在 MySpace 的网页。

有十七张布里安娜和邓肯的高清照片。他们在度假,穿着泳装,看起来很配。

艾米很快地浏览了这快乐的一对在白色沙滩上晒太阳的照片,他们看起来似乎住在私人俱乐部,两人在堆积如山的蟹脚和空鸡尾酒杯后面微笑。没有任何照片解说,真让人无法忍受。他们在哪里?什么时候?度蜜月吗?她快速扫过照片右边的留言,那里有布里安娜朋友们写的短句、让人眼花缭乱的情绪符号、椭圆形和多到数不清的感叹号,其中一则留言链接到柯达相册。艾米觉得自己的折磨才刚刚开始。

"哦,老天,不要。"她挣扎着,往后靠在椅子上,小心地瞪着屏幕,好像它会爆炸似的。她知道自己不该去点,可是已经来不及了。她坐直,肩膀放松,挺胸,做个深呼吸,把鼠标移到链接上。正要点下去时,她想到柯达相册会自动记录她的来访信息,把她的名字、时间和日期记在布里安娜的留言板上。那简直是场噩梦!还好及时避开灾难,艾米很快回到首页,注销当前账号后重新用了个假的、避免被数字跟踪的新账号登入。这次她打开链接,相簿上显示问候的句子:"欢迎,露西!点击这里来看布里安娜和邓肯的墨西哥探险之旅。"

墨西哥探险之旅?拜托!他妈的他们躺在海滩上,又不是去爬乞力马扎罗山。她又一次深呼吸,但一点也没平静下来,然后点了下去。

屏幕转换成幻灯片模式前,艾米看到有好几打,可能是成百上千张的缩略图。她知道这是个馊主意,有点脑子就该知道浏览那些照片是很愚蠢的举动，然而她就是控制不住，这已经超出她的理智范围。第一到第六张很快就自动过去了，到第七张时艾米振作起来减缓自动播放的速度。但她也只用这种速度看了六张，因为她忍不住想仔细看，想研究每张照片的每一寸角落。于是她把自动播放功能关掉，这样就可以好好地看了，用自己喜欢的速度。

不幸的是，第一张就让她盯着屏幕不动了，那一定是邓肯拍的。布里安娜在水深及膝的浅滩嬉戏，弯腰朝着镜头泼水，同时也抬起头，这个动作让她的背弯得很有挑逗的意味。艾米凑近屏幕看。她的屁股真的这么翘，不用垫东西？那胸部！她穿着绑绳的比基尼，看起来绝对不小于C罩杯，但竟一点都没有下垂。艾米盯了它们整整一分钟，不得不承认，它们不是假的，只是很年轻。况且，二十二岁的处女应该不会有假胸部吧。

咔啦。

点击鼠标以后，邓肯占满了整个屏幕。他躺在泳池的浮板上，新练出肌肉的手臂搁在眼睛上挡阳光，穿着一条她不熟悉、有着缤纷花色的冲浪短裤（艾米曾求他把那条绣着鳄鱼老人的泳裤换掉，可从没成功过），等等……那是六块腹肌？她眯着眼睛看。没错！以前整天坐在办公桌前软绵绵又白皙的邓肯竟然转变成了他妈的海滩猛男。艾米用力揉眼睛，可是睁开眼睛后看到的邓肯看起来依然健美，身材魁梧。

咔啦。

又是那快乐的一对……在潜水小艇上。他们两个坐在木板椅上，手放在对方的膝上，潜水衣的拉链开到腰部，看起来有运动员的感觉，而且很吸引人。他们周围堆满之前潜水用的杂乱物品：好几桶的氧气瓶、调节器、潜水面罩跟背鳍，站在他们旁边的是一个穿白色短袖制服的墨西哥人，端着准备给他们的新鲜水果和果汁。艾米曾求邓肯（差点跪下来求，她现在越想越生气）某年圣诞节和她一起到巴哈马潜水，他却毫无转圜余地拒绝了，还说他绝不浪费宝贵的假期去做像潜水这样运动量大又具有挑战性的运动。他甚至连浮潜都不愿意,那个浑蛋,因为他对"在那边飘来飘去没兴趣"。

咔啦。

布里安娜坐在四角大床上读一本杂志,衣服非常贴身,一点儿也不像处女会穿的短裤和小得不能再小的上衣。咔啦。两个人穿着运动服戴着 iPod,流着汗且双颊红润地做舒缓运动。咔啦。邓肯对着镜头做了个很呆的亲吻动作,邓肯以前从不肯做这种动作,他身上穿的还是艾米参加第五届返校节时买给他的康奈尔 T 恤。咔啦。他们穿着正式地在沙滩上吃烛光晚餐,整条烤鱼、各式各样的新鲜蔬菜还有白酒。咔啦。咔啦。咔啦。艾米把整本相册看完,不在意自己已经头晕目眩,又把相册从头看了一遍。

这将会是非常漫长的一夜。

友好意味着单身而且很饥渴

"阿吉，刚才门房打电话来说你的车子到了。"苏沙太太在阿吉亚娜房门口说。

"知道了。"阿吉亚娜嘟哝着，要求自己耐心回应，避免对老妈反唇相讥。

"知道什么，亲爱的？你听到我说的了吗？我刚说门房……"

"我听到了！"阿吉亚娜的语气比预期的还糟。

"阿吉亚娜，我已经试着体谅……我真的有……可是情况变得令人无法忍受了。"她妈妈长长叹了口气，那是充满挫败感的悲剧性叹息，用以展开另一段漫长的、使她充满挫败感的悲剧性对话。

阿吉亚娜全身紧绷，熨斗不慎从手中滑落，在她反应过来之前，熨斗已在她大腿上狠狠烫了一下。

"靠！"她尖叫，整个人跳起来，不断搓着右边大腿。

"阿吉亚娜！说话注意点，我不准你在家里讲脏话。"苏沙太太降低声音，装着用安慰的口吻说，"快来我这里。你没事吧？"

"我烫到了，会起水泡的。"

"我等会儿拿药膏给你。可是我想先和你讨论一下，我知道你要……"

"妈妈，算我求求你了，可不可以等我回家以后再谈？就算现在出门我也已经要迟到了,而我还没准备好。对不起我讲了脏话,可是可不可以晚点再谈?"

"不只是脏话的问题,阿吉,你最近对你爸爸和我讲话的语气都很不对劲。我想不用我提醒你,这是我们的公寓,我们想过来住就过来住。你不喜欢我们在这里,这点你表达得很清楚,可是你有没有考虑过父母的感受?"

"妈妈……"

"当然还有你的花费。我向你保证,我和你一样厌倦这些话题,可是讲完后什么都没变,这让我无法接受。"

阿吉亚娜的喉咙开始哽咽,但她决心不哭出来,因为她不想破坏花了四十五分钟才精心化好的妆。她深深吸了口气,朝她妈妈走去。

她本想握着妈妈的手平静地解释,为什么现在不是谈这些的好时机。她真的打算这么做,可是满腔的愤怒和挫败感让她失去理智。世上没有哪件事比她妈妈那副施恩的表情更让她不爽。最后,阿吉亚娜还是用了她一直在用的方式响应——大吼大叫。

"你为什么总想破坏我的生活?我好好问你可不可以下次再谈这些事,你就是不听!"她朝妈妈走近,后者则朝走廊后退,"一打扮好我就会离开这里,你自己好自为之。现在让——我—— 一 ——个——人——待——着!"

她说完后用力甩上房门,立刻觉得舒服多了。到她这个年纪还大吼大叫、甩门,是有点幼稚,可是那个女人真的是烦得令人受不了,选的时间又那么不恰当。她爸妈昨天不知道从哪里蹦出来,从肯尼迪机场到公寓的路上也没打个电话事先告知一声,就打算在这里住到感恩节以后,可是他们根本不庆祝这个节日。唯一的安慰是托比也没有按原计划昨天到达(想到爸妈和托比一起挤在门口的景象,真是太恐怖了),所以她有足够的时间为他找酒店。

"住酒店？为什么？"他问。当阿吉亚娜问要不要帮他订酒店时，他有点惊讶。

"亲爱的，我爸妈在家。"

"我了解他们不能接受我睡在你房间，可是你真的……"

"托比，拜托！"阿吉亚娜不知如何是好，"你和他们同时待在这里是不可能的。"

他最后顺从了，跑去住中央公园旁的卡莱尔国际酒店。令阿吉亚娜难以启齿的是，她住的漂亮公寓其实是属于她父母的，如果大家住在一起，他很有可能会发现这个事实。不行，这绝不能被发现。

阿吉亚娜决心让混乱的心情平静下来，她坐在梳妆台前，把古铜色蜜粉扑在双颊与前额。她小心地用唇笔描出唇形，涂上颜色稍深的口红，然后再抹上一层透明的唇蜜让嘴唇发亮，最后抿一下面巾纸，一切就完成了。

服装则是另一个大问题。参加商业晚宴该穿什么好？她绞尽脑汁地想。这是个十一月的周末夜晚，气候却温暖得不同寻常，所有餐厅都把桌子摆到户外，每个人都会为这出乎意料的暖和气候感到兴奋，出门去夜店跳舞、参加派对。但她要去的却是上东区的古板公寓，里面一定堆满了发霉的古董和珍贵的收藏品，光想到这里就头晕。她对古董过敏，看到那些法式老瓷盘就想吐。刚听到这个安排时，她尽可能地对托比抱怨，可是也不愿做得太过分。托比这个人有点无聊，还有点书呆子气，可他是她的男朋友，她计划像个守本分的女朋友那样，全程伴着他，就算会无聊死也要这么做。

阿吉亚娜用了比平常稍少的步骤来打扮，很快地选了一件贴身的短袖开司米羊毛衣，配上一条曲线毕露的及膝裙，再穿上肉色丝袜（苏沙太太从阿吉亚娜小时候起就推荐它，认为它能显露不输潮流的性感），再套上一双四英寸高跟鞋就完成了。

她觉得自己端庄得像个修女。

"我要走了。"她随口喊了一声。

她妈妈不知道从哪里跑出来,用专家的眼光打量着阿吉亚娜,但没发表意见,只是问:"他不来接你?"

"他的酒店在上东区,晚宴也在那里。他会派车过来。"没有人比阿吉亚娜更重视淑女的地位,可是她也明白,要一个男人开车经过八十个街口,然后就掉头再开回去很不可理喻。

苏沙太太可不这么想。"哦……"她以让人听不清楚的音量应了一声,好暗示她不同意。

"不要等我。"阿吉亚娜拎起一件 Burberry 风衣(这是她最保守的外套),亲了亲妈妈的脸颊。

"你几点回家?"

"妈妈……"

苏沙太太举起手。"你说得对,我道歉。去吧,好好玩。只是你爸爸和我想早点见到拜伦先生。我说得对吧,雷那多?"

苏沙先生从巴西《环球报》里抬头,简短地点了个头,对阿吉亚娜说她看起来很美,希望她玩得开心。

阿吉亚娜没再说什么就离开了,连等电梯的时候都得压抑着怒气。爸妈实在太过分,她已经是个成年女人,却还得像青少年一样忍受双亲的质问。

她踏进一楼典雅的大理石大厅,气得没看到有人站在那里。

"阿吉,过来这里。"一个声音叫住她。

阿吉亚娜转身看到蕾站在大厅旁的邮件收发室里,正在整理一堆纸。

"嗨!"阿吉亚娜夸张地打招呼,慢慢走近。

蕾没有抬头,正在把 Victoria's Secret 的商品目录扔进垃圾桶。"没有任何东西比这份目录更让人不满意自己的身材。"她说,"嗯,当然不包括你,我讲的是其他的凡夫俗子。"

"哦,拜托,你看起来很美。"阿吉亚娜主动说,虽然她心里完全同意蕾的说法。

"你今晚要去哪里?"蕾问。

阿吉亚娜叹气。"跟托比去参加无聊的业界晚宴,有电影公司经理、制作人和其他人,我不记得为什么要去那里。"

"不会那么糟吧。在哪里?"

"上东区。"

蕾皱着鼻头。"哦,那是挺惨的。"

"你在干吗?"阿吉亚娜早就知道答案,可是觉得自己还是该问一下。蕾有很多优点,可是玩乐不是其中之一。

"我?"蕾看着自己的法兰绒睡裤笑了笑。"我有个性感约会,和我的电视及一桶冰淇淋。很吓人吧?"

阿吉亚娜摇摇头。"你未婚夫呢?等等,让我猜猜……他和一般人一样在外面玩,和其他人聚会,但你拒绝跟他一起,对吗?"

"我没有拒绝,只是不想去。除此之外,我还有好多工作要做。"

"好吧,好吧,亲爱的。我得走了。要是我再在这里多站一会儿,会对你发脾气,而且听起来会像你妈妈在念叨,为什么像你这样年轻、美丽、迷人的人要坚持在家冬眠,而不出去风情万种?"

"风情万种?你居然真的用了这个词?"蕾把邮购目录也扔进垃圾桶。

阿吉亚娜举手投降。蕾太难懂了,浪费了一个那么好的男朋友。可怜的罗素可能只想出去走走玩玩,放松一下,可是他的女朋友却连放松是什么意思都不懂。"应该由你去参加这个无聊的晚宴,而我和罗素出去玩。"

蕾翻个白眼。"走吧。代我向托比问好。管好你自己，晚宴上不要作怪。"

"什么，你担心我们会在厕所做爱吗？"阿吉亚娜开玩笑地问。

"我比较担心你会跟不是托比的人做爱。"

阿吉亚娜假装在考虑她说的话。"嗯，我还没这么想过，这很有趣……"

到七十四街和公园的路好像永远走不完。她年纪还这么轻，根本不该参加上东区的正式晚宴，不该把身体包裹在及膝的裙子和风衣下，更不该让接下来的日子里只有一个男人。她真是太笨了，这么急着找个老公，只因为她快三十岁了？那些来自四面八方的压力，她父母还有朋友们，凭什么认为他们选择的路就都是对的？每开过一条街，她就增加一份气恼。等到他们经过大都会保险公司大楼时，她决定要结束这个闹剧。她打赌输了又怎么样？

礼车开过贝尔斯登银行大楼，阿吉亚娜不由自主地想到艾米的邓肯，每次经过这栋他自称曾在此"呼风唤雨"的大楼时，都会想到他。阿吉亚娜从没喜欢过邓肯，可是得承认他还算有魅力，这个典型过度自信的纽约银行职员，碰到女孩时通常都会采取主动。邓肯会抛弃艾米去和一个小他八岁的女人在一起，是否他的朋友和同事也会做同样的事？当然会。接着，她想到她与亚尼之间的事。过去几个月，她花尽心思跟他调情，希望他注意她，直到某天早晨，她看到他正吻着一个女孩。那个女孩并没有她漂亮，身材也没她好，可是却有个无法否认的优势：她绝对不超过二十岁。阿吉亚娜最后想到托比。妈妈以前说过，成功、帅气、富有的男人，大多是同性恋或已婚。剩下的，会有多少男人愿意去选择一个三十出头的女人，而不去选二十二岁的年轻女孩？要知道她们气色红润，还会眨着仰慕的大眼睛崇拜地说："你讲的每个字对我来说都有如神谕。"阿吉亚娜知道，虽然必要时她还可以装一装，但她离崇拜男人的年纪已经很遥远了。就算他们值得她注意，也该是他们来崇拜她才对。

她到达的时候，托比已在大楼外面等候。阿吉亚娜看到他时几乎要脱口而出，他应该穿休闲裤配身上那件外套，而不应该穿牛仔裤。纽约公园大道与好莱坞的穿衣风格可截然不同。不过她还记得自己应该展现出二十二岁女孩的样子，于是贴近他耳边，假装崇拜地说："你今晚看起来好性感，我等不及了。"

他的脸马上亮了起来，藏不住地喜悦。"真的吗？"

老天，太容易了。超级导演在排戏的时候，可能既自大又傲慢，但他显然还不习惯这种称赞。阿吉亚娜很快计算了一下，她今年的寻戒之旅大概可以减少一个月的时间。

"真的。"她低沉性感地回答。

门房向他们打招呼，领他们走进装饰豪华的电梯。"到最高楼。"他说，但他就像在说"到最高潮"。阿吉亚娜白了他一眼，托比笑了笑。电梯门关上时，他从后面搂着她。这还不错，她这么想，他常常拥抱我，又贴心、又爱我。如果不得不如此，我可以很快就习惯这个人。

整整十秒后，电梯门打开，他们直接走进顶楼公寓，阿吉亚娜的目光马上锁定在某个人身上。

"嘿，看看是谁来了！"托比大声说道，放开阿吉亚娜上前去握住那个人的手，"甜心，我想向你介绍这位。迪恩·德克尔，这是阿吉亚娜·苏沙。阿吉亚娜，这位是迪恩。"

阿吉亚娜的心快要跳出来了。迪恩和托比怎么会认识？那天在飞机上，她曾向迪恩提到托比吗？她要被拆穿了吗？她很快得出结论，不会，到现在为止，她没做错任何事。可是她仍惊吓到无法做出合适的反应。感谢老天，迪恩似乎比较镇定，甚至觉得有些好玩。

"阿吉亚娜是吗？很好的名字。嘿，很高兴认识你。"他伸出手。

"我也是。"她说。碰到他的手时，她手臂上的寒毛都竖了起来。真无法抗拒他俊俏的外表，他穿着和托比一样的衣服（黑色外套、白上衣和牛仔裤），几分钟前，托比的衣着看起来还不错，可是现在与迪恩一比，他简直无法入眼。阿吉亚娜眼前突然出现一幅让人心烦意乱的画面：托比和迪恩并肩出现在《美国周刊》"谁穿得好看"的专题页面上，洛克菲勒中心的人百分之百会选迪恩。她从没见谁拿过所有的选票，就连喜剧演员罗西·欧唐纳和捷克名模皮特拉·尼姆科娃竞争的时候也没有过。可是在她的幻想世界里，托比和迪恩的比赛结果显而易见。

托比似乎没注意到他与迪恩相似但输对方一大截的穿着，反而占有性地搂着阿吉亚娜的肩膀，把她拉近迪恩，三个人的脸一下子距离很近。"我们刚与迪恩签约，让他来演《让爱包围》的男主角。"他小声地讲。

阿吉亚娜的目光射向迪恩。

"是真的。"迪恩点头微笑。

阿吉亚娜觉得头昏脑涨。"真的？"她嘶哑着说。振作点！阿吉亚娜提醒自己。她深呼吸一口气，摆出微笑，这是为特殊情况而刻意准备的迷人笑容（例如遇见爱人的太太，或得向爸爸要辆新车等等）。

"太棒了，恭喜你们两位。"对，这样好多了。

一位身材高挑、引人注目、穿着经典 Chanel 套装的女人朝他们走近。

"欢迎来到我的小屋。"她隔着空气朝着他们亲吻，"欢迎加州男孩的到来。"

"凯瑟琳。"托比说着握住她的手并吻她两颊。

阿吉亚娜快吐了。真恶心，比欧洲人装欧洲人还恶心的，就是美国人装欧洲人。

"我要向你介绍我的女朋友，阿吉亚娜·苏沙。"听到"女朋友"这三个字，阿吉亚娜瞄了迪恩一眼，他已经挑起眉毛看着她，脸上露出饶有兴致的表情。"这位是迪恩·德克尔。阿吉亚娜、迪恩，这位美丽的女士就是今晚的女主人。"

阿吉亚娜仔细观察那位女士，发现对方比她刚刚猜想的年纪还大些，差不多六十岁。阿吉亚娜讲了一些平常的奉承话，像是房子很棒、很高兴能来、很喜欢你的项链等等，可是那位女士只顾盯着她看。等阿吉亚娜说完，凯瑟琳托住阿吉亚娜的下巴，动作很慢而且非常温柔，像在欣赏某件高级瓷器似的，左右观察她的脸。

"哇，你真美。"凯瑟琳边说边看着阿吉亚娜，"高耸的颧骨和漂亮大眼。而且你的皮肤……"她惊叹，"简直像天使般完美无瑕。"

嗯，讲得倒是不错。阿吉亚娜露出当天晚上第二个招牌笑容。"谢谢你这么夸奖我。"她试着露出害羞或至少腼腆的表情，可是不知道效果如何。

"凯瑟琳……"托比用警告的语气说。

"对不起，我知道，不可以在宴会上工作。我答应今天晚上不打扰她，不过星期一就不一样了。"

凯瑟琳抬头看到刚进来的两位新客人，于是对他们说："吧台在那里，客厅。"她指着那对法式门。"请容许我告退一会儿。"

"我打算去弄点酒喝。"迪恩对他们说，"待会儿见？"

凯瑟琳已经去和新来的客人打招呼了。"待会儿吧。"托比回道，想让自己听起来很酷，结果却显得很老。

阿吉亚娜不知该从何说起。她该先打听迪恩还是凯瑟琳的事呢？

"你要小心点，不然你可能发现自己出现在《嘉人》的封面上。"托比从经过身旁的侍者托盘上拿了两杯香槟，一杯递给阿吉亚娜。

"凯瑟琳在《嘉人》工作？"阿吉亚娜急着想知道。

"凯瑟琳以前在那里工作。她当了十几年的主编，发掘过很多当今的名模。她刚刚对你的夸奖可是很有力的。不过这件事我早就知道了……"他靠得很近，阿吉亚娜可以闻到他呼吸里的香槟味。

"有意思。"阿吉亚娜说，"非常非常有意思。"她一定要问问妈妈关于凯瑟琳的事。如果她真的是《嘉人》里的大师，那妈妈一定认识她。

"来吧，亲爱的，让我把你介绍给大家。"

晚饭的时间到了，阿吉亚娜找到自己的座位，发现她坐在一位《嘉人》的编辑和迪恩中间。凯瑟琳做了所有好的女主人会做、而所有客人都讨厌的事——把夫妻、情侣拆开来坐，鼓励陌生人互相交谈。阿吉亚娜的位子不理想，可是也没那么糟。如果她坐在迪恩和托比之间，那就头痛了。阿吉亚娜衡量场上情况，拟好对策，然后在自己座位上坐好。先对迪恩点点头，然后很快把头转向左边。阿吉亚娜靠近那位女士，近到头都快碰在一起，然后说："你知道自己有多幸运吗？你坐在这屋里最帅的男人旁边。"

这位女士，托比刚刚介绍过，是麦肯齐·迈克尔斯，代表《嘉人》的女人，她茫然地看着阿吉亚娜好一会儿，不了解她是什么意思。阿吉亚娜却只是点点头，就像在说，千真万确。然后麦肯齐偷偷往自己左边瞄。阿吉亚娜看到她眼睛睁大、倒吸口气。坐在麦肯齐另一边的，是一位比迪恩更帅的男士。他穿着一套剪裁合身、用铆钉装饰的 Thom Browne 西装，没有系领带。头发柔顺地贴在后颈两侧，顶部稍长的头发用发胶恰如其分地塑形，很酷，又不会太突兀。最棒的是他看起来容光焕发，皮肤似乎刚去过角质，刮过胡子，黝黑的肤色是晒太阳晒成的，不是用机器照的。他的指甲剪得整整齐齐，还有温润的光泽，看起来男子气概十足，就连他的皮制平底鞋也在灯光下闪闪发亮。

麦肯齐转回头对阿吉亚娜说："你说得没错。他真他妈的帅。"她小声说。

阿吉亚娜检查麦肯齐的手，没有戒指，于是说："去吧，亲爱的，让他成为你的。"

麦肯齐笑了笑，但不如阿吉亚娜的笑容那么柔美、优雅。"这样啊，我看今晚我跟马特·达蒙回家的机会还稍微大一点。"

"他来了吗？"阿吉亚娜问，忘了自己打定主意不往迪恩的方向看。她扫视餐桌，目光仔细地掠过每位客人。

"他没来。"麦肯齐笑着说，"我的意思是，那个帅哥不可能跟我回家。"

阿吉亚娜再一次打量她的新朋友。普通身高、比一般女人顺眼的面容、有个可爱的鼻子和迷人的笑容。身材还不错，她猜，虽然穿着那身娃娃装根本看不出来。她最讨厌这种宽松的连身洋装了。地球上每个女人，包括她自己，穿上这种服装，看起来都会显得肥胖或像已经怀孕八个月。如果麦肯齐真把漂亮的身材藏在这种衣服下面，那可是种浪费。还好，她被身上的配件拯救了。头发吹得很利落，看起来是专人给化的妆，鞋子和皮包的巧妙搭配更是大部分女人的梦想。她的外表，配上纽约最多人抢着要的杂志编辑的工作，实在应该表现得自信满满，而不是现在根本无理可循的没自信。

麦肯齐突然转身面对那个帅哥，一边拍他肩膀，一边清清喉咙。她似乎没注意到她已打扰到他和他左边女士的谈话，也没看到他一脸无法忍受的讶异表情。他转过头来瞪着麦肯齐。

"哈啰。"他用平板的语气说，可是阿吉亚娜知道他真正的意思是"什么事？请问你有何指教"。

麦肯齐虚假地微笑着伸出手来，这个动作有点怪，因为餐桌上大家都离得很近。她看起来简直像在抽搐，那个男人似乎也这么觉得。"嗨，我想自我介绍。我是麦肯齐·迈克尔斯，《嘉人》特别专栏的编辑。也许你平常不会看这本杂志，毕竟它是女性杂志，可是事实上，我们也有不少男性读者。让人吃惊的是，这些男性读者并不全是同性恋……"

"麦肯齐，亲爱的，你有薄荷糖或口香糖吗？"阿吉亚娜边问边抓住她的手臂。她也知道此举不是很恰当，可是对一个刚认识不久的人，她也只能这么做了。她根本顾不上自己说了什么，只要能让麦肯齐闭嘴就好,因为她讲的话让人很痛苦,就像坐在前排看到喜剧演员说错话,或是伴郎搞砸敬酒前的讲话。阿吉亚娜看不下去了,不得不出手干涉。

她看着那个帅哥,有那么一阵子,她觉得他是个可口的猎物,如果麦肯齐继续出丑……不行!她已经幸运地找到了自己未来的老公,可不能被这种随处可见的花花公子引诱。这件事是出自必要,不是为了好玩。

"你好!"她加重自己的巴西口音,"我是阿吉亚娜。你介意我跟我朋友讲几句话吗?"

麦肯齐想插嘴,可是阿吉亚娜掐了她的前臂一下。

那个帅哥微笑,回头继续刚刚未完成的谈话。

阿吉亚娜感到麦肯齐全身散发出寒气,可是她更在意迪恩的存在。他用眼角观看了整个过程,看得出来他正在偷笑。坐在房间另一头的托比,谈话中一直大声提到她的名字,她能清楚地听到他讲的每个字。她本应该拿着一杯巴西凯匹林纳鸡尾酒,和一个男人在沙发上温存,现在却得忍受一波接一波的尴尬场面。

"如果你自己想要他,干吗还怂恿我去找他,让我看起来像个白痴?"麦肯齐瞪大眼对阿吉亚娜说,但在侍者端上鲱鱼色拉时,两个女人都转头露出微笑。

阿吉亚娜叹口气,确定迪恩在和别人聊天后才开口。"我并不想要他,亲爱的。我只是看不下去了。你看起来太……"阿吉亚娜试着用一个比较温和的字眼,可是她找不到。

"太怎样?"麦肯齐坚持要听。

阿吉亚娜对上她的眼睛。"太饥渴。"

麦肯齐猛地倒吸一口气,阿吉亚娜很同情她。这是在为她着想,如果以前没有人这么提醒她,那她可真惨。就让她恨她吧。阿吉亚娜有自己的事需要担心,多一个女人恨她没什么大不了的。

"才不是饥渴。"麦肯锡小声说,"我只是想表示友好。"

又在用友好当借口了。阿吉亚娜马上回想起自己青少年时期,当妈妈教她这些重要的小知识时,阿吉亚娜也用过同样的借口。这段回忆几乎让她笑出来。

"只要你是先开口的那个人,不管你说这是为了表示友好,还是外向、迷人、有魅力,随便你怎么讲,都会被别人理解成'单身而且很饥渴'。"

麦肯齐想了想,一度想开口反驳,然后又改变了主意。"你真的这么认为?"她最后问。

阿吉亚娜点头。这么明显的事,为什么美国女人不懂?为什么没人教她们?《爱情作战手册》那本书是稍微能帮点忙,可是还不够,那本书只教女人怎么拒绝男人,没教她们怎么引诱男人。如果不是过去十年亲眼所见,她永远不会相信会有成年女人认为得到男人的方法就是主动。她在自己朋友身上也看到了这一点。蕾倒是还好,因为她的个性较保守,可是艾米就很丢脸,总是主动开口、先打电话、推荐出游计划,让自己一眼就被看穿。

"所以我不该自我介绍?"

"不该。"阿吉亚娜喝口酒。

"那该怎么认识对方?"

阿吉亚娜看着她,尽量控制住心中的怒火,因为这不是麦肯齐的错。"你们迟早会认识,也许几分钟后,他就会向你作自我介绍。"

"哦,拜托,这有什么差别……"

阿吉亚娜继续说,好像刚刚什么都没听到。"到那时你就该用明亮的眼睛看着他,对他的礼貌报以微笑,然后立刻避开他,转过身,完全投入另一场和他一点关系也没有的谈话。"

"就算……"

"就算他话讲到一半,就算他问你问题,就算他让你神魂颠倒,特别是他让你神魂颠倒时更要这么做！唯一能继续谈话的情况是对方很丑，因为，呃，反正你也不在乎结果如何，对吧？"

麦肯齐点点头，似乎在思考阿吉亚娜的话，并没对她施恩似的口吻着恼。这太基本了。怎么这位美丽、成功的女人却不懂？

"你是说我们该遵循《爱情作战手册》里的规则吗？在我看来，这非常不切实际。"

"我同意。"阿吉亚娜说，"的确不切实际。对青春期少女来说，那本书是好的开始，可是对成年女性来说没什么用。我的意思是，任何只写到该如何躲避性爱的书都没什么价值。"

阿吉亚娜很高兴看到麦肯齐在认真思考。她继续说："说真的，如果你不能好好享受男人的话，那男人存在是为了什么？"

麦肯齐不断点头，深深同意阿吉亚娜的话，于是她继续发表看法。她已经很久没有这么好心去帮助别人，是把经验分享给那些不怎么幸运的人的时候了。

"人家说，男人一旦和你上床后，就会对你失去兴趣。事实应该相反，如果你做得对，会让男人更想要你。女人应该从神秘感、漠然、挑战性、还有妩媚、诱惑、性感等种种特质中找到平衡点。你让男人主动，不只是在第一次的时候，而是一而再再而三，他们就会永远爱你。"

"你好像很肯定……"麦肯齐的声音逐渐减弱，可是阿吉亚娜知道她相信自己所说的。

"我很肯定。因为我是巴西女人。我们了解男人，我们懂性。"

阿吉亚娜开始吃自己的色拉，麦肯齐在旁边看着她。几乎同时，阿吉亚娜看到那位帅哥结束了刚刚的谈话，脸转向麦肯齐。"对不起，能打扰一下吗？"他问。

麦肯齐在转身面对他之前，刻意停了一下，然后才对他报以灿烂的微笑。"什么事？"

"抱歉,刚才我没好好介绍自己。我叫杰克,很高兴认识你。"

麦肯齐像个专家一样,眯眼看着他,停顿了一会儿才又笑了一下。只是这次笑得比较挑逗,还用舌尖轻舔嘴唇。"很高兴认识你,杰克。"麦肯齐妩媚地说。

"你怎么认识凯瑟琳的?"他问。

"谁不认识凯瑟琳呢?"她自信地一笑,然后转身背对着他。"阿吉亚娜,你刚提到上星期那场有趣的抢购灾难。可不可以先讲完?拜托。"

哇哦,阿吉亚娜心想,这个女人是天生好手。阿吉亚娜帮她演这场戏,编造了一些趣事好让对话继续,时间刚好长到让杰克决定起身去上厕所。

"你太棒了。"阿吉亚娜在他站起来离开后夸奖麦肯齐。

"真的吗?我觉得好像冒犯他了。是不是我的没礼貌让他离开的?"

"毫无疑问,你很棒。你没有冒犯他,也不会没礼貌,你很神秘。今天晚上就继续保持这样,他就会跟你回家的。聊一会儿,然后忽视他;调情,然后退缩。他会疯狂地想要得到你。"

事实就是这样。当杰克回座后,他用餐、吃点心的时间,加上餐后饮酒的整整一个小时,都在试着抓住麦肯齐飘忽的注意力。这男人努力想接近她,麦肯齐则显然很享受这过程里的每一分钟。阿吉亚娜看到她的自信在每次打情骂俏后不断提升。她暗自庆幸自己做得好,高兴地在旁边观察,同时她也在使用刚刚教麦肯齐的手段(而且级别更高),她要在两个不同的男人间游刃有余。

午夜过后,托比总算决定离开了。迪恩稍早前离开时一直在说抱歉,因为他得赶去参加另一个朋友的派对(可恶)。在昏暗角落的情人座上,麦肯齐还在继续假装对杰克没兴趣。阿吉亚娜再度觉得非常无聊,她已经用尽书里提过的所有手段让托比带她去跳舞,可是没有成功。工作和长途旅行让他累坏了,他想直接回旅馆,也希望她能跟他一起回去。

托比帮阿吉亚娜穿外套时,嘴里不停地念叨,阿吉亚娜很轻易地忽视了。比较困难的是记住自己只是三十岁的年轻女郎,而不是五十岁的老太婆(虽然她已经感觉自己就是了)。但至少这个晚上不是完全失败,与杰克在那边打情骂俏的麦肯齐,已经是个完全不同的女人了。

阿吉亚娜等到和她视线接触后,挥挥手说再见。麦肯齐比了个动作要她多留一下,然后像个专家似的用指尖轻轻擦过杰克的嘴唇,滑步朝阿吉亚娜走来。

"你要走了?"麦肯齐问,看了阿吉亚娜的外套一眼。

"已经半夜了,我好累。"阿吉亚娜编个谎。不是累,是无聊,她心里这么想。"看起来你做得不错。"

"你是我的偶像。"麦肯齐小声说,靠过来挽住阿吉亚娜的手臂,"他邀我去他家喝杯酒,我告诉他说我会考虑考虑。"

阿吉亚娜觉得很满意,此时没有什么字眼比"考虑"更有效。不是直接拒绝,可绝对传达了"你得再多努力点"的讯息。

"记得如果你和他上床,不要待太久。不管是否已经是凌晨五点,你都一定要爬起来离开。你做爱的时间可以很久,但一到睡觉时间,你就得离开那里。"阿吉亚娜一边告诫她的新学生,一边还得避免自己像她妈妈一样唠叨。

麦肯齐点点头,牢牢记住每个字。"可是要是……"

"没有例外。"

麦肯齐又点点头。

"好好去玩吧。"阿吉亚娜的声音渐渐变小。她拍拍托比的手,把他从正在进行的谈话中拉开。"宝贝,我们该走了……"

"哦,还有一件事。"麦肯齐低声道,"我想用你的故事做我们下期杂志的重点。虽然我不确定会从哪个角度切入,可是你绝对有天赋,我们的读者会很喜欢。"

嗯,这倒是个出人预料的发展。因为长着具异国情调的标致面孔,阿吉亚娜已经习惯走在路上受邀合照，今晚也不是第一次有杂志想刊登她的照片。可是让她参与一篇杂志访谈，探讨她对付男人的天赋，教导女人如何得到男人，这可不是每天都有的事。

她假装不在乎，可是声音因兴奋而稍微颤抖。"哦，好啊，听起来不错。"她不置可否地说。

"希望你能好好考虑然后同意。我可以写一篇两页的专题报导，配上你光鲜亮丽的照片。它会大卖的，我保证。"麦肯齐滔滔不绝地说。之前用餐时，她可没这么会讲话，不过那个时候，她也还不是个勾搭男人的高手。

阿吉亚娜努力克制自己不要开心得笑出来。"嗯，凯瑟琳知道怎么找我，或是至少，怎么找到托比，那可能是最好的方法……"

可是麦肯齐已经准备回到杰克身边。"我下星期打电话给你。很高兴认识你，还有谢谢……你为我所做的一切。"她挥挥手，婀娜多姿地走回昏暗角落的情人座。

"玩得还开心吗？甜心。"托比在大楼外面招出租车的时候问她。

"比开心还要棒，托比，我享受在那里的每一分每一秒。"其实，在听到麦肯齐的主意前，阿吉亚娜并没有这种感觉。"享受极了。"

敲门声将蕾从睡梦中吵醒，她连晚上都很少睡得这么熟，况且下午原本没打算要睡觉。这里的空气或水也许真有些不同，她应该带点回家去，似乎每次开着租来的小车来到萨格港时，她会全身放松。

"进来。"她赶紧确认一下自己的着装，口水没流得到处都是，接着转头看到外面天色已暗，不禁有点吃惊。

杰西把门打开一条缝，探进头来。"吵醒你了吗？对不起，我还以为你一天二十四小时都在工作呢。"

蕾哼了一声。"午餐前来两杯血腥玛丽，对保持生产力果然一点帮助也没有。"

"说得很对。你现在觉得如何?"

"还不错。"她承认,同时细细回想刚才梦里的情境。虽然在梦里,她裸体且全身颤抖地走在红毯上,但此刻她觉得很有精神,心情很平静。

"等一下。"杰西两三步走到房间另一头,在床缘坐下,与靠在一堆枕头中间穿着整齐的蕾不过隔了几英寸,"这是什么?"

蕾顺着他的目光看到摊在她肚子上的平装书(蓝色封面上映着一个包装精美的礼物),是《非关友情》的续作,一本她正在看而且很喜欢的书。

"这个吗?"她问,折起页角,把书递给他,"书名是《祝我幸福》。前一本是关于一个女孩爱上好朋友的未婚夫,不知道该怎么办好的故事,故事最后他们在一起了。而现在这本,从失去未婚夫的好朋友的角度来看整个故事。而这个好朋友也不是那么无辜,她曾与未婚夫的伴郎上过床。"

杰西边看封底边摇头。"不可思议。"他悄声说。

"怎么?"

"你居然会看这种书。"

"什么意思?"

"拜托,蕾。你不觉得很可笑吗?像你这种康奈尔大学英文系毕业的高才生,只编辑严肃文学的人,休息的时候居然看《祝我幸福》这种女性小说?"

蕾把书抢回来,压在胸前。"这本真的很好看。"她不悦地说。

"我想是吧。"

蕾很想说,与杰西现在的书稿相比,《祝我幸福》写得好多了。它的结构条理分明,语句通顺,也许确实没使用太多艰深的字眼,那又怎样?这本书行文风趣俏皮,纵使像杰西这种文学大家也可以从中学到点东西。

当然蕾没有说出来。她仅仅说:"我不需要为自己的休闲读物辩护。"

杰西举手投降。"好吧,不过你要知道,这会改变我对你的整体印象。我现在有证据证明我的工作狂编辑其实只是个普通人而已。"

"只不过因为我看女性小说?"

"没错,一个会看《BJ单身日记》的人能有多难对付?"

蕾叹口气。"我爱那本书。"

杰西微微一笑。"那《保姆日记》呢?"

"毫无疑问的经典之作。"

"嗯。"杰西低声说,蕾看得出他已经没什么兴致。她现在已经能够看穿他的一举一动、他的表情,能够了解他皱眉或爱笑不笑的真正意思。过去三个月内她来了汉普敦四次,每次会面都让他们越来越亲近。她第二次来这里时还住在旅馆,虽然她真正待在那里的时间不长。那次会面意义重大,因为那是她"闲人勿扰"的星期一(不过,就这么一次例外也无妨)。第三、第四次的会面,她接受杰西的建议,住在他替侄子预备的客房,这样确实方便多了。直到昨天第五次的会面时,蕾体验到待在主屋楼上客房的好处。毕竟他们常工作到半夜,而回旅馆的路既曲折又昏暗。

一切都很单纯、自然,蕾感到有些惊讶。虽然他们睡的地方离得很近,她很高兴他们能维持应有的专业距离,又能方便顺利地工作。当蕾提到她现在不住旅馆时,亨利并不介意,因为在他的出版社里,编辑的确需要去拜访作者(甚至去比汉普敦还远的地方),而他们也常睡在作者家里。上星期,蕾吃晚餐时告诉爸爸她现在一个星期有两三天得在杰西那里和他一起工作,他表示"不是很理想,可是如果他不去你那里,那你也只好过去"。他们见怪不怪的态度,更坚定了蕾不让罗素知道的决心。

"你晚餐想吃什么？"杰西说，"快六点了，现在不是度假旺季，如果我们动作太慢就买不到东西吃了。你想随便吃个汉堡，还是由我来煮点东西？"

"'煮点东西'是指'把营养麦片倒进碗里'吗？如果是那样，我宁愿吃汉堡。"

"啊，蕾，你就像以往一样迷人。你的意思其实是'谢谢，杰西，在家简单做点东西吃听起来不错，只是我不想说客套话'对吗？"

蕾笑出声。"没错。"

"我就知道。好吧，那就自己煮。我要去超市买点食材。有什么想吃的吗？"

"Lucky Charms 谷片或是肉桂吐司脆片都可以。还要脂肪含量为百分之二的低脂牛奶，谢谢。"

杰西做出要吐的样子，挥挥手离开房间。蕾听到前门关起来接着是车子发动的声音后，才拿起电话。

电话才响一声，罗素就接起来了。"哪位？"

他老是假装不知道是蕾打来的，虽然他的电话和其他文明人的一样有来电显示功能。"嘿，"她说，"是我。"

"嗨，宝贝，你好吗？那个疯子最近还好吧？他是不是醉得连东西都写不出来了？"

只要一有机会，罗素就会贬低杰西，无论蕾向他说过多少次，杰西本人与流言所说的并不相同，他只是个作家，并不是疯子，只不过他的自信、傲慢与缺乏安全感让他不知如何是好。然而她说的好像都没用，蕾越替杰西辩护，罗素就越生气。他很嫉妒。（老实说，如果他花这么多时间和其他女人待在一起的话，她也会嫉妒。）可是她已经消除他的疑虑了。就算杰西从没提到他太太，蕾也没找到他们两人发展关系的任何可能，事实仍是杰西已婚，而蕾已订婚，他们只是在工作之外发展出了友谊,柏拉图式的友谊。但罗素曾说过男女之间不可能存在这种关系,蕾很受不了这种说法。

蕾叹口气说:"他真的不是那样,罗素。他没有酗酒,只是……只是与一般人不同,不像我们那么严守规矩。"

可恶,她又讲错话了。任何有关杰西的对话,无论她多么努力避免,统统都会以争吵结束,最近尤其严重。

"严守规矩?"

"你知道我是什么意思。"

"听起来你觉得他活得很随兴、很有禅意,而我太过紧张,过于……过于严守规矩。"

"我们和他本来就是不同的人,罗素。我们像成熟的社会砥柱,而他的人生像是迷失了方向,你懂吗?"蕾不想对罗素承认,虽然一个多月前她也有相同的看法,但现在她发觉杰西的生活方式并没有那么疯狂,"我们为什么要讨论他啊?谁在乎他?我打电话来是想知道你过得怎么样。你那个节目后期制作会议还顺利吗?"

"不就和平常一样。"

"罗素,不要生闷气,这不像平常的你。"

"真谢谢你指正我的行为举止,亲爱的。我会记住的。"

"你干吗这样?"蕾疲惫地说。她只是想聊聊天,分享几件有趣的事,然后回去看她的书,可是她感觉罗素好像又要对她和杰西的关系批评一番了。这是他的专长,也是她的噩梦。

"蕾,我们之间怎么了?"他的声音变小、变温柔,"说真的,我们需要谈谈。"

蕾做个深呼吸,然后小声吐气。她极力想平静,可内心却波涛汹涌。不要、不要、不要!我已经不想再谈我们的关系了,我们谈谈别的吧。我们能不能只聊聊今天过得怎样,然后就这么结束?拜托不要这样对我。

然后她开口说:"你想说什么,罗素?我们之间没怎么样啊。"

他不讲话。"你真是这么觉得吗?不觉得我们之间的距离越来越远吗?我们订婚已经五个月了,如果有人问我为什么还没办订婚派对,我该怎么解释?因为我未婚妻没时间?"

天啊,不要再说了。"你知道这次的工作对我有多重要,为什么你不能理解?"

"是啊。说我不可理喻吧。可是我以为结婚对你来说也很重要。"

"当然。这就是为什么我要等一切都很完美了再举办。"

这虽然不是谎言,但蕾知道自己在拖。一部分原因是所有与婚礼有关的事,她都没兴趣,她不是那种从十二岁开始就在挑礼服的女人。另一部分原因是应付她和罗素的妈妈,实在是很烦。但仔细想想,蕾知道这都不是最重要的。

有好一阵子,她对自己说,一切都进行得太快了。毕竟,感觉上他们就像昨天才在联合广场的长凳上第一次接吻一样。那时她很喜欢罗素,觉得他又帅又体贴,也为他的殷勤受宠若惊。她希望他们先约约会就好,让感情自然发展或是瓦解。如果他们没有变得更亲近,或者慢慢不再有新的交流,那么就自然地分手。那时她喜欢与罗素在一起,不需要担心未来会变得怎样。原本一切都很顺利,直到他向她求婚。不仅仅是求婚,他还趁蕾吓得嘴巴张大、动都不敢动的时候,把婚戒套上她的手指。她这辈子,就是这件事还没准备好,任谁都看得出来,她过去这几个月一直都很犹豫不定。她不知道该怎么对罗素解释,或是对任何人解释,到底是哪里错了。事实上,从他们第一次见面到现在,一切都没有改变,他一直仁慈、贴心。问题是蕾还在等待自己全心全意地爱上他。而其他人(包括朋友、父母,最糟糕的是罗素本人)却全都以为她已经非常爱他了。在这种情况下,她想利用这段时间好好思考一下,真的错了吗?

现在换罗素叹气了。"我懂。我只是希望,怎么说呢?我只想从你的声音中听出一丝丝的兴奋。你和朋友们聊过结婚的事吗？"

"当然聊过。"蕾说谎。艾米和阿吉亚娜老是问她有关结婚的计划，她们还计划好好举办一个单身派对，可是蕾总是用其他话题岔开。她们为什么不懂这一切都太快了？光是想到这些，她就觉得自己罪孽深重，于是把声音放柔。"宝贝，我对一切都很兴奋。我们会结婚，当麻烦都结束后，我们一起到某个非常、非常遥远的热带地区，像是马尔代夫，我们可以在那里尽情放松，享受只有彼此的时光，好吗？我保证。"

"你会穿我喜欢的那件比基尼吗？臀部两侧和胸罩中间有金属环的那件？"

"当然会。"

"就算是在飞机上打发时间，你也不会带电脑或是任何稿子？"

"一样也不会带。"她肯定地说，虽然有点不确定，"一切会很完美。"

"那一言为定。"罗素说，听起来这个问题已经解决了。

"我晚点打电话和你说晚安，好吗？"

"你明天会回来吧？在感恩节与父母碰面前，我们至少需要一个晚上单独相处。"

"当然，宝贝。我明天晚上一定在家。"蕾强迫自己这么说。对于今年的感恩节晚餐，蕾目前倒不是特别担心，但也许她其实应该担心的，毕竟为了这次盛会，罗素全家人大老远飞来康涅狄格州与她的家人一起度假。然而，现在她急着想挂电话的心情超越了一切。

"唔啊。"罗素对着话筒发出响亮的亲吻声，他们不在彼此身边时都会这么做。

蕾也亲回去，觉得这个动作又蠢又无聊，接着又责备自己刚才的想法。挂掉电话后她虽然感觉轻松多了，但仍心力交瘁得不想再把书打开。

她从似乎有人在看自己的感觉中惊醒，窗外飘落的雪花被门外射进来的光照亮。房间暗得几乎伸手不见五指，可是她真的感觉有人在她房间里。

"杰西？"

"嘿，对不起。我吓到你了吗？"

等眼睛适应黑暗后，她看到他坐在房间另一边的红木摇椅上。他双手交叉在胸前，头靠着椅背。新鲜大蒜和烤面包的香味不知从哪里飘来。

"你在那里干吗？"

"只是在欣赏你的睡姿。"

"我的睡姿？"

"我上来叫你起床吃晚餐，可是看到你睡得那么安详，就不忍心叫你了。我从没真正熟睡过，所以看别人熟睡的感觉还不错。可能有点诡异，但希望你不要介意。"

"有点讽刺，因为我在其他地方都睡不好，除了这里。这地方有点特别，比 Bambien 还有效。"蕾说。

"那种安眠药应该叫 Ambien。"

"泡澡（Bath）的第一个字母加上 Ambien 就是 Bambien，不是吗？不过，它们也不是每次都有效。"

杰西笑了笑，蕾突然感到幸福油然而生。三十年来第一次，蕾没有考虑后果或对方的反应，就自发行动了起来。她心里一片空白，毫无焦虑，爬下床朝摇椅走去。就连站在他正前方，也没觉得紧张。她伸出手，他带着一丝疑惑握住，她把他往上拉。然后他们面对面，蕾低头看着他们的双手交握，体会着当下那种无可否认的亲密感。他把手松开放到蕾的颈后，手指埋进她的头发里。他们的双唇碰在一起，舌头交缠，感觉是那么的不真实，超越了兴奋、新奇与陌生。

然后一切都进行得很快。他们倒在床上，几秒钟后，两人裸裎相见。

那是蕾不常经历的激情,正是她所渴望的性爱。他抚摸她的头发,托住她的下巴,亲吻她鼻尖,爱抚她的背。他毫不迟疑、粗暴地按倒她,把她的手拉过头……情事之后,又把她拉近,但仍压在她身上,手指轻柔地抚过蕾的肩膀,直到蕾手臂上的鸡皮疙瘩都起来了。他问她好吗,舒服吗?蕾安静地好几分钟没有说话,他抬起她的下巴,极度温柔地吻她,蕾以为自己要升天了。他们就这样吻了几分钟、好几分钟,直到慵懒、无力的感觉袭来。杰西把平滑的舌头压向她的下唇,蕾有种自己会消失在他嘴里的感觉。他们在床上不断翻滚和接吻,如此热情、如此狂野,直到再也无法控制欲望。他们的牙齿碰触,指甲掐进对方肌肤,双手不断拉扯。

之后,蕾把头枕在他的胸口,眼睛半张着看见杰西清醒地望着她,但他眼里没有好奇或爱的影子。他看起来像在努力记忆刚才发生的每一个细节。做爱时,眼神交会应该是最亲密的行为,可以看透彼此的灵魂,可是过去无论她与罗素有多亲近,以及罗素之前她与其他男人相处时,双眼互视总让她觉得勉强做作,就像是他们因为在杂志上读过做爱时要双眼互视的文章,所以才那么做的。这总是让她不自在,无法融入当时的亲热感。可是这次不同,当杰西的眼睛对上她的时,她几乎无法呼吸,以前从没有人如此凝视过她。身处仿佛电影里才有的情景,蕾觉得自己像个电影明星。她不再在乎自己腹部因搽新乳液过敏而起的红疹,或是杰西的皮肤在黝黑的胸毛下看起来过于苍白,或是现在他们都全身发红、冒汗、呼吸急促。他们成了世上最性感的一对,真正地找到了彼此。

一段时间后,他们都睡着了,等蕾睁开眼时,天已微微发白。她从杰西盖在他们身上的被单下钻出来,蹑手蹑脚地走向走廊另一边的浴室。她以为自己会有强烈的悔恨、自责和罪恶感,但是什么都没有。她原准备好接受小便时阴道的刺痛感,但奇迹似的没有发生。等她把水拍在脸上,看到镜中自己的胴体时,差点吓得昏倒。她的下巴和双颊被杰西的胡碴磨破了皮，稍微有点流血，嘴唇红肿，脖子上布满齿痕，头发纠结在一起，大腿内侧因为他的冲撞有淤血。她的头因撞到床头的靠板阵阵抽痛，下体的骨头也因摩擦而疼痛，双腿之间细嫩的皮肤好像刚用砂纸磨过，就连脚也因脚趾弯曲了好几小时而发酸。

她以前从没觉得这么糟过，而这个"糟"的真正意思是真他妈的棒极了。她走回客房，看见杰西坐在床上，被单下的身体仍是赤裸的。光线从靠床的窗户照进来，照亮了他的脸。蕾看到时钟显示早上七点二十三分。他抬头看她，而她几个钟头以来第一次感到害羞。她居然大白天这样全裸地站在一个她还不熟悉的男人面前，而这个人还是她负责的作家！她真的这么做了吗？

"蕾。"

她强迫自己正视他。房间冰冷，她觉得自己腿上的毛都要竖起来了。

"蕾，甜心，过来这里。"他拉起被单一角，向她示意。

她钻到他旁边。他搂着她，把被单拉起来盖住他们。他在她额头印下一吻，像是小时候爸爸在她生病时会做的一样。爸爸现在会怎么看她呢？和男人上床，对爸爸来讲已经够糟了，上床的人居然还是她负责的作家。还有，她的未婚夫罗素怎么办？她手指上还戴着他五个月前送的订婚戒指。她是个肮脏、恶心的贱货，完全配不上他们。

"你看起来好像快要惊慌失措了。"杰西在她耳边小声说，他把她搂得更紧，这个拥抱完全是保护的意思，没有性的含意。

"我是个肮脏、恶心、不要脸的贱货。"在蕾还来不及阻止自己之前，这句话已脱口而出，但她刚说完就后悔了。

蕾原本期待他会否认，或至少再拥抱她一下，同情地哄哄她（罗素最会这样了），但杰西却大笑。蕾先是吓了一跳，然后感到非常愤怒。

她挣脱他的怀抱，两眼瞪直，气得几乎讲不出话来。"你觉得这很好笑？你觉得看到我彻底毁了自己的人生很有趣？"

他伸出双手把她抱得更紧，以往这种抱法会让她觉得无法呼吸，可是这次她却觉得整个人都放松下来。杰西亲吻她的嘴唇、额头和两边脸颊，告诉她："我笑，是因为你让我想起以前的自己。"

"那我还真是受宠若惊。"蕾咕哝着。

"可是我们并没做错什么，蕾。"

"你什么意思，我们没做错什么？我都不知道该从何说起，也许该从我已经订婚的事实讲起？还是你已婚？还是我们在一起工作？还是……"

虽然蕾特别强调了"一起工作"这点，但等她把两人不该在一起的所有原因列出来后，蕾才对自己坦白她一直在等杰西说明他的婚姻状况，给她类似"我们已经离婚了"或"我其实没结婚"的信息。她知道这不太可能，可是她无法停止希望。

"没做错什么？"她大叫，语气变得有些凶狠，"那你妻子呢？"

杰西翻个身，用一只手肘支撑身体，直接看进蕾的眼睛。"我不想用那种'我们有多悲惨、她不懂我、我准备离开她'的理由来哄你，因为那不是真的，而我也不想骗你。可是这并不表示我在替自己找借口，也绝对不代表我现在不渴望拥有你。"

这绝对不是蕾想听到的话。如果杰西真的说他恨他妻子，他的妻子完全不了解他，蕾可能还会好过一点。现在听到这些话让她更体会到问题的严重性，情况变得更复杂。她和他上床只因为"感觉很对"？她到底在想什么啊？这太疯狂了……背叛罗素，和原本仅有工作关系的男人上床都是大错特错。这是她自己犯的错，毫无借口可言。当然她没办法再当杰西的编辑了，但相对自己的愚蠢行为，这只能算是毫不起眼的代价。

是该离开的时候了。立刻。

"你在干吗？"杰西问道，看着蕾从他身下奋力站起来，用毛毯遮住自己。她一手抓起她的背包,另一手拉着毛毯跑进浴室。一直等到把门上锁后,蕾才让毛毯从身上滑落,可是这次她不敢看镜中的自己。因为不想一边洗澡一边哭泣,她迅速穿上内衣裤、牛仔裤和衬衫,把打结、散乱的头发盘起来,花最短的时间刷牙,咬紧牙关不让自己哭,然后打开门。

杰西穿着T恤和短裤站在走廊上,看起来很痛苦。蕾很想拥抱他,可是她忍住没做这个让她既排斥又渴望的动作,静静与他擦身而过。

"蕾,甜心,不要这样。"他说,跟着她穿过走廊,走下楼梯,"和我坐一会儿,我们好好谈谈。"

她快步走进厨房收拾文件和笔记本,看到他们没有机会吃的晚餐。烤盘上变硬的千层面,两张椅子和两杯倒好的红酒,还有烛台上两块融化了的白色蜡油。

"我不想谈,只想离开。"蕾平淡地说,声音没有起伏。

"我知道,我要你等等。"蕾瞄了他一眼,注意到他灰色的胡碴,还有眼睛下方看起来像淤血的黑眼圈。

"杰西,拜托。"她叹口气,背对着他把文件放进包里。她忽然想起自己把那本《祝我幸福》留在了楼上客房,可是现在已经来不及拿了。

他把手轻轻地放在她肩上,想把她转过来。"看着我,蕾。我希望你知道,我不后悔昨晚发生的事。"

从离开床后,她第一次正视他的眼睛。她用最冷酷的眼神看着他说:"哦,那我真是放心了。感谢你不后悔我们之间发生的一切,听到你这么说以后我今晚会睡得很好。把你的手给我拿开。"

他退开。"蕾,我不是那个意思。拜托,坐下来和我聊一会儿……"他逐渐变弱的声音让他俩都知道,这听来诚恳的请求并不是他真正想做的。他看起来很疲倦,像是为了应付一个上床后歇斯底里的女人而累坏了。

她只想听他说：从他们第一次见面的那一刻起，他就爱上了她，这次做爱并不是他在婚姻之外的另一次征服。她想要听他说：蕾·艾丝娜，你与其他女人不同。可是她很清楚那不可能。她把背包甩上肩膀，抬头挺胸走出大门，同时对杰西没有追出门来感到惊讶与悲伤。

和三个男人上床还算不上蛇蝎美人

阿吉亚娜已记不得自己上一次这么紧张地等电话是什么时候的事了。或许是国中时、青春期前,她和其他女生一样,为会不会有人来邀她去学校舞会而紧张。也许吧。还有那么几次,等学校保健中心定期怀孕测验的结果,在伊维萨岛和可卡因扯上了关系,必须等好律师飞来救她……那几次等待也不容易。可是这次不同:她非常非常渴望《嘉人》杂志打电话来报告好消息,现在她脑子里真的任何其他的念头都没有了。

当然,她相信对方打来时一定是好消息。如果昨天和主编们开的会有丝毫的征兆,那她确定自己给了他们好印象。可是杂志编辑们向来难以捉摸。阿吉亚娜并不担心她昨天的服装(哪个正常女人会不欣赏她飘逸的 Chloé 连衣裙搭配 Sigerson Morrison 招牌高跟鞋,还有刚好及腰的羊毛外套连衣裙),或是会议的过程(两个人喝着产自意大利的昂贵矿泉水圣蓓露,分享对城里最棒整形医师的意见),她只是想不透为什么伊莱恩·泰勒当初会想与她见面。

就如当时约好的一样,麦肯齐在商业晚宴几天后打电话给阿吉亚娜,询问她愿不愿意替两性交往专栏试写一篇文章,文章写好后,麦肯齐会加上几句话赞扬阿吉亚娜与生俱来对付男人的天分。如果一切顺利,伊莱恩会在杂志网站上放上这篇文章试试水温,看看读者的反应。阿吉亚娜只花了一个下午就完成了六篇短文(怎么可能把她所有的智慧精华浓缩成一篇),题目从"做爱可以,过夜不行"到"'我只是想显得友好而已'以及其他白痴借口"。她有信心在传授靠经验得来的智慧的同时保持轻松有趣的口吻,那么为什么伊莱恩还坚持要见她呢?更重要的是,为什么到现在她还没打电话来?阿吉亚娜觉得自己真是笨透了,居然把家里的电话当做联络方式给了伊莱恩的助理,等她想改成手机号码时,那女人已经挥手要她离开了。都快六点了,而且今天是星期五。再过几个小时,她就得离开最喜欢的貂皮薄被,出门和托比碰面。难道她们真的以为她会坐在家里等电话吗?

"无——聊!"欧弟叫道,"非常无——聊!"它停在阿吉亚娜盖着薄被的脚踝上,盯着看电视的她。

"好,好,广告快完了。看,节目开始了。"欧弟把头转向电视机,继续专心看《好莱坞女孩》。

阿吉亚娜伸手抚摸它如丝般的羽背。欧弟往她手上靠,享受她的按摩。阿吉亚娜对自己微笑,很高兴见到这只鸟大有进步。经过无数次尖叫、无数个失眠的夜晚,打了超过六通以上的国际电话给艾米,恐吓她马上回来把欧弟带走否则欧弟性命不保之后,现在她和这只鹦鹉的感情却已很好了。

感谢上帝让她灵光一闪找到问题的症结,若非如此,谁知道可怜的欧弟现在会变成怎样?事情就发生在上星期,让人相当惊讶。那天早上,阿吉亚娜脱掉睡衣,正要去浴室倒发泡浴盐,马桶边笼子里的欧弟立刻大叫:"肥婆!"阿吉亚娜的目光马上射向镜子,以确定自己没有一夕发福,满意自己的大腿和以前一样紧实后,她转头面向欧弟。这时,阿吉亚娜看到它低着头站在金属笼里的架子上,一副哀伤的样子。它瞪着镜子里的影像,发出一声长长的、难过的叹息声,声嘶力竭地喊道:"胖子!"声音里满是嫌恶与无奈。

这时阿吉亚娜突然意识到,欧弟是觉得它自己很胖,不是她。

原来这些日子欧弟不断大叫"肥婆"和"胖子",都是在向外界呼救。它一定知道艾米为了堵住它的嘴总是喂它过多食物。好可怜。鸟食源源不断地倒入它的笼子里,怎么能要它控制自己不去吃呢?阿吉亚娜立刻上网寻找非洲鹦鹉所需要的适当营养,了解到市面上出售的包装鸟食几乎都会造成病态肥胖和肾脏提早衰竭,她吓了一大跳。更别说这对欧弟的心理健康会造成多大的影响。住在镜子前的笼子里,日复一日看着镜中的自己越来越胖,可是却没有办法解决……阿吉亚娜相信,没有比这更糟的生活了。

一切从此改变。当她了解欧弟的愤怒和侮辱不是针对她以后,阿吉亚娜马上同情起这个圆滚滚的小东西来。当天下午她就打电话给派裴伯格博士(一位传奇的鹦鹉养育者),询问她用什么喂亚历克斯——她那只世界知名、词汇量比八年级学生还丰富的非洲鹦鹉。新学到的知识和难得的助人为乐让阿吉亚娜充满了干劲,她频繁穿梭于联合广场的露天市场、天然健康食品超市、肥胖宠物之家,以及专门治疗热带鸟类的兽医院。经过一个星期的不懈努力,欧弟的饮食习惯已快要改造成功了。

很难说清楚哪一项对欧弟的改头换面有着最大的贡献,但阿吉亚娜猜应该是欧弟的新家。之前会发出恶臭的铝制笼子还有肮脏的架子都被她扔了。那个旧笼子看起来、闻起来都像中东的某个刑囚室一样,而现在这个才是适合鸟类居住的家:一个衣柜大小的手工雕刻木柜子,由纽约最好的建筑师设计,并由著名的木匠精心制作。柜子的骨架由橡木所制,并应阿吉亚娜的要求漆成浓缩咖啡色来搭配她客厅的家具;花岗岩铺的地板,旁边用高级不锈钢围起来;正前方是整片打不破的有机玻璃,看起来就像是玻璃一样透明。另外,她从世界知名的《国家地理杂志》摄影师那儿订了一幅高分辨率的森林照片,制成薄板后把它当作背景,好让欧弟觉得贴近大自然;她架上全光谱照明设备,这样它就不会搞不清楚现在是白天还是晚上。阿吉亚娜还听从鹦鹉驯兽师的建议,在笼子里装了各种饮水盒、饲料盒、秋千、架子和竹栖木，不过之后她担心空间太拥挤，不得不移走了一些摆饰。欧弟第一次入住这个新家就开始唱歌了，这足以证明八千美圆花得真是值得。阿吉亚娜发誓，她看到它站在竹栖木上对着森林全景照片微笑。

她认为，欧弟对新饲料，那些高营养的谷物、水果和蔬菜还是不满意。阿吉亚娜买了高营养藜麦，搭配有机浆果、胡萝卜，为了给欧弟补充钙质，一个星期还得喂两次希腊酸奶。有一次，阿吉亚娜发现欧弟比较喜欢喝斐济自流水，而不是依云或波兰矿泉水，于是她一天帮它换三次这种水，以确保它把体内毒素都排干净。她还送它到鸟类美容师那里洗澡，洗喷雾浴，最后剪趾甲以完成它的回春养生。

一点宠爱造成了多大的改变。阿吉亚娜记在心里，永远不该怀疑对自己好的重要性（通常也不会怀疑）。欧弟像是只新生的鸟。它唱歌、啾啾叫、脑袋随着房子里不停播放的巴萨诺瓦的节拍晃动。一个星期的时间，它就从爱挑衅的猛禽变成了个性可爱的玩伴，它还喜欢窝在沙发上。今早它展现了更多的潜力，对阿吉亚娜不断的教导做出正确的反应。

"好，欧弟，现在专心，亲爱的。"她从床头柜拿出小镜子。他们走进客厅，一起坐在地板上，欧弟开心地叼着胡萝卜吃，阿吉亚娜教它说新的话。

"现在我要拿镜子给你看，你要告诉我你看到什么好吗？记住，你是只聪明、漂亮的鸟，没有什么丢脸的。准备好了吗？"

欧弟继续嚼东西。

阿吉亚娜把镜子移到它面前，屏住呼吸。他们现在很亲近，她感觉得到，可是欧弟到现在看到镜中的自己还会大叫"肥婆"。她一动不动地握着镜子耐心等待，用意志力要它说出对的话。

它不知道在想什么，没有大叫，这是个好现象。接着它膨大羽毛，张开些喙。它似乎对眼前看到的景象感到满意。快点，阿吉亚娜在心里说，你做得到。就在这时，它仰起头，眼睛闪闪发光地大叫："美女！"

阿吉亚娜兴奋得差点要昏倒。"啊，这才是乖孩子。"她用和小婴儿讲话的口吻说，"你是最棒的宝贝！乖宝贝想不想来点鼓励啊？"

她决定在性别混淆的问题上放欧弟一马，起码目前不再追究了。以后有足够的时间来纠正它，目前它缺乏自信才是她最担心的。

"葡萄！"欧弟嘎嘎叫，很开心的样子。"美女！葡萄！美女！葡萄！"它边讲这些词边在阿吉亚娜的小腹上跳上跳下。

"一颗没有农药的葡萄，要给……给谁？谁想吃葡萄？帅哥要吃葡萄！"阿吉亚娜把它引到沙发扶手上，然后往厨房走。她刚要伸手进冰箱拿水果，电话就响了起来。

"哪位？"阿吉亚娜被打扰，语气有点不悦。她一边把无线话筒夹在肩膀和下巴间，一边捡葡萄到小碟子上。

"阿吉亚娜？"话筒里传来一个喘不过气的陌生女人声音。

不先说自己是谁，就想知道她是不是本人？阿吉亚娜很讨厌这种人，可是她还是尽量保持礼貌。"我就是。能知道你是哪位吗？"

"阿吉亚娜，我是麦肯齐。嗨，亲爱的，听着，我有一个天大的好消息。你坐稳了吗？"

天大的好消息听起来不错，阿吉亚娜也很想知道。听起来像是伊莱恩决定要在《嘉人》网站刊出一篇（或更多篇）她写的文章。也可能是伊莱恩很喜欢阿吉亚娜，打算让她在网站定期发表文章，还在主页上制作闪亮的文章链接，（当然）还得配上一张作者本人靓丽的大头照。作家！有谁会想到她——阿吉亚娜·苏沙，会有一份职业，而且是作家！每天收到上千、上百万次的点击。女孩们会转发她的文章链接给朋友，写上短短一句："快来看看"、"讲得真好"或是"写得好有趣"，而男人们会偷偷上这个网站，欣赏阿吉亚娜的照片，可能还会从"敌人阵营"中学到一两招应对秘诀。阿吉亚娜越想越美，已经等不及了。

"我坐好了。"她说,试着保持语调平稳。

"嗯,我刚和伊莱恩开完会。"对方停顿了一下,"她很欣赏你。"

"是吗?"

"非常欣赏。我在这里工作将近九年,从没在会议上看过她那个样子。"

"真的吗?那表示她要在网站上刊出其中一篇?"应该是这样,可是阿吉亚娜需要亲耳听到这句话。她已经在想她要先告诉谁了。姐妹们?托比?还是她妈妈?

又停了一会儿,恰好让阿吉亚娜的焦虑达到最高点,麦肯齐才说:"嗯,事实上,这不是她所想的。"

不是她所想的?可是她很喜欢啊。阿吉亚娜想尖叫。你刚刚亲口说的,我怎么会猜错?她边想边回到沙发上陪欧弟,盘子摆在膝盖中间。她抚摸它的背,它开心地吃着水果。然后她打碎了自己所有愚蠢的想法。美国女人永远不会改变。可恶,她们明明已经花了提高女人的影响力努力了好几十年。既然这样,还说这些干吗?再说谁需要那些无聊的曝光?公开宣传是不错,可是在网站上曝光就完全不同了,那些俗不可耐的网站设计和只浏览却不发表意见的人都让人恶心。想到这里,鸡皮疙瘩都起来了。现在是为这件蠢事做个了结的时候了。

"哦,不是?太可惜了。"她讲得心不甘情不愿,"谢谢你打电话来……"

"阿吉亚娜!闭上嘴仔细听着。没错,伊莱恩不想在网络上刊登这些文章,那是因为……你准备好了吗?她要你当固定专栏作家!你相信吗?"

"什么?"

"固定专栏作家。"

"专栏作家?"阿吉亚娜又问了一次。她的脑袋拒绝去相信这几个字。

"阿吉亚娜,我相信你听得懂我的话。你的作品她统统都要。本来她只想选'我只是想显得友好而已'这篇,可是最后我们决定统统刊载出来。"

"全部?"

"一个月一篇,同时看读者反应,我和她都觉得反响会很好,我们要把它变成每个月一次的特色,并决定把它称作'巴西女孩狩猎男人指南'。"

"我的天!我、的、天!"阿吉亚娜不再装冷静了,可是她不在乎。

"我知道!这是天大的好消息。听着,我要去开会了,我的助理会打电话给你,和你约拍照的细节。两个星期后我们就得准备好三月的杂志,所以会很赶,可是我们应该能应付。听起来不错吧?"

"完美。"阿吉亚娜喃喃说。

"哦,阿吉亚娜,杰克昨晚打电话来邀我共度周末,而……"

阿吉亚娜马上从白日梦中醒过来。"昨晚?星期四?他把你当成什么了?某个坐在那里等他电话的失败者?你绝对不可以……"

麦肯齐笑出来。"你可不可以闭一下嘴啊?我对他说整个周末都没空,虽然我只约了我妈妈星期六吃午饭而已,但……"她停下来换气,"他说,除非我下星期为他空出一天来,否则他不会挂掉电话。因此星期四我们要约会,他已经订好位子了。"

"亲爱的,我真为你骄傲。你自己也可以写专栏了。"阿吉亚娜对这个发展感到由衷的欢喜。不仅仅是因为她接受了她的技巧和建议,而是她所认识的麦肯齐,配得上一位性格好又疼爱她的男人。这都是好消息。

麦肯齐笑了笑,声音听起来既开心又兴奋,阿吉亚娜稍稍有些嫉妒。她记得过去为了新男人而兴奋的感觉。

"专栏留给专业人士来写,我还不行。不过我的故事可以为你的新专栏做个广告,一个关于你如何对全曼哈顿最苛刻、最固执的单身杂志主编施展魔力的真实故事。"

"之前最苛刻、但很快就不是单身的杂志主编。"阿吉亚娜纠正她。

"说得对。好了,我得挂了。晚点聊?"

"好啊,很谢谢你,亲爱的。"

阿吉亚娜倒进沙发,要欧弟过来和她一起。它小声啾了一下跳到她大腿上,拱她的手要葡萄吃,可是阿吉亚娜已经开始拨电话。

"蕾·艾丝娜办公室。"声音听起来很无聊的助理接起电话。

"嗨,安妮特,是阿吉亚娜。可以把电话转给蕾吗,谢谢。"

"她现在很忙,可以等会儿请她回电给你吗?"

阿吉亚娜没兴致和助理纠缠。

"哦,亲爱的,你一定要转给她。是急事。"

"请等等。"安妮特简短地说。

过了一会儿,电话那头传来蕾喘气的声音。"急事?"她问,"拜托不要告诉我急事就是你到处都买不到最喜欢的摩顿布朗沐浴乳。这不是上星期的急事吗?"

"你一定不会相信。"阿吉亚娜轻快地说,完全忽视蕾的抱怨,"真的,你一定不会相信。"

"我的天!香味的蜡烛也卖完了?你该怎么办?"她装出尖锐的声音说。

"你可不可以闭嘴了?我是以朋友的身份打电话来,不是个慌张失措的读者。我太蠢了,以为你会有兴趣听到《嘉人》三月号可能会刊出我的文章。"

蕾打哈欠的声音很大。"嗯,真的?恭喜,这次会成功的。你说什么?他们第一千一百次挑上你的照片当宣传照?还是派对报导中会提到你?

如果刊登的是那种东西，那应该是第一万一千次了。"

"你很烦人。"阿吉亚娜说，"你可不可以别说话啊，我要告诉你的事与宣传照或派对照片一点关系也没有。我要成为专栏作家了。"

蕾小声给助理的指示说到一半就停了下来，接下来大概整整二十秒没说话。"你怎么？"她最后问。

"你听到了。我要成为专栏作家了，一位定期写专栏的作家，文章会印出来。专栏名叫'巴西女孩狩猎男人指南'，要指点女人如何应付男人。"

"你是指引诱男人吧？"

"是啊，我当然是指引诱男人，不然女人想知道什么？这可不是那么容易的，除了我之外，他们找不到更适合的人选来做这件事。"

"我也这么觉得。"蕾喃喃地说。

阿吉亚娜感觉到蕾是出自真心地同意，她无法停止笑意，在心里对自己说："阿吉亚娜，亲爱的，我不觉得现在言之过早，我这辈子从没这么确定：一个新星要诞生了。"

艾米深深叹口气，她用脚把水龙头关掉，眼睛闭上，胸口到腿完全浸在热水里。她已经在浴缸里泡了三十分钟，在让人放松的蒸汽中看书、打盹。她不在乎手泡皱了，或是前额的汗水流到她脸颊旁，更不在乎她的不负责任。可以在除夕夜美好的酒醉性爱之后躺在这里放松，这些皱纹、汗水或不负责任又有什么关系？

他的名字叫拉夫还是什么的，而他就像梦一样。到以色列后，艾米就发现十五年里这里变了好多，还好这里的男人依旧很帅。如果不是要说他们有何变化，那就是男人们变得更迷人了。所有穿着制服的年轻军人，纵使年过三四十，体型似乎也比美国同龄人要好。她走到哪里，都会看到橄榄色皮肤、深色头发、肌肉发达的男人，在这些人之中，拉夫是最棒的。

他们两天前第一次相遇，那是星期四，在特拉维夫一家叫做约特瓦特的餐厅里。这家餐厅在以色列算是国营机构，是个轻松随意、令人快乐的地方，它紧邻海边步道，以提供大分量的色拉和好喝的水果酸奶出名。餐厅用的所有食材都直接从以色列与约旦边界的阿拉瓦山谷运来。

梅西主厨要艾米列出不太知名的地区和餐点，好为他伦敦新开的高档餐厅里的异国菜式提供灵感。艾米十三岁时，依照犹太人习俗，为了成年礼来过以色列，两年后，又为伊莎的成年礼来过一次。时间似乎已过了很久，可是她仍记得约特瓦特有她吃过最新鲜、最可口的食物。因此，她不需要犹豫就推荐了这间餐厅，特别强调餐厅的招牌奶制品以及主厨坚持只使用有机水果和蔬菜。

梅西主厨很喜欢这个建议，要她陪他到以色列亲自看看，他们将专注于扩展他现有的色拉菜单，力图超越一般用浓郁香醋拌的凯萨、希腊或综合蔬菜色拉，另外他们还要探索各色中东菜色。就艾米来看，任何可以让她在除夕离开纽约的安排都很好，要是目的地是以色列的话，将是更好的奖励。没想到梅西主厨在最后一刻突然无法成行，说他得和家人一起过节。其实大家都知道，他是要与新女友，那个巴基斯坦模特儿一起到加勒比海的圣巴特岛度假。艾米原以为自己也去不成了，可是他坚持要她去。

艾米走进餐厅，心想大概会碰到以色列版的典型美国公关小姐：穿着入时、讲话快、讨人厌的高傲女人。相反地，她被领到窗户旁的位子上，与一位长得很像电影明星乔什·杜哈明、绿色眼珠、拥有一般以色列男子傲气的男人为伴。艾米只用三秒时间就注意到他没有戴婚戒，这是例行公事的观察，并不一定代表什么。不过又过了五分钟她就探听出他没有女朋友。

"没有女朋友？"艾米不敢相信地说，知道但并不在乎自己像只母黑豹。"一定有很多年轻美女在追求你。"

拉夫笑了笑，艾米知道自己会跟他上床。

她的确做了，当天晚上、隔天早上、隔天晚上。他们在过去的一天半内一共做了六次，很频繁很热情，艾米坚持要看拉夫的驾照。

"我的天，你没开玩笑吧。一九七八！我这辈子还没碰到超过二十一岁体力还这么好的。"

他又笑笑，亲吻她的肚子。"这是特别的能力。"他用电影里那种口音说。

"我同意。"艾米说，像只满意的小狗般趴在绒布上，不介意两人都是裸体，"想点早餐在床上吃吗？我可以报销。"

他假装害怕，摇摇手指表示不赞同。"酒店有很多好东西——地毯、枕头、漂亮的游泳池，但别在这里点早餐，何况约特瓦特就近在咫尺，在酒店吃饭可是种罪恶。"

"我知道，可是如果要出去，我还得洗澡、换衣服、走上街。"艾米翘起屁股，摆出自己所能做到的最夸张的姿势，"你想让我离开床？"

"不、不，在这里等。"他消失在浴室里。

艾米听到水流的声音，难免觉得失望。他怎么不邀她一起去？她刚准备打电话叫客房服务，拉夫就出来了。

"为了您，女士。"他边说边对她不停招手。浴缸里装满热气蒸腾的水和香草味的泡泡，四周环绕着六根许愿蜡烛。

艾米毫不迟疑地让浴袍从双肩滑到地上，赤裸着爬进浴缸里。她先让脚习惯水温，然后慢慢地滑下坐好。当全身浸入热水里后，她闭上眼睛发出舒服的呢喃声。"好舒服，过来陪我吧。"

"不、不。"他摇摇手指，俯身轻轻吻着她的唇，"这只为你。半小时后我会把大餐带回来。"又亲了一下，他就离开了。

艾米懒洋洋地躺着，全身浸在水里，精神慢慢好起来。他出去了不止半小时，但她不介意，因为这样她就有时间抹上酒店准备的、香草味的润肤乳液，还能穿上前天在沈根街内衣店买的性感内衣。她已经不记得上次买性感或可爱的东西是什么时候的事了，可是这次在橱窗外看到它后，她就是没办法不把它买下来。粉红色的柔软材质贴在身上时感觉非常好，围在颈部的绿色蕾丝混合了舒服、轻松、性感的特质。阿吉亚娜会很嫉妒，她微笑地这么想着。能在陌生人的怀抱里迎接新年的到来，她觉得好极了。

拉夫拎着袋子重新出现，她感觉到身体里有种来源不明的神奇力量，准备再缠绵一番。

"来床上吧。"她亲昵地说。他把袋子放好后，她马上把他拉到身上。

"艾米，你需要食物。"他这么说，可是也回吻她。

他们又做了一次，虽然都已经累得无法完成，仍觉得很美好。拉夫不让她下床帮忙解开袋子，她只好往后躺回床上。床太蓬松，几乎像吊床一样，可是她有什么好抱怨的？他小心地把不同的色拉、面包和酸奶摆在盘子里，在床上一一摆好，混合果汁和咖啡放在床边，递给艾米用餐巾卷好的刀叉。

"Bon Appétit."他用法语说，拿起自己的咖啡敬艾米：好好享用美食。

"B'tayavon."她笑着回应，意思是请享用。

拉夫瞪大眼睛，一脸的不相信。"我们整整两天都腻在一起，你竟然没告诉我你会讲希伯来语！"

"那是因为我平常不讲，过去我和其他美国犹太儿童一样上希伯来语学校，那时我的老师是位胖女人，除了教祈祷文外，还教了我们很多词。"

"你还知道其他哪些字？"

"嗯，我想想。我知道 m'tzi-tzah。"

拉夫笑出声，嘴里的食物差点都喷出去。"你的希伯来语老师教你讲口交？"

"不是，这是马克斯·罗森斯坦教的。"艾米啜了一口果汁，"你英语怎么讲得这么好？不过'美国是唯一不学外语的国家'这部分内容就不用多说了，拜托。"

"这是事实。"拉夫抗议。

"当然是事实，只是我听得很烦了。所以你的英语是在哪儿学的？"

他耸耸肩，有点不好意思。"我妈妈是美国人。她在这里读书的时候认识我爸爸，然后就这样留下来了。其实我的英语应该要说得更好才对，可是因为爸爸听不太懂，她就不常跟我们讲英语了，何况她想学希伯来语。"

"不可思议。"艾米说。

"还好，你该听听我姐姐的英语。她现在住在宾夕法尼亚州。英语、希伯来语加上宾州的荷兰口音，全部混在一起。"

艾米把餐盒的盖子都打开，拉夫继续讲着关于自己家里的事情，他怎么会是家里唯一留在以色列的那个。她尽量专心听，他每多讲一个字，她就越确定自己喜欢他。当然，他不是个当丈夫的好料子，她已经不再遇到个男人就这么想了。可是他似乎是个还不错的男人。想到这里，以往的不安全感又再度浮现。他也喜欢她吗？他们会在美国见面吗？他会改变主意然后突然消失，就像那晚在巴黎遇到的保罗那样吗？

"很有趣。"艾米低声说，"统统都说得通，可是你怎么会成为这家店的公关？我得说你看起来不像做这行的。"

"我主修英文。"

"这理由足够了。"

"那你呢？"拉夫问，举着像长枪一样的羊奶奶酪色拉的叉子指着她。

"政府官员。"

他做个"饶了我吧"的鬼脸，然后用叉子从侧边戳她。

"我不知道，没什么好讲的。"艾米说，她很认真。她不喜欢叙述生平，因为真的没什么好讲的。"我在新泽西出生长大，生活在环境良好的郊区，有好的公立学校和足球队。爸爸在我五岁时过世，所以我不太记得他。从那时起，我妈妈就有点心神恍惚，她一直在身边，可是却又好像不在那里，你能明白吗？她几年前再婚，搬到亚利桑那州，我们不常得到她的消息。我妹妹，在迈阿密当医生，现在怀着她第一个孩子。我想想还有什么？我在康奈尔上的大学，后来决定要当厨师，所以去上厨艺学校，再后来又决定还是不当厨师，所以我退学了。有意思吧？"

"当然。"

"骗人。"

"嗯，看起来你有一份不错的工作。"拉夫说。

"没错。才做了六个月，可是至今我还很喜欢。"

"周游全世界，待在漂亮的酒店，与外国人发生关系？"

"我才没那么做！"艾米抗议。

"现在是你在骗人了。"

"不是所有的酒店都很美……"

拉夫笑了，一个开朗、有男性特质的笑，他又戳了她一下。"嗯，我没有抱怨。很荣幸能成为你的第六百一十二位男人，或随便其他哪个号码。"

应该是简单的第六个而已，艾米心想。想到邓肯是她的第三个，就觉得这还挺不容易的，从去年六月开始荡妇之旅后，她已经让数字翻了一倍。虽说花了将近三十年才做到，但这可是她经过一番努力突破困难才达成的。与乔治做爱是最好的开始。上星期有个澳洲人，父母经营狩猎公司，因此他在津巴布韦长大，现在住在伦敦。他不修边幅，喜好户外活动,虽然不是金发也没那么可爱,但喝了几杯伏特加后,他看起来就像电影《血钻》里的莱昂纳多。艾米在那里只待了一个周末,工作忙得不可开交,可是有哪个女人愿意放掉属于自己的鳄鱼先生①?现在名单上又多了一个拉夫。新的三个都很不错。艾米不记得自己何时开始喜爱性或变得有自信。她同时使用避孕药和保险套,避免发生任何不合理的期待,一般来讲,绝对不会有问题。做好这些准备以后,原来这事儿可以如此令人享受。

这就是最近她烦恼的事,不明白蕾和阿吉亚娜为何突然停止她们往日对她所鼓励的狂野性事。

当她向她们提到澳洲人时,两个人都笑出来,为她冒险般的征服鼓掌致贺。蕾宣布她的独身生活正式结束。当艾米兴致盎然地叙述艳遇时,阿吉亚娜要求她多讲些有关大小、体位、癖好的细节,她发现阿吉亚娜多少有点嫉妒。艾米期待她们能和她一样地热情,至少当她提到拉夫时能更好奇一点,可是她们反应有点平淡,尤其是前天接到阿吉亚娜的电话时。

"嘿,新年快乐!"艾米对着手机讲,"那里还好吗?"

阿吉亚娜叹口气。"圣保罗是很好,见到大家也很开心,可是圣诞节到新年的一个星期间要见完所有亲人实在太忙了。"

"可是我想你爸爸应该很开心吧?"

"高兴极了,这是一年中唯一能让所有孩子聚在一起的时间,他老人家要求的你能怎么办?可是只要我们理解而且表现得高高兴兴的,也不是那么难受。"

艾米在心里对阿吉亚娜的"难受"笑笑。她去的是一个热带国度,

---

① 史蒂夫·欧文,澳大利亚著名环保人士及电视节目主持人。他最广为人知的节目,就是与妻子一起主持的《鳄鱼搭档》,他也因此得到鳄鱼先生的外号。

她的家族在那里拥有广阔的土地，有比一般酒店更多的服务人员，整个星期只是吃、喝、拜访朋友，其他什么事都不用做，有什么好"难受"的？为了避免讲出批评的话，她决定赶快换个话题。"你猜怎样？我昨晚可能认识——以《圣经》的审美来说——一位非常火热的以色列男人，今天我们整个晚上都待在房间里。"

阿吉亚娜吹口哨。"哇，亲爱的，这么快，像闪电一样。"

"算了吧，不要对我说你不会跟士兵上床。"

"我当然会。可是你上星期还和鳄鱼先生邓迪在一起，还是我弄混了？我的天，艾米，我从没想过自己会算不清楚你有几个男人。"

艾米从阿吉亚娜的声音中听不出是恼怒、批判，还是嫉妒。

"拉夫又可爱又聪明，还非常体贴。和他在一起非常有意思。"

"不要忘了他是犹太人。"阿吉亚娜说，艾米几乎可以想象到她正在摇手指，"你我都知道这是什么意思……这不符合当丈夫的条件。"

艾米夸张地叹口气。"六个月前你和蕾硬要我停止找老公，鼓励我增加性经验。现在，我做到了，你们却又老是提结婚的事。"

"好吧，亲爱的，冷静下来。我当然希望你能享受一下。我们来谈谈别的吧，比如谈谈我。"

艾米边笑边切换电视频道，按下静音钮。"好吧。拜伦先生好吗？像以前一样好得令你难以置信吗？"

"他很好，刚从多伦多拍片回来，可是我有新消息。"

"不要说你们……"

"没有，我们没有订婚。然而……"她停下来制造效果，艾米急得想勒死她，"《嘉人》要刊出我的专栏了！"

"你的专栏？"这是艾米听到后的第一个反应，虽然她知道这种语气听起来好像不是很合适。

"对啊，你相信吗？去年十一月托比拉着我去参加一个晚宴，我在那里碰到了《嘉人》的编辑，我教她如何吸引男人，效果非常好。她依照我的方法，至今还在和那晚遇见的男人约会，所以她想刊出我的建议。"

艾米掩饰不住自己的讶异。阿吉亚娜要当专栏作家？阿吉亚娜做完工作后有人肯付钱给她？太不可思异了。"阿吉，恭喜！可以和新一代的年轻女性分享你的智慧。不可思议！"

"天知道她们需不需要。美国女人……天哪……可是我要试试看。听着，我要去做午餐前的准备了。爸爸邀了所有邻居来过除夕。你今天晚上准备和以色列男人去哪里？"

"某家特拉维夫的餐厅，如果可以由我来决定接下来要干吗的话，我想直接回酒店。"

阿吉亚娜呼口气。"好像在听一个全新的艾米说话，让我的心都温暖了，亲爱的，真有你的。小心点，好吗？不需要和你见到的每个男人上床。"

"你是认真的吗？你这么说是什么意思？需不需要我提醒你……"

阿吉亚娜呵呵笑着打断她。"我得走了，亲爱的。今晚好好玩，新年快乐！明年再和你聊！"

这段对话让艾米感觉很不自在，莫名地感觉不太舒服。上初中时看到朋友在凯马特超市偷口红，她也有同样的感觉，并不完全出自内疚，而是紧张和有些羞愧。难道她不是在做她们要求的事？她又没要每个人都当她丈夫。她好几个月都没有做过婚礼的梦了。但她仍能感觉到她们不认同她。这太不公平了。就连天使蕾在遇到罗素之前都和十二，或者十五个男人上过床。而阿吉亚娜，老天！这个女人与派对结束后共乘出租车的男人们（不只一个）上床，她可从没讲过什么，现在她竟敢表现出吃惊的样子？何况我，艾米，还是在与工作相关的环境中碰到的好男人，清醒、成熟地做出决定后才风流一次。不好意思，阿吉，她这么对自己说，同时翻了个白眼，这该叫做一段风流。和三个风度翩翩的帅哥上床可不至于变成蛇蝎美人。

艾米发誓不让朋友们新表现出的谨慎保守打扰到自己,她把盘子推开,躺进拉夫肌肉结实的臂弯里。

"你今天晚上想去看电影吗?"她柔情地问,用细密的吻覆盖他的前臂,"还是从收费频道里选一部来看?"

拉夫抚摸她的头发,弯腰亲吻她的额头。"我很想,亲爱的,可是我得回家。"他看看床头柜上的时钟,"老实说,我最好现在就走。"

"现在?"艾米猛地起身,肩膀差点撞到他的下巴。他们不是整个下午都一起待在床上吗?做爱、洗澡、喝酸奶。她以为他们至少会这样待到晚上,然后随便穿件衣服,一起去只有当地人知道的小巷品尝美食。他们会吃放了鹰嘴豆芝麻酱的色拉三明治,配上便宜的红酒,然后一起走回旅馆。一路上手牵手、说说笑笑,黏在对方身上,然后在满足地耗尽体力后,躺在冰凉的床单上,一口气睡十个小时。在他开车送她去机场前,不断地接吻、做爱。到机场后,他会吻去她流下的泪水,保证休假的时候一定会去纽约看她。到时她当然会碰到他的父母。通常,这样确实太快了,可是他大老远从以色列来,而他的父母就住在宾夕法尼亚,如果不见个面吃顿饭也太笨了,就算是吃顿简餐……

"艾米?甜心,我昨天和你说过,今天要开车去南部。你不记得了吗?"他的声音听起来有点担心,可是艾米确定自己有些许烦躁。

她当然记得他说过要离开,可是她那时不愿相信。

艾米凑到他的脖子旁。"我记得,拉夫,可是那是……那是昨天。你还是得走吗?"她讨厌自己的语气,低声下气有点可悲。她才刚告诉朋友说自己只是随意、洒脱地玩玩而已,现在她却像菟丝草般缠着这个陌生人。拜托不要再发生保罗那种事!她着急地想。拜托、拜托、拜托!

他稍微挪开身体,奇怪地看着她。"对,我还是得走。"他这么说,可是在艾米听来他的意思是"过去二十四小时很棒,可是没好到要我改变计划留下来"。

艾米吓了一大跳。她把被单缠在身上，确定大部分肌肤都被包住。她觉得自己暴露太多了，很容易受伤。对，不止如此，事情发生得这么突然，令她坚信自己不会再见到拉夫了。他的离去是否证明他只是玩一玩？反正她也只要如此。拉夫又帅又贴心，可是她不了解他，扪心自问，她看不到将来与他携手共度一生的可能性。但为什么在他说要独自离开时，她还会感到难过？答案很简单，简单到艾米认为世上所有女人都能本能地了解她的想法，虽然男人怎么想都想不透。她不是一定要他留下，她只是希望他想要留下。这要求真的太过分吗？

他离开床，往浴室走去。

"我要去冲个澡。"他大声说着，门已经关起来了，"我希望你知道，如果你和我一起，我很欢迎。"

和他一起干什么？和他一起洗澡？到南部去？还是一起度过下半辈子，以他"挚爱的妻子"的身份？

这太累了。如果她要在某人身上进行感情投资，对方至少要能成为合适的男友。如果是随便玩玩的呢？那会让她疯掉。疑虑在她脑里角力：承认吧，你不适合这种生活方式。你骨子里还是只接受一次只能与一个人交往，别再把自己伪装成一个不成熟的交际女郎了……

振作点，艾米这么告诉自己。她死了心，很快穿上棉质内裤和一件全罩杯衬垫胸罩——连性感的边都沾不上的打扮，会让任何男人退避三舍。听到水龙头关上的声音，艾米套上蓝色长裤和白衬衫，又选了一双普通平底鞋代替过去几个星期来一直穿着的高跟鞋。拉夫穿着干净牛仔裤和蓝衬衫出来时，艾米拘谨地坐在床上，翻看她的记事本，装出冷淡忙碌的样子。

拉夫站在她面前，把她的头发拢成马尾，并在她的脖子上吻了一下。这是个亲密的动作，只有交往很长时间的人才会这样做，那一瞬间艾米觉得很开心，非常开心，直到拉夫放下她的头发，像父亲般亲亲她的额头。他开始收拾手表、皮夹和帆布背包，不到一分钟就把东西收好，似乎完全不受艾米一言不发、专注研究自己未来行程的模样所影响。

"我知道你一定有很多工作要做，亲爱的，我就不花太长时间说再见了。"他从床头柜拿起自己的太阳眼镜，把它推上发际。

"嗯。"艾米只能发出这个声音。他真的就这样离开了吗？

"来这里，让我抱抱。"他捏捏她的手臂，要她站起来。她听话照做，发现自己处在一个毫无热情的怀抱里，就像在抱没什么血缘关系的老男人或常光顾的店里的美发师一样。"艾米，这一切都很棒，真的很棒。"

"嗯。"她嗫嚅着。他既没注意也不在乎。

他又像父亲一样亲她，义务性地抱了她一下，然后朝门口走去。"祝你明天旅途顺利，我会想你的。"

"你也顺利。"她像机器似的说道，不带一点感情。不过这让他放心地笑了，好像在说感谢老天爷，你没有让事情变得太复杂。

几秒钟后，他离开了。过了几分钟艾米才想到他连她的电子邮箱或电话都没问，她永远、永远不会再见到他了……而他显然一点也不在乎。

对现在而言恰好的关系

虽然女按摩师的手在紧绷的肩膀上推拿，让蕾感觉很舒服，可是就算再加上心灵音乐、昏暗的灯光和薰衣草香味的精油，蕾仍无法静下心来。自从与杰西做爱过后，她就一直备受煎熬，习惯钻牛角尖和有强迫症的她，之后几乎时时刻刻都在思考那天与杰西发生的事，以及跟罗素接下来要怎么办，一点也不夸张。她准备马上向罗素坦白一切，可是在从汉普敦开车回家的路上，她又重新考虑了一下这个决定。她觉得这样做，对罗素或对方父母都不公平，用如此戏剧性的情节破坏大家的感恩节，就等于在发布分手宣言。她收到杰西传来的消息，说他第二天要去印度尼西亚度假，过完年后才会回来，这让事情感觉上没那么糟，简直就像他双手奉上了让事情简单化的免费门票。所以，虽然她的良心要她开诚布公，她还是决定承受罪恶感，假装一切都没发生，直到过完感恩节、圣诞节和新年。

过去几个星期，蕾不知道自己怎么会没神经衰弱的。艾米在以色列，阿吉亚娜在巴西，她没有机会向朋友们坦白一切，不过扪心自问，不用把问题说出口也让她轻松不少。她甚至还勉强参与了一个罗素同事举办的新年派对。那个人家里的摆设装潢几乎和罗素家一模一样，只是不在苏活区。等到一月二号开始上班以后，她就逐渐无法应付了。一月二、三号她都打电话请病假，这种情况极少发生，连亨利都打电话来问候。

"你是真的生病，艾丝娜，还是发生了什么我该知道的事？"亨利这么问。她早上六点打去电话，想在语音信箱留言请假，可是电话响两声他就接了起来。亨利通常星期天晚上都不睡觉，星期一早上四五点就会到公司，他说这几个小时是他一星期里唯一可以好好单独工作的时间。蕾因为心情紊乱，把这件事给忘了。

"你在讲什么啊？"蕾用觉得他胡思乱想的不高兴口吻说，"我当然是真的病了。不然你觉得是怎样？"

"你问我为什么这么想？大概是因为你从到公司上班以来从没请过病假。还有杰西·查普曼刚从亚洲回来，昨天一天之内就给我留了三通留言，今早又来了两通。所以说是我的第六感吧。"

"他说了什么？"蕾问。她知道他们之间单纯专业的工作关系已经结束，可是她想等以后准备好了再亲自向亨利坦白。

蕾听到亨利吸饮料然后被呛到的声音。"他什么都没说。只说他'来报到'、'刚到家'和'问好'。依我看，查普曼先生说的这些话，可以直接翻译成'事情全搞砸了，我只是来确定你知不知道'。"

蕾倒抽一口气，对亨利的洞察力感到佩服，也对杰西让人一眼看透感到生气。"我不能替杰西说什么，可是就我来说，没有什么好报告的。初稿还没达到我想要的进度，可是这没什么好担心的。"她用自以为平稳的语气说。

亨利顿了一下，刚要开口说话，又改变了心意。"那你坚持自己所说的理由了？好吧，我不相信，可是我接受，但只是现在而已。要是之后问题浮现出来，影响到出版，我就会追究事实了。我不在乎是白天或晚上，用快递寄来或是他妈的飞鸽传书，我要知道发生了什么事，可以吗？"

"当然。亨利，你不需要这样来提醒我这件事有多重要，我保证……我发誓自己在处理。亨利，我并不想缩短这次对话，但我觉得自己好像正在吞玻璃。"

"'吞玻璃'是吧？"

蕾点点头，虽然没人看得到。"是啊，我猜是扁桃腺发炎，所以我明天大概也不会去公司。但我家里有电脑，手机也一定可以联络到我。"

"好吧，早日康复。很高兴我们有共识了。"

头部突然传来的疼痛，使她想到电话里与亨利的约定，身体不禁缩了一下。

"哦，对不起。"按摩师连声道歉，"我力气太大了吗？"

"不，不会。"蕾说谎。她知道被按摩得太重或太轻都可以抱怨，毕竟付一大笔钱却没享受到的话就太笨了，尤其如果按摩师用力过重，那简直是受一个小时的罪。可是，不管如何提醒自己，蕾就是没办法开口抱怨。每次她都暗暗发誓要讲、会讲，但每次她都咬紧牙关忍受过重的力道、太吵的音乐或太冷的房间，或许她担心会伤按摩师的心吧。太讽刺了，让未婚夫戴绿帽都没有一丝忧虑，却忍着不对付了薪酬的陌生人说自己喜欢按轻一点的感觉。蕾自我厌恶地摇头。

"我按痛你了吧？"那个女按摩师显然看到了蕾咬牙的样子。

"用痛来形容可能还不够，像是被职业拳击手给揍了一下。"蕾想都没想就脱口而出。

女按摩师不停道歉。"天啊，我不知道，真对不起，我绝对可以轻一点。"

"不，不，对不起。我……呃……不是这个意思。只是，讲错了。一切都很好。"蕾赶忙说。为什么她就是控制不了自己的嘴？

这天早上做按摩是个不错的主意。如果蕾需要放松，现在就是最需要的时刻。她的一位作家寄来一张圣诞节礼券，她可以不用担心跑到百货公司胡乱花钱。可是到目前为止，这一切都只是让她有了更多独处的机会和空闲的时间，让她什么都不用做，除了思考个没完。

她和罗素计划晚餐时要好好讨论婚礼的事，蕾不知道还有什么比这件事更让自己担心的了。

"你整个脖子都很紧绷，最近是不是压力很大？"那个女孩问道，手掌心用均匀的力道在那条肌肉上画圆。

"嗯。"蕾不想讲太多，祈祷那个女孩别和她聊天。

"是啊，我感觉得出来。客人总是奇怪我们怎么知道他们压力大，我就说，'拜托，我们受过训练。'当然，随便哪个人来按摩你的背，都能感觉到，可是你绝对需要专家来按压那些压力点才能放松。怎么了？"她问。她的声音低沉，也不会特别让人烦躁，可是讲话的速度让人觉得自己很焦虑。

"什么怎么了？"蕾问，对自己被强行拉入对话感到很恼怒。

"你的压力是来自哪里？"

作为一个怕透露太多心事而不再看心理医生的人，蕾很不喜欢这种问题。或者，老实说，是不喜欢任何人问她任何事。她依然没办法说出几个简单的句子，像是"我头有点痛，你介不介意让我安静一下"。相反地，蕾会编出一些空洞的理由，像是"工作的截稿日要到了"、"安排完美婚礼的压力不小"。那个女孩同情地点头。如果把真正的问题讲出来的话，蕾不知道她会有什么样的反应。真正的问题是，她和一位作家上床（"上床"的意思是"十个小时内用能想象的所有姿势得到这辈子最棒的性爱"），同时还在贴心地支持自己且完全不明白情况的未婚夫面前装出一副深情和兴奋的模样。

按摩结束后，蕾只变得更紧张、更无法放松。她穿上衣服，懒得冲澡，只是把精油洗掉，试着做好心里准备，好去应付自己搞出的麻烦。她现在只想回到小时候的家，窝在棉被里，看一整天的录像节目。她一心想这样做，甚至准备开罗素的车到父母家去。这时，一个画面从眼前闪过，里面有以前的抱枕和最喜欢的小说，可是还包括一个场景——回到家后，双亲不断诘问她：为什么这时候回家？罗素在哪里？工作顺利吗？我们什么时候可以为婚礼挑选菜品？杰西的书进展如何？你准备在哪里登记？你为什么看起来这么难过？为什么？在哪里？什么时候？告诉我们，蕾！她似乎觉得除了原本的头痛外，现在还有冰凿在戳她，于是突然觉得残留在衣服和身上的精油黏黏的，很恶心。

她很快地付钱，努力站稳填完服务调查问卷。

"你确定不要吗？"服务台小姐问，同时发出讨人厌的口香糖泡泡破裂声，"你下次来可以享受百分之十五的折扣。"

"谢了，可是我急着要走。"蕾骗人，几乎要对自己笑起来（几乎），她算了一下，这几天所讲的话大概有一半不是真的。她随手在礼券上签了个看不懂的名字，并多付了总额的百分之二十五——比平常多很多的小费，为自己没和按摩师聊天这事表示歉意。在她走出门前，那个小姐的口香糖泡泡又破了一次，让她气得想杀人。

虽然现在是上下班高峰时间，坐出租车从上东区到旧区却感觉好像只花了三十秒。出租车司机刚在罗素家的大楼前把她放下，电话就响了。

"嗨！"她一打开手机，就听到罗素的声音。他声音听起来不太一样，比较有距离感，可是蕾告诉自己，这只是她的幻觉而已。

"嗨！我刚到你家楼下。你在家吗？"

"不在，我至少还得过一个小时才能回去，可不可以等我一下？你自己开门进去，可以替我们点些外卖吗？我等不及要见到你。"

"我也是。"蕾说，发现这不完全是谎话时放松了一点。

她刚把钱付给司机、踏出车外，手机又响了。她看都没看就接通。"我忘了问，你想吃寿司还是意大利菜？"她说。

"我选意大利菜。"话筒里传来一个女生的笑声。

"艾米！你从以色列打电话给我？你好吗？"蕾此刻不想和任何人聊天，可是她不能就这么挂掉好朋友的电话，毕竟她们已经一个多星期没说上话了。

"不是,我刚下飞机,正从肯尼迪机场搭出租车回家。你今晚有什么计划?我想拉你去吃饭,我好想念我的朋友!"

"我要和罗素分手。"蕾轻声说,声音没有丝毫起伏。过了好几秒她才发现自己脱口说了什么,可是艾米倒吸一口气的声音让她确定了一切。

"你刚说什么?手机的信号很差,我想我没听清楚……"

"不,你听得很清楚。"蕾说,三天来第一次这么平静,"我说我要和罗素分手。"

"你在哪里?"

"艾米,我没事,但还是谢谢你的……"

"你他妈的到底在哪里?"她声音好大,蕾不得不把手机从耳边拿开。

"我正要走进他家。他还没回来,我要叫晚餐,吃饭时再告诉他。艾米,我知道这听起来有点出乎预料,可是……"她的声音嘶哑了,开始哽咽。

"我马上就到。听我说,蕾,我去你那边,好吗?"蕾听到艾米指示出租车司机去罗素家的杂声,"你还在那里吗?我们已经过了隧道,往南朝你那里走。我会在十到十二分钟后到。你听到了吗?"

蕾点点头。

"蕾?说话啊!"

"我听到了。"蕾哽咽着说。

"好,不要走开。不、要、走、开,懂了吗?我马上就到。"

蕾听到艾米把电话挂掉,可是她无法关上手机。她刚才为什么说自己要和罗素分手?过去几天内、按摩时甚至坐车回程时她都不是这么想的。她才刚决定要诚实地把与杰西的事告诉他,并决心承担所有的后果。就算是自私地减轻自己的罪恶感也好,由背叛开始一段婚姻铁定不是个好主意,可是罗素应该要知道事情的始末。她也有理由相信如果能诚恳地解释,罗素会给她第二次机会。这对他们两个来说都绝不容易,如果她努力向罗素保证,与杰西只是逢场作戏(事实也是如此),永远不会再发生(没有骗人),她想他们颇有可能一起渡过这一难关……但她刚才却不经意地吐出那句话。

蕾从转角的健康食品店买了杯咖啡,没有加半糖或代糖。在她需要的时候,那些该死的甜甜圈在哪里?把脖子上的围巾重新绑紧,当她正要走进罗素家楼下的大厅时,就听到艾米的声音从后面传来。她回头看到出租车猛地紧急煞车,焦急的晒黑了的艾米从后窗探出头来。

蕾原地未动,平静地在走道上等,看着朋友扔给司机一张二十元的钞票,拿着找回的一些零钱,拖着有滚轮的行李箱朝她走来。

"天气什么时候变得这么冷啊?"艾米一边试着拖动卡住的行李箱,一边抱怨。

"就在你离开以后。"蕾说,她知道自己应该去帮她,可是却不想那么做。在那一刻,站在那里旁观朋友在大冷天里吐着热气挣扎,她似乎不觉得不妥。她要和罗素分手,要和罗素分手。她真的要和罗素分手吗,就这样?取消订婚,退还戒指,取消婚约?对,对,她要这么做。

"我的天,这里真不文明,怎么住人!为什么选择住在这里?"艾米亲亲蕾的脸颊,"罗素不在家吧?我们可以上楼吗?"

蕾撑着大楼的门,挥手要艾米进去。她用自己的钥匙控制电梯直接在罗素家门口停下来,两个人一起拉艾米的行李进去。电梯门打开时,迎接她们的是满屋的不锈钢和黑色亮漆家具,这已经足够让蕾回到现实。一看到罗素收集的金属雕塑以及设计师挑选的黑白壁纸,那股想把指甲掐进手掌心的熟悉的不安感又回来了。

"欢迎光临!"蕾故作开心地说,"这地方的装潢就是能温暖人心,不是吗?"

艾米把行李箱留在门口，外套扔在餐厅椅子上，然后往罗素时髦可是跟石头一般硬的沙发上一坐。"我随随便便就可以说出几十个想在这里过夜的女人的名字。"

蕾摇摇头警告。

"我只是说……"

"你说得没错。讽刺的是我不是其中之一。"她的声音平静且严肃，有好一会儿，蕾在想她为什么到现在还没开始哭。

艾米拍拍身边的座位，发出啪啪声。"老天，这么硬。"她低声说，"来这里，坐下来跟我说说发生了什么事，我觉得这太突然了。"

蕾走向艾米，坐在她对面的法国名牌写意空间的躺椅上。"看起来似乎是如此，可恶，我感觉也是那样。"蕾觉得喉咙紧绷，总算有正常该有的感觉了。

"怎么了？你们两个吵架了吗？"

"吵架？没有，当然没有。罗素一直很贴心又很支持我。我不知道，我只是，唉，我不知道……"

"我的天！"艾米拍自己的头，"我怎么会猜不到？毕竟他也是个男人。罗素有外遇了，是不是？"

蕾发觉自己眼睛睁大，可是连半个字都讲不出来。

"我、的、天。那个浑账东西！他妈的完美先生有外遇？蕾，甜心，我们两个如此不幸，我完全能体会你现在的感觉。老天，我不敢相信他真的……"

"他没有外遇，艾米。是我背叛了他。"

这句话好像让世界静止了整整三十秒。艾米看起来就像被蛇咬到，整张脸因惊讶而变形，她努力消化刚刚听到的消息。

"你背叛了罗素？"

"对。不是最近，可是事实如此。"

"和谁？"

蕾叹口气。"这不重要。已经结束了，还有什么好说的，可是我觉得会发生是有原因的。那些在一起时如在天堂般幸福的情侣是不会背叛彼此的。"

艾米举起手要她安静。"这不重要？"她重复蕾的话。"蕾，亲爱的，你是我在世上最好的两个朋友之一，可是拜托不要转移重点。至今我还不知道你和其他男人上床已经够糟了。我知道现在不是对你发脾气的时候，可是想到事情发生后你没有立即告诉我，直到已经一发不可收拾才说，我就想发脾气。我是说，你真的……"

"是杰西·查普曼。"

艾米不可置信地高举双手。"老天！我不知道她怎么办到的，好像她在这种事情上有第六感，也许只要和足够多男人上过床，其他人也做同样的事时就可以感觉到。他妈的太不可思议了，那个女人太不可思议了！"

"你在说什么？谁很不可思议？"

蕾说话的声音把艾米拉回现实。"哦，对不起。阿吉亚娜已经坚持好几个星期……可能几个月，说你和杰西睡过，而我坚称你没有。我对天和地发誓，这是最想象不到的事。你可是已经和罗素订婚了，我的老天爷……"

艾米话讲一半就停下，把手捂在嘴上。"对不起，蕾。很抱歉我这样讲。"

蕾耸耸肩。"话说在前面，我现在已经没和杰西'睡'了，过去这段时间也没有。这件事只发生过一次，而且永远不会再发生第二次。所以下次你碰到阿吉亚娜时，可以说她的直觉错了。"

艾米的电话响起来，从她脸上的表情可以确定是阿吉亚娜打来的。

"我的天，她是不是在你身上装了窃听器？"蕾摇着头说。

"都是她拉丁女人的直觉,她是这么说的。"艾米直接把电话关掉,重新放回手提包里,"那,虽然这么问可能显得我反应很迟钝。我能问你为什么觉得该与罗素彻底分手吗?我是说,如果与杰西只有那么一次,而你也不想再有下次,我很想建议你把这个秘密永久藏在心底。"

"没那么简单。"

"这表示你对杰西有感情?"

"没有!嗯,有吧,可能有。可是事实上,我的决定与杰西一点关系也没有,这是我和罗素之间的问题。"

艾米从袋子里拿出一瓶水,喝了一口,然后把瓶子递给蕾。蕾摇摇头说不要。

"我懂你的意思了。"艾米小心地说,"可是我希望你考虑过不把这件事告诉任何人,只把痛苦留给自己。像是,如果别人知道也没有帮助,那就最好不要让他们知道。"

蕾得强迫自己把紧握的拳头松开,把耸到耳朵旁的肩膀放松。她不想对艾米发脾气,可是现在真的难以掩饰。她当然考虑过所有的情况,但显而易见的,这不像艾米想的那么简单。蕾觉得并非是——艾米是怎么说的来着——为了让自己好过一点而向罗素坦白,为她做错事而乞求原谅。如果真是如此,她就会如艾米所建议的那样,对背叛未婚夫怀有罪恶感,但对自己发誓不会再发生同样的事,然后让生活继续下去。如果这样,问题来了,纵使她愿意承受罪恶感和发誓不再背叛,可是她并不想让这种生活继续下去。

她做个深呼吸。"我不爱罗素了。"她说。

"哦,蕾。"艾米从沙发上跳起来,朝躺椅走去,可是蕾举起手。

"不要,拜托不要。"

艾米退回去,只用手触碰蕾的手臂。

"这时候我是否该说点愚蠢的陈词滥调?像是'我喜欢罗素,可是我不爱他'。"蕾边笑边把眼眶下的大颗泪珠抹掉,"天啊,整个情况一团糟。谁想得到会发生这种事?完美的马西娅、马西娅、马西娅!同意嫁给一个她不爱的男人,因为其他女人都喜欢他,她想着只要有足够的时间,她也会爱上最初不爱的他。不用成熟的态度解决自己的问题,反而选择与一起工作的人上床,一个已婚的男人,由此一把毁了自己的工作和爱情。如果不是那么可悲的话,这一切还蛮有趣的。"

"才不可悲。"艾米直觉反驳。

"我在用第三人称讲我自己。为什么不可悲?"

"哦,亲爱的。"艾米叹气,"对不起,我真的不知道情况这么糟糕。我们都不知道。可是你不能勉强自己去做不喜欢的事。罗素是个好人,没错,他看起来似乎很完美。可是如果他对你来说不是完美的人,这一切都不重要。"

蕾点头。"一切都发生得太快。前一分钟我和他才谈到要在联合广场浪漫地散步,下一分钟就看到他往我手指上套戒指,完全没考虑过我会说不。我一直在想我们是怎么走到这一步的,我以为只是随便约个会、一起玩一玩,不必是段伟大的爱情。可是订婚?结婚?艾米,我可能是世界上最白痴的人,或是最没洞察力的人,我真的看不出我俩已经走到这一步了。从那时起,我每一刻都在等自己确定,确定这么做是对的,可是……艾,我对罗素从没有这种感觉,我想现在是面对事实的时候了。"

两个女人听到电梯上来的声音同时停止动作。在她们再次开口前,就听到了门被打开的声音,罗素的脚步声从玄关来到厨房,冰箱被打开很快又被关上,然后他走进客厅。

"哦,嘿,艾米,对不起,我不知道你在这里。"罗素漫不经心地说。蕾从他飘忽的眼神中看出他今晚也没心情招呼客人。嗯,他们的想法一致。

艾米不需要更多的暗示,她从沙发上起身,先吻了罗素再吻蕾,随便以一个需要去的晚宴当做理由就离开了。

"嗨！"蕾不好意思地说。她仔细研究罗素的表情，看他听没听到她们之前的对话。当然这不可能，她们听到电梯从大厅升上来的声音，就没再多讲一个字。可是另一方面，她也希望他听到些什么。如果他显出一丁点接下来要谈什么事的线索，情况就会容易很多。

"嘿，希望我没打扰你们，她离开得挺快的。"他松开领带（她父母在他去年生日时送的），把它从头上脱掉，然后随手往有机玻璃咖啡桌上一扔，似乎需要更大的空间呼吸。

"是啊，你知道艾米的，老是来去匆匆。"

"嗯，你订晚餐了吗？"

"对不起，艾米在机场回家的路上想过来打声招呼，我们聊了一会儿，然后我就忘了这事。你想吃什么？"蕾问，还好有些事情可以做。她拿出手机，开始在里面搜寻号码，"寿司？越南菜？那间在格林威治的店有很好吃的春卷。"

"蕾。"

"如果你愿意的话，我们可以去吃个便餐。奶酪煎蛋和炸得酥脆的薯条很适合现在吃。"

"蕾。"他的音量维持稳定，可是音调升高，声音更坚定。

从他走进来后，他们的眼神第一次交会。罗素从没为任何事情对她不耐烦。工作上发生什么事了吗？是和那个浑蛋助理导播吵架，还是电视台决定再次更改他的节目时间？他们已经讨论调整节目时间好一阵子了，罗素很担心自己的节目会从黄金时段调走。现在想想，他今天早些时候说过要和她讲一些事。要是有更严重的事情发生，比如不知道为了什么、预料不到、奇怪的原因，罗素被炒鱿鱼了。她不能和一个刚被炒鱿鱼的人分手，对吧？如果还有一丝丝人性，就不会这么做，在一个月内都不能这么做。蕾想到这里，不由得打个哆嗦。

"蕾，你到底是怎么了？连续好几个星期你都很奇怪，而我一点也不知道原因。"

"你没被炒鱿鱼?"

"什么?你在说什么?"

"我以为你要告诉我你被炒鱿鱼了。"

"当然不是。我知道我们今晚该讨论结婚的事,可是我觉得说说你的事更为重要。怎么了,蕾?"

嗯,没有比从这里开始更容易的了,他刚帮她说了最完美的开场白。蕾深呼吸,再次让指甲掐进掌心里,然后开始说话。

"罗素,我知道这不容易,我也很难过要这么说,可是我要向你坦白。"她看着地板,感觉他在看着自己,"我想我们该休息一段时间。"

好吧,讲得不那么老实,休息表示想要改进现状。可这是她现在唯一说得出口的。

"什么?"罗素问。蕾抬头看到一向沉稳的罗素露出困惑的表情,这让她更紧张。

"我,嗯,我想我们应该分开一段时间,好好想些事情。"

这时,罗素从沙发上跳起来,把她搂入怀中。"蕾,你在说什么,分开一段时间?我们准备要结婚了,甜心。我们有一辈子的时间在一起,你真的想要再等?"

罗素的拥抱就像蕾所想的一样,仿佛被公交车撞到的感觉。她的肺拒绝吸入氧气,而且越来越难掩饰眼里的压力和闪烁的情绪,可是她知道自己得先忍着。

"罗素,我不确定我们是否该结婚。"她轻声地,尽可能温柔地讲出残忍的话。

罗素的沉默让她怀疑他是不是真的听清楚了,他并没把她推开只是重新坐下。

她坐在他身旁,很近,可是却没有触碰对方。"罗素,你爱我吗?

真的爱我？爱我爱到想和我、只和我共度下半辈子？"

他依然保持沉默。

"爱吗？"她逼问他，她猜，答案是否定的。她察觉到事情不太对劲已经很久了，他一定也是。她只需要给他一个机会说出来。

他深呼吸一口气，然后伸手握住她的手，并微笑着说："我当然爱你，蕾。这就是我为什么要你嫁给我。你是我的伴侣、我的未婚妻、我的挚爱。而我也是你的。我知道人有时候会有多余的担心，尤其是知道自己找到如此美好的事情时，可是蕾，甜心，这很正常。我不敢相信这就是这些日子里你的困扰。这只是婚前恐惧而已。可怜的宝贝，很抱歉让你在心里闷了那么久。"

他停下来再次拥抱她，可是这次蕾把他推开。他拒绝用心去聆听她在说什么，这让她很生气。她不想嫁给他有这么难以置信吗？

"罗素，你没用心听我说话。你知道我爱你，可是我无法不去想，我们进展这么快难道不是情势所逼吗？在这个年纪与人交往，对方基本都已符合聪明、成功、迷人的条件，而且其他人都已经结婚了，统统在问你什么时候定下来，所以我们也就随大流了。在二十五岁的时候这可能是段维持一年多、很好、很有趣的关系，可是到三十、三十二岁时就有了不同的意义。在我们自己想明白以前，就已经订婚了，要把自己的生命奉献给一位不是那么熟悉的人，只因为'时间到了'，不论它是什么意思。老天，我解释得很糟……"

罗素的目光几分钟前还充满关爱和仁慈，现在却变得很冰冷。"我想你解释得很清楚。"

"你懂我在说什么？"

"你在说你早就觉得不对劲，但从没鼓起勇气告诉我。"

现在她想把事实对罗素全盘托出，告诉他杰西的事，和杰西在一起时她有多轻松、多快乐，那晚的性爱留在她脑海里的印象，比和罗素在一起时十八个月的总和还要深刻。

还差几秒钟,她就要把整段故事讲出来了,还好她及时阻止了自己。跟他提杰西有什么意义?讲出来真的有好处吗?如果让罗素把气愤转换成对蕾的恨,他就不会因为被拒绝而太难过?这也不太对。何必毫无意义地伤害他?可是对他隐瞒也不对,一般的说法不都是要诚实勇敢地面对吗?蕾脑子里一片混乱,又累得不知道该怎么说。从他说最后一段话的冷淡和他的眼神来看,罗素不太想继续谈下去。何必让情况变得难以控制?

突然,他托住她的脸,看着她的眼睛。

"听着,蕾,我知道你只是觉得紧张。为什么你不花点时间在自己身上,就像你刚刚所建议的,一个人好好考虑一下?"

蕾在心里叹气。他恳求的表情似乎比他的愤怒更让人难以忍受。"罗素,我……呃……我……"快说,她催促自己,赶快把保护膜撕掉,"我担心这只会延后无可避免的决定。我想现在就得结束。"

说得没错。她知道事情拖太久没有意义。怎样都没有意义,就算拖下去能让情况变得不那么恐怖。她清楚地知道一切彻底结束了,可是听到自己讲出来还是觉得很吓人。

罗素站起来朝门口走。"这样。"他平静地说,语气犹如平常工作一般自制,"我想没什么好说的了。我爱你,蕾,永远。可是现在请你离开。"

这是蕾第一次从他家离开时自己叫出租车。回家的路上,她在后座不断想着罗素最后说的话。和当初迅速开始交往一样,她和罗素的关系迅速结束,埋藏好几个月的焦虑也一起消失了。她长长地深呼吸,出租车快速穿过第六街朝她家开去。此时她总算对自己承认,她确实对刚刚发生的事感到很难过,可更多的还是觉得松了口气。

愿她丰满美丽的乳房，让她在三十岁前犯背痛

"艾米，从你踏进我办公室的第一天起，我就一直对你说，你的时间还很多。"

"杂志上可不是这么说的。"艾米边说边指着门，"你的等候室堆满了有关生育的杂志，里面说的都证明我的子宫正在逐渐萎缩。"

金医生叹口气。她是个漂亮的亚洲人，看起来至少比实际年龄四十二岁年轻了十五岁。这位好医生在每次艾米来访时（有时来不是为生育的事），都向她保证她生育的能力与时间都很正常。但金医生自己却在三十一岁前就生完三个小孩，两男一女。艾米一再地问金医生，她是怎么找到老公并且顺利从医学院毕业、当住院医生、有三个不到五岁的小孩、每个星期工作四天、每星期第三天和隔周周末上夜班的，这些是怎么做到的？金医生只微笑说："就硬着头皮做啊。有时候看起来不太可能，可最后总是船到桥头自然直。"

三十岁生日的前一天，艾米双腿张开躺在诊疗台上，决心再听一遍这个鼓舞人心的故事。"告诉我你病人的平均……"艾米急促地说，根本没注意到金医生戴着手套的手指已深入她身体。她感觉到巴氏涂片的刷子在体内滑动，于是屏住呼吸不敢再动。

"艾米！我可以和你讲，但我已告诉你好几百次了。"

"再讲一次也不会怎样呀。"

金医生把手拿出来，啪的一声脱掉手套，叹了口气。"在这家医院，我有约两百五十位病患。这些女人中，第一胎的平均年龄是三十四岁，这代表……"

"很多人的年纪比这还大。"艾米接着把句子讲完。

"没错。我不想误导你，重要的是你得知道，这里是上东区，就算不是全世界唯一，也可能是全国唯一的地方。统计上显示，大部分人都没有生育问题。"

"那也没有二十多岁的孕妇对吧？"艾米急着问。

金医生打开艾米的袍子，手开始绕圈检查她的左乳。医生这么做的时候，她专心看着墙壁。两边都检查完后，金医生把袍子拉好，一只手放在艾米手臂上。

"只有几个。"她说这话时担心地看着艾米。

"几个！你上次说'几乎没有'。"

"只有几个在西奈山巡诊的犹他州摩门教医生的年轻妻子。"

艾米松了一口气。

"你还满意现在服用的药丸吗？"金医生边问边在艾米的病历上记录。

"不错。"艾米耸耸肩坐在台子上，脚从矮凳上移开，"效果很神奇。"

金医生笑出来。"就是要那样，不是吗？我再开六个月的药给你，等会儿去柜台拿。我们会在一个星期内把检验结果寄给你，我不觉得会有任何问题，你看起来很健康。"她把病历交给护士，确定艾米衣服都穿好后才把门打开。"六个月后见，还有亲爱的，拜托放轻松点。我是你的医生，我希望你知道，没什么好担心的。"

说得简单，你已经有三个小孩了，艾米面带微笑地心想。你和伊莎还有其他妇产科医生，都有了小孩，或是在比赛谁的肚子大，竟然还敢跟我说不要担心。伊莎现在随时都可能生产，可是还没感觉到子宫收缩，或是阴道口打开。艾米得心不甘情不愿地等伊莎进医院后，才能跳上飞机赶往佛罗里达（伊莎坚持说第一个小孩可能会"迟到"一至两个星期），可是她没办法不去想自己就快有个外甥了。

拿药以后，她跳上四号地铁到联合广场。想直接快步走回家洗澡。做完涂片检查后，她总觉得一定要这么做。可是在第十四街和百老汇交会站下车后，她发现自己正朝蕾和阿吉亚娜的公寓方向走。她猜想蕾刚分手一个星期，阿吉亚娜的工作也才刚开始，她们至少会有一人在家吧？蕾在生气或阿吉亚娜在写作又或两者都在，可是门房摇摇头。

"不过她们是一起离开的。"他说，并查阅他的进出纪录，"差不多一小时前。"

艾米发了相同的短信给她们：该死！我在你们家楼下大厅。你们在哪里？然后几乎同时收到回复。蕾的是：为你三十岁生日礼物和阿吉在逛街，晚点聊。阿吉亚娜的比较简洁：如果你想得到生日礼物，回家吧！艾米叹口气，谢过门房后，在寒风中步履艰难地走向派利街。在这二月湿冷的星期五晚上，艾米本想赶快回家洗个澡，可是她却花了将近两个小时才回到冷清的家。因为十三街总会让她流连忘返。在大学里的灰狗咖啡馆喝热咖啡；在湿鼻子宠物店的窗户外看可爱的小狗玩耍；兴致一来在"美丽一天 spa"修手指甲和脚趾甲，他们好心地招待了没有预约的她。她潜意识觉得没有必要为了在午夜十二点时独自与二字头的年纪说再见而赶回家。她拒绝了姐妹们晚上出门的邀请，她们提议去巴布吃顿优雅的晚餐（虽然她好想去试试那里的薄荷意大利面和羊肉香肠）或到文化俱乐部过个安静的夜晚，但统统都被她否决了。经过她们好几个星期的催促和恳求，艾米总算同意生日第二天下午去参加为她举办的"惊喜生日"活动。阿吉亚娜和蕾答应不会有任何男人，那也是她勉强同意的原因。现在她打算用一瓶酒和自艾自怜的心情来打发这段时间。也许，如果心情真的好起来，她会电话订些杯子和蛋糕来。

走回自家楼下，然后蹒跚爬上五楼，她从头到脚都湿透了。头发被冰冷的雨水淋湿，双腿被烂泥溅湿，私处还有医疗用的润滑液。信箱里没有东西，离生日还有一天，如果真的什么礼物都收不到，她还可以收到妈妈和伊莎送的东西。她一进门就开始脱衣服，把湿衣服扔到衣柜旁的洗衣篮里，然后直接往浴室走。热水刚淋湿头发，她就听到手机响，接着家里的电话又响起来，然后又是手机，最后全停了。她很希望是拉夫打来的，他不知道从哪里得到她的号码，然后打电话来道歉。当然，他应该不太可能同时获得她的手机和家里的号码，可是也不是完全没可能，他似乎挺有办法的。况且他是她近来认识的男人中（发生过风流韵事的）最有可能打电话给她的人。乔治绝对已经找到了其他女大学生，此外也没有理由会再听到鳄鱼先生的消息。

艾米用毛巾擦干头发，挪动身体把门推开，穿过小套房。她裸着身体跪下来，从床底下拉出一个购物袋，小心翼翼地解开袋口的丝缎带，谨慎地把里面用包装纸包好的物品拿出来。这时她已经失去耐性，直接从中间撕开压花贴纸，把包装纸往两边拉，接着她触摸到了自己拥有过的最昂贵的用品。若称它为睡袍，那是对这件用四股山羊绒毛线编织出的奢华的、柔软的、浓郁巧克力色的衣物以及上面绣着的典雅文字"E"的侮辱。睡袍是用来遮盖法兰绒睡衣或在泳池与更衣室间移动时维持基本的礼貌。可是这件？这是用来包覆每一条性感曲线的（以艾米为例，它专业地凸显了她仅有的一点曲线），它像丝一样轻盈，可是犹如羽绒般温暖。走动时，它在地上轻柔地扫过，腰间的束带让她觉得自己像个模特儿。她马上就放松下来，买它不是个错误。几个星期前，她在苏活区最昂贵的内衣店看到它。在那家店要花上百元才买得到几小块布料。店里的每一件胸罩、每一条内裤、每一双丝袜，都比她拥有的任何一件衣服还贵，这件袍子……嗯……用掉了她不想去记起的一大笔钱。她怎么有胆子走进那间店？到现在为止她都还模模糊糊的，想不太起来。

她只知道在那家店里有厚锦缎的高档更衣室中试穿这件衣服时有多好看、多性感,她噘着嘴,穿着店里提供的高跟鞋,翘起右臀。几天前她终于将睡袍带了回来,之后一直放在那里,如处女般包得好好的没被拆开,她早就计划生日那天才穿。站在镜子前面,艾米把头发往后梳成发髻,咬肿自己的嘴唇。从梳妆台抽屉拿出一支新的闪亮唇蜜,涂在掌心后拍了一点在自己双颊上。还不赖,她既开心又惊奇。三十岁了还能这样挺不错。然后突然觉得化妆这档事很无聊,而且肚子饿得咕咕叫,她套上一双羊皮靴,重新把山羊绒睡袍在腰间绑好,走到厨房煮汤喝。

刚把电磁炉插上,屋内电话又响了起来。

未显示号码。匿名电话。嗯。

"哪位?"她说,把话筒夹在耳朵和肩膀之间,用开罐器打开鸡肉面汤。

"艾?是我。"

不论过了几个月,邓肯还是习惯性地说"是我",而艾米也还是一听声音就知道是谁打来的。无数个念头在脑海里飞过:他打电话来说生日快乐;这表示他记得她生日;这表示他仍想着她;这表示他没想那个拉拉队队长;莫非,天啊!他打电话来是要告诉她他和那个拉拉队队长的进展?她还没准备好要听这些消息,不能在今天知道,永远都不想知道。

她几乎反射性地想挂电话,可是某种力量让她继续把话筒摆在耳边。如果不赶快说些别的什么,她就要脱口问他是不是订婚了。这纯粹是防御性反应,她会把心里想的第一件事说出来。

"你什么时候把电话改成匿名了?"

他笑出来,那种觉得有趣却又不那么在乎的邓肯式笑法。"我们好几个月没讲过话,现在你只能讲这个?"

"不然你想听什么?"

"没什么。听着,我知道你刚到家,可是我希望能上去一下。"

"上来?到我住的地方?你在这里?"

"是啊,我……呃……已经来了好一会儿。在街对面的复印店等你回家,他们觉得我有点怪。如果能上去一下的话,我会很高兴。"

"你就坐在那里监视我家?"毛骨悚然与受宠若惊的感觉同时存在,有点奇怪。

邓肯又笑了笑。"是啊,嗯,我刚打了几通电话,在你刚进门的时候,可是你都没接。我保证不会待太久,只是想和你面对面谈谈。"

这表示他订婚了。浑蛋!自以为亲口告诉她是件很了不起的事,还选在她生日前一天,不管赌注多大,她都敢打赌他已忘了她的生日。他可以省了这个面对面的谈话,尽管她曾经很想这么做,艾米毫不迟疑地这么告诉了他。

"艾米,等等,不要挂。不是那样,我只是……"

"我已经很厌烦听你说要什么和不要什么了,邓肯。事实上,没有你在身边,我过得比以前好太多了,你最好赶快回你的拉拉队女朋友身边,好好让她体会痛苦。我要对你说的是,我对你一点兴趣也没有。"

她用力摔电话,心里觉得好爽,可是马上又是一阵恐慌。她刚做了什么啊?

不到六十秒,她就听到有人在敲门。

"艾米?我知道你在里面。可以拜托你开门吗?只需要一分钟,我保证。"

如果他用还未还给她的钥匙开门的话,她肯定会很生气。可是她心里却又有些好奇:有什么事那么重要,会让邓肯这位无所谓先生变成跟踪狂?而且她还感到颇舒坦,她认识的邓肯绝对不会只为了宣布订婚而如此大费周章。

懒得脱掉毛茸茸的鞋,艾米把门打开,同时用身体靠住。"干吗?"

她脸上没有笑容,"什么事那么重要?"

他爬了五层楼后正在喘气,毕竟他很少这样爬楼梯。过去五年内他只来过她家三或四次而已。他看起来气色不错,她猜这些正面的改变(瘦削的脸庞、不再死白的脸色、好看的发型把秃的部分掩盖起来),都是拉拉队队长努力的成果,不是他的。

"我能进来吗?"他使出一个特别的笑容,包含着花言巧语和无聊含意的露齿笑容。

艾米从门后退开,手往屋里挥,让他看到她冷淡的脸色。

花了好几秒才把门关上、锁好,艾米转过身面对邓肯,他正毫不掩饰地用欣赏的眼光看着她。这可能是有史以来第一次在邓肯身边时她并不在意自己的穿着打扮。

"老天,艾,你看起来很美。"他诚心诚意地说。这是过去从没发生过的事。

艾米低头看身上的袍子,想起刚洗完澡后进行到一半的打扮,暗地里感谢老天,他看到的不是三十分钟前的自己。

"谢谢。"

他继续上下打量她的身体,往前靠近几步。"我是说真的,真的很美,你最美的一次。无论你做了什么,绝对很有效。"他诚心地说。

哦,你是指和我碰到的每个陌生帅哥上床?买性感内衣?拒绝讨厌你以前不喜欢的身体?是啊,一切都变得很好,很不可思议。

"谢谢,邓肯。"她依旧轻描淡写地说。

他看看公寓四周。"欧弟呢?"他问,眼睛看着空荡荡的笼子,"它总算……"

"哈!我希望是那样。虽然我猜那可能是另一件好事。"

邓肯满脸疑惑地看着她。

"上次出差时,阿吉亚娜替我照顾它……我得说她非常不情愿,抱怨了好几天。然后不知怎么了,我回来后打电话要把欧弟接回来,还买了一瓶上百块的好酒当做礼物,准备表示感谢及歉意,可是她主动要求让它待久一点。"

"待在她那里?"

"对,你想象得到吗?她说他们之间已经有感情了,她给了它全新的生活,还说我不懂欧弟的优点。"

"那你怎么说?"

"这还用问?我说她说得完全正确。我不懂它的优点,我和它从来就没有感情。如果她要欧弟待久一点,我会很乐意。那是八个星期前的事了。我今早才和她通过电话,他们正在去'小鸟spa'的路上。这是她讲的,不是我。我只屏着气祈祷那不是个梦。"

邓肯把大衣外套脱掉,扔在沙发上。他还是穿着西装,应该是下班后直接过来的。他手上拎着一个咖啡色的购物袋,艾米猜那会不会是给她的生日礼物。

"给,我替你买的。"他发现她在看它。

"你买的?"她的语气听起来充满期望,其实并不想这么表示。袋子拿在手上,感觉很重,她的第一个想法是这可能是相簿,可能是那种高级酒店的照片导览,或是以前她和邓肯去加勒比海岛屿度假的照片。

艾米急忙把袋子打开,看到里面只有一包打印纸时,当场愣住了。

邓肯注意到艾米惊讶的表情,他耸了耸肩。"我在那家复印店坐了一个多小时,总得买些东西吧。"

"啊……哈。"所以他不记得她生日,这也并不是她以为的他第一次亲手挑给她的礼物。其实也没什么好惊讶或不满的,但不知道为什么,这两种感觉她此刻都有。

"你可能在想,我为什么会在这里……"他讲话的声音越来越小,可是艾米没有回应,"我知道与布里安娜交往的事件对我们来说都不容易,可那是,呃,过去式了。我希望我们能重新开始,试着一起渡过这一难关。"

嗯,来了。艾米对自己得扶着柜子支撑感到讶异,不知该如何开口。他刚说的那句话里同时存在着三个相互独立却同样惊人的炸弹。首先,他变心与健身教练交往,结束他们俩五年的男女朋友关系这一事实,变成是艾米替他带来的"事件",他还说这对他来说也不容易。接着他说到那个"事件"已经结束,好像艾米早就知道,因为她怎么可能不去追踪他生活的小细节?最后,最严重的部分,邓肯在冷飕飕的、她原本该与朋友们出去的星期五晚上,紧张地建议他们该"一起渡过难关"。艾米知道自己有点喜欢夸张及过度幻想(当然这点还需要进一步确认),可是这段谈话让她觉得,他好像是在要求复合。

她有数不清的问题想问他,(为什么他们会分手?那是谁的决定?还有最重要的,他为什么想跟她复合?)可是她不想让他满意。她靠回柜子上,双手抱胸静静瞪着邓肯。

"难道你没什么好说的吗?"他说完就把食指放到嘴边开始啃硬皮。第八百一十八个我不想再见到的东西,艾米这么想。

"我今天晚上不想讲话。"艾米平淡地说,眼睛还是瞪着他。

他叹气,好像在表示怎么这么麻烦。"艾,我是个白痴,行了吗?我知道自己搞砸了一切,可是我想要努力挽回。布里安娜的事……只不过是逢场作戏,是你我感情路上的一颗小绊脚石,毫无意义,而且一开始就不应该发生。你和我,我们命中注定要在一起。我们都很清楚。你说呢?我低声下气地站在你面前,求你回到我身边。"

他走向她,手摆在她肩膀上,轻柔地亲吻她的唇。艾米没有推开他,让他把嘴压上来,同时为这种熟悉的舒服感着迷。邓肯往后退,温柔地把她脸上的头发往后拨,眼睛看着她问:"那,你怎么说?"

无论她承不承认,过去十个月她都在等这一刻,现在来了,就像做梦般不可思议。艾米用最甜美的笑容回应他的凝视。"我怎么说呢？"她害羞地、挑逗似的说，"我说，应该给自己一份最棒的三十岁生日礼物，让我告诉你，就在这里，就是现在，最后一次对你说，他妈的给我滚出我家。我想说的就是这个。"

"这不可能！"阿吉亚娜尖声说着，一直在拍手。

"我做到了。"艾米带着灿烂的微笑说道。

"不可能！"

"是真的。不知道该怎么跟你说那感觉有多好。"

阿吉亚娜抱住艾米，在桌子所允许的范围内紧紧抱着她。她们在上东区的爱丽丝茶品店，里面挤满了十几位、可能是上百位各年龄层的女人，她们会把艾米的胜利故事传出去。"你做对了。"

"嗯，是啊。"艾米张大眼睛说，"我一秒钟都没有怀疑过。你相信那个浑蛋竟然有胆子跑到我家来，在我三十岁生日前夕，要我重新接纳他，却连对不起都没说一声吗？简直太让人愤恨了。"

"一直都是。"阿吉亚娜点头，直到发现艾米用奇怪的表情看着她，"哦，甜心，我不是那个意思。我是说他这次的行为特别让人反感。"老天，这个女人太敏感了吧。

一个特别活泼的女服务生走近她们桌子。"在庆祝什么特别的日子吗？女士们。"她问。

艾米不悦地说："怎么看出来的？是鱼尾纹，还是三个人都没有戴戒指的奇迹？一起喝下午茶的活动，就算是五十岁，我们还是会继续这么做。"

"三个没有戴戒指的奇迹？这说法真新颖。"阿吉亚娜翻翻白眼，瞄了蕾一眼。她脸色死灰地把左手压在大腿下面。阿吉亚娜很难过，艾米一定不知道蕾前天晚上把戒指还给了罗素。

"不错吧？我刚想到的。可是听起来不错……哈！不是故意讲俏皮话。"艾米呵呵笑。

"对不起，我只是想……"女服务生咳嗽，看看自己的脚。

阿吉亚娜打断她。"对不起。实际上我们是在庆祝……这位的三十岁生日。你也看得出来，我们并不太热闹。"

"三十岁？真的吗？你看起来气色很好。"那个女服务生热切地说，她不可能超过二十四岁，"我只希望自己到你那个年纪时看起来也能这么年轻。"

感谢老天，蕾在艾米讲难听话之前插嘴说："是啊，她的确看起来很美。我们准备要点东西了。"

女服务生笑着记下她们点的东西然后离开了，似乎认为自己是好人，刚说了让某人快乐一天的话。

"讨厌的女人。"艾米低声咒骂道，"愿她巨大、高耸的乳房，让她在三十岁前背痛。"

阿吉亚娜拍拍桌子。"你们看到她晒伤的皮肤了吗？拜托！那个女孩三十岁以后皮肤一定会皱巴巴的，胸部已经是她最小的问题了。"

"我不知道你们两个在看哪里。可是我不能不去注意她的头发。"蕾说。

"她的头发？怎么了？"艾米问。

"现在是没事，可是看得出来会越来越稀疏。我绝对不会希望自己三十岁时，前额发际线后退，头顶的头发变薄。"

三个女人都放声笑出来。

"是啊，你说得没错……只是一切可能太迟了。"艾米接着说刚刚被女服务生打断的话题，"只是觉得很神奇，事情是怎么转变的？我一直很渴望邓肯回来，对我宣示他的爱永不改变，然后一同奔向日落。当然他也了解到自己犯了一个怎样的大错。可是事情真的发生时，我却只希望他出去会被公交车撞。这正常吗？"

"正常得很！"阿吉亚娜说，"你不认为吗，蕾？"阿吉亚娜之前就试着让蕾加入对话，可是她一直没怎么说话，只是带着不专心的笑容坐在那里，偶尔发出嗯嗯声以作回应。

"绝对是。"蕾现在对着阿吉亚娜说，"我们的小女孩长大了。我觉得……"蕾的手机响起来打断了她的话。

阿吉亚娜看着她把手机从包里拿出来，确认是谁打来的，然后就把来电挂掉了。"又是杰西？"她问。

蕾点点头说："他现在也该懂了吧？自从他从印度尼西亚回来以后，他打的电话我从来都没接过。"

"嗯，亲爱的，他该懂什么？"阿吉亚娜当然不能违背常理地对朋友们表示，从艾米那里听说蕾有外遇，还有与罗素分手的消息时她很激动。不是她不喜欢罗素（大家都喜欢），而是她更爱蕾，想要她得到更好的归宿。她现在的外遇对象是一个已婚男人，也是位才华洋溢、轻浮、各方面都不适合她的男人，但阿吉亚娜认为这没有预料到的一步方向正确而且非常了不起。如果蕾也能这么想就好……

"我和他之间发生的事是个错误，只发生过一次，而且是好几个月前发生的。够了吧！我们真的不需要再谈这个。我只是不懂他干吗要把事情搞得这么复杂。"

艾米笑着说："亲爱的，你不能怪男人把这件事看得比较复杂吧？他知道你和罗素之间结束了吗？"

蕾猛地抬起头。"他当然不知道。"她简短地说，"我和罗素之间的事与他一点关系也没有。"

阿吉亚娜哼了一声。这女人太自欺欺人了。她什么时候才肯承认自己疯狂地爱上了那个不该爱的男人？如果像蕾这样一个完全正常且讲道理的人都是如此盲目，那其他女人一定也有同样的问题。阿吉亚娜开始计划下一篇专栏内容,也许她该把标题叫"活在幻想中:初级指南"或"为什么我坚持欺骗自己"。对,这个文章标题真不错。

蕾瞪着她。"哼什么?"

"你真的那么确信,亲爱的?"

"对,我真的确信,因为这是真的!罗素和我……"她在这里停下来,找准确的字眼,"早在遇到杰西前就有问题。我得承认……可能……与杰西发生的事帮我开了窍,让我看清楚了与罗素之间的问题,可是也还有其他原因。我和杰西上床,因为我感到寂寞,还可能有点害怕罗素和我之间的问题。这次是我在人生中特别脆弱时期犯的错,就是这样,这就是实情。"

艾米与阿吉亚娜交换了个眼色。

"干吗?你们两个看什么看!"

艾米先开口让阿吉亚娜松了口气,她用最让人安心的口吻、选最得体的字眼来说:"我们不是在说你说的不对,可是,嗯,对杰西来说也是如此吗?"

"不需要心理医生来判断,也知道你现在比往日放松了不知道几千倍。"阿吉亚娜接着说。

蕾翻了个白眼。"听着,你们两个,我爱你们,可是别胡扯了。不管我现在……当初……对杰西的感觉如何,你们都忽略了一个很重要的细节。仔细听我说,好吗?杰西·查普曼,已婚。已婚,意味着应该对另一个女人全心奉献;已婚,和我上床只会让他成为一个骗子和出轨的人。而我的好朋友们竟然还鼓励我继续下去。已婚,还这样……"

阿吉亚娜举起一只手表示制止,没有什么比蕾开始讲大道理或拿礼制教训人更让她受不了。"好吧,好吧,我们懂。"她说。

服务生端来一盘食物,这次换了个男的。

"哦,不!希望我们没有吓到你的同事。"艾米说,"刚才我们有点过分了。"

那位服务生奇怪地看着她,然后开始念食物的名字。"茶熏鸡胸肉色拉,旁边有蘸酱。"他把盘子摆在蕾面前,"两份怪帽子点心,还有烤饼和三明治,你们点的都齐了。茶等一下就会来。女士们还需要什么吗?"

"丈夫?孩子?好一点的生活?"艾米问,"这些菜单上有吗?"

他慢慢地从桌边退开,好像她是洪水猛兽。"我,呃,我等会儿再来看你们还需要什么。请慢用。"他支支吾吾地说完,拔腿就跑。

"老天,艾米,控制一下自己。你吓到人了。"阿吉亚娜提醒道,虽然她心里觉得还蛮好玩的。

艾米叹口气。"还有什么新鲜事?"

"前几个星期我想了很多。"蕾说,看着坐在桌子对面的朋友们。阿吉亚娜有不祥的预感。蕾的"想"几乎等于"已经"做出让她更不愉快的决定。阿吉亚娜做好心理准备接受即将来临的坏消息。"我在想我要……"

"我在想我要再回去读书。"她小声地说。

"什么?"阿吉亚娜尖叫。这是从哪里来的想法?读书?"为什么要这样做?"

蕾微笑着。"因为我一直想这么做。"她说。

"你一直?"艾米问。

蕾点头。"读文学创作硕士。毕业后我就想去读的,记得吗?是我爸爸替我在布鲁克·哈利斯找了份助理工作,还一直说好编辑或作家不需要更高的学历,说我为自己的职业生涯能做的最好的事就是开始工作。"她苦笑道,"我们两个都没想过这不是我想要的。"

"可是蕾,甜心,你工作得很好,就快要晋升了,现在还与超级畅销书作家合作……"

蕾打断艾米。"那是过去式。"

阿吉亚娜叹气，蕾有时候很夸张。"你不过是和他上过床，不意味着就不能当他的编辑，蕾。如果世上每个人都拒绝与上过床的人一起工作，全世界的经济就要垮了。"

"我同意。"蕾说，"我们可能可以不放在心上，但我老板亨利会在乎，因为他无法准时收到稿子。我已经辞职了。就在昨天。"

"等一下！"艾米大声喊。一群中年观光客回头看她们。"你在开玩笑。"她轻声说。

"昨天逛街的时候，你怎么没跟我讲？"阿吉亚娜抓着蕾的手臂问，"你不会是恰好忘了吧？"

"我需要一点时间来消化。我对亨利说，我不是急着要走，可以待到交接完全结束，可是我绝对会离职。"

"我的天。"艾米倒吸一口气。

"他怎么说？"阿吉亚娜问。蕾把她的风头抢走了，她有点不高兴。毕竟，她也有令人兴奋的消息要宣布。

"他很吃惊。他说最近几个星期一直接到杰西打来的奇怪的电话，说他做了某件……说不出口的事，可能让我感到不舒服，这统统都是他的错，但这永远不会再发生了。他显然在求亨利不要把他交给其他编辑负责。"

"哦，他人还不错。你觉得亨利知道了吗？"艾米问。

"不会。从他的语气听来，他以为杰西企图接近我，让我觉得不舒服、被吓到，亨利认为这就是我不想和他工作的原因。他甚至试着说服我说，工作上偶尔会碰到变态作家，这都是工作的一部分等等。"蕾难过地笑笑，然后喝口茶，"要是他知道是我拉杰西上床的话，会怎么想？"

"亲爱的，我不相信你就这么辞职了。你的计划是什么？"

"你们猜。这辈子我第一次不知道接下来该怎么做。"蕾重新把自己的茶杯倒满，"我想先好好休息一阵子，不急着做事，也许在秋季开学前旅游一阵子。我还没仔细想，可能得把公寓卖掉，还要……"她停下来面向艾米，"我想找你当我的室友。艾，我知道你讨厌自己住的地方，已经讲了好几次要搬家。不要有压力，所以也不用现在回答，或许我们可以一起找间可爱的两房公寓？"

蕾把一切都破坏了！阿吉亚娜原本都已计划周详，本想先告诉艾米。现在都被蕾破坏了。她试着插嘴。"嘿，你们猜怎样？我有件事情……"

"我的天，你不是在开玩笑吧？"艾米几乎快尖叫起来，"我很乐意。非常、非常、非常乐意。我再也受不了那间鬼套房了。任何地方我都肯搬，任何地方！我唯一的要求只有烤箱和煤气灶。这应该做得到吧？只要说好。"

"好。"蕾说，"我们马上就开始找，我住的地方一卖掉就搬家。"

"喂喂，你们两个有没有听到我说的话？喂！"阿吉亚娜说，语气比自己预想中的还要急躁，"我有你们两个可能会感兴趣的事要宣布。"

女孩们转向她，等她开口。

"还没确定……可能还不该先对你们说……可是我有可能要搬到洛杉矶去。"

这可让她们住嘴了。看到蕾倒吸一口气及艾米下巴都快掉下来的样子，她很满意。要得到她们的注意力还真不容易，阿吉亚娜心里这么想。

"什么？"

"为什么？"

"是托比？"

"你要搬去和他住？"

"你父母知道吗？"

"已经确定了？"

"你要结婚了吗？"

这太让人满意了，比她想的效果还好。她夸张地叹口气。"好了，好了，我什么都告诉你们。先静下来。"她真正的意思是，当然，快问我问题，我很喜欢！她的朋友们遵命照办，接着阿吉亚娜把所有细节都说出来满足她们的好奇心。她说的是她从没想过自己会说出的话——让她更骄傲、更兴奋的话。

"我得到一个工作，也打算接受。"她边说边往椅背上靠以便好好享受朋友们的反应。对毫无准备的朋友们宣布让人兴奋的消息很好玩，还有什么更好的办法能得到她们的注意呢？

"一个什么？"蕾一脸狐疑地问。

"工作，你是指什么？"艾米问，同样一脸迷惑。

"哦，够了！你们以为我是什么意思？"这太让人生气了。因为她以前从没工作过就很难想象她会有工作吗？拜托，全世界的人都有工作，她相信自己也能应付。

"好了，阿吉，不要让我们求你。快把细节告诉我们。"蕾说，身体往前倾靠在桌上。

阿吉亚娜戏剧性地深呼吸。她想好好享受这个过程有什么错。阿吉亚娜·苏沙又不是每天都能被这么认真看待。"我想想，说是学习笔记比较容易懂。你们都知道《嘉人》的专栏？"

两个人都点头。

"前几天晚上我和托比的几个在派拉蒙影业公司的同事吃饭。他向那些人炫耀我被挑中写专栏的事，你们该看看他实在好可爱。其中一位女士，制作人还是什么的，装出很有兴趣的样子。她一直问关于我、专栏，还有《嘉人》怎么挑上我的问题，第一篇什么时候刊出……还有其他一堆问题。我以为她只是礼貌上问问，可是隔天她打电话给我，说她有兴趣——你们准备好了吗——把我的点子拍成电影！"

"我的天。"艾米粗声呼吸。

蕾一副惊呆了的表情。"不会吧，不会、不会、不会吧！"

阿吉亚娜开心地点点头。"会、会、会！我把之前替《嘉人》写的文稿用电子邮件发给她，她当天就回电给我，说她想领先于其他人，在第一篇刊出来前就开始进行。用她的话来说——绝对会热卖，她说我是下一个坎迪斯·布什奈尔①。"

"骗人！"她的朋友们同时大声说。

"我很认真。"

蕾靠得更近了，脸几乎贴上阿吉亚娜的。"这是什么意思？你得替她做什么？"

"我也不完全懂，可是托比说，第一步是要找个经纪人，他推荐了几位不错的，然后他们会替我拟一份顾问合约。这位制作人和派拉蒙公司有合约，在他们的片场有拖车，她还会派一个剧作家和我一起编剧本。如果一切都进行顺利，我两个月后就会搬过去。"

她没对朋友们说的是，制作人对她在纽约工作没有意见，搬到洛杉矶完全是她自己的决定。是该转变的时候了。毕业后，阿吉亚娜就住在纽约，但她知道自己迟早要搬走。如果不趁现在尝试住到别的地方，恐怕以后没有更好的机会了。除此之外，可以离父母和他们的控制远一点，实在也很吸引人。

"阿吉亚娜，这太不可思议了。恭喜你！"蕾从椅子上站起来要过去拥抱她。

"嘿，怎么了？"阿吉亚娜问艾米，她正在以泪洗面。

"对不起。"她哽咽着说，"我真的很为你高兴，只是不相信你要离开了。"

"亲爱的，记得吗？你是第一个离开的，跑到加州的厨艺学校，好像东海岸没有好学校似的，可是你还是回来了。我也会的。况且，有一

---

① 《欲望都市》作者，纽约专栏作家。

件可能会让你们感觉好过一点的事。"

"什么事？"艾米问。她任性的语气像个固执、好奇的小鬼。

"我觉得你们真的会非常喜欢。"

"什么？跟我说，什么事？"

"嗯，我在想，我离开后，你们想不想住在我家。还有……"她故意停下来面向蕾，她也正看着她，"你也是，亲爱的。我原本不知道你们计划住在一起，可是还有什么地方比我家更好？我和爸妈谈过，他们也很乐意让艾米住在那里，如果你也搬过去的话，他们会更高兴的。三间卧房，当然不收租金，只有两个要求：每个星期，你们得把他们的信件转寄到任何他们所在的地方。还有,他们偶尔来纽约拜访时你们得应付他们。不过我不在这里,他们来的次数应该会减少很多。你们觉得怎样？"

"哇，我不知道。"蕾说，"听起来是个很棒的约定。"

"是啊，说真的，他妈的棒极了。不用租金的三房公寓，唯一的责任是每个星期跑一趟邮局。老天，阿吉亚娜，还需要问吗？"

"拜托，亲爱的。邮局？算了吧。我们已经和快递公司讲好，他们会来公寓收邮件，然后把它们包好寄出去。你们只需要从大厅的信箱里把信收进来。"阿吉亚娜说，一副理所当然的样子。

蕾用力拍桌子。"该死的，我刚才想到，阁楼代表顶楼。"

"这不是理所当然的吗，蕾。"阿吉亚娜说。

"顶楼代表没有人会敲天花板！我的天！"她开始又哭又笑，"我这辈子从没为任何事这么兴奋过。"

艾米举高双手，瞪着天花板。"阁楼Ａ室，我们来了！"

"而你，阿吉亚娜？"蕾问，"亲爱的，我和艾米睡在没有木屐敲打、安静的地方，你要去住哪里？我感觉你马上就要开始同居生活了？"

阿吉亚娜微笑着，这可能是最高潮的部分。"嗯，托比说过要我搬去和他住。"她边说，朋友们边拍手，"我们的关系进行得很顺利，让人讶异地顺利。可是我觉得没必要进展得太快。"她停下来喝口茶，假装在想事情，"于是……我决定用我当顾问和写专栏的钱，在威尼斯海滩边租间小公寓。只是一个小套房，离海滩越近越好，我想会在传统市场附近。"

艾米转向蕾，然后叹了口气。"蕾，你相信吗？我们的小女孩长大了，要一个人独自面对世界了！"

阿吉亚娜举手要她们安静。"别那么快，亲爱的。我对你还有一个请求，很大的请求。"她觉得自己紧张起来，暗暗祈祷艾米会同意。

艾米好奇地望着她。"很大的请求？比阁楼A室还大？快讲吧，阿吉。"

"我希望你同意让我，呃，借走欧弟一年。哦，艾米，我知道它是你的宠物，我知道拎着它到西海岸很疯狂，可是我们过去几个月内培养出深厚的感情。以一种奇怪的方式……拜托不要笑我……我觉得它是我的幸运星。自从它来以后，我的生活似乎变得很顺利。请你不要介意？"阿吉亚娜知道艾米不会介意，可能还会很开心。可是没必要让艾米觉得自己在帮她的忙，是吧？当是给好朋友的一个礼物。

"嗯。"艾米沉吟着，假装在仔细考虑，"我想应该可以。我是谁，怎么可以挡在某人和她的幸运星之间？如果你想带着欧弟，那它就是你的了。"

"敬欧弟。"蕾说，举起自己的茶杯。

"敬艾米和她的生日。用我们女服务生的话，愿大家在三十岁时都这么美丽！"阿吉亚娜加上这句话，也把杯子举起来。

艾米是最后举起杯子的人，碰上朋友们的杯子。"敬三个没戴婚戒的奇迹。愿我们接下来的三十年也同样美丽，可是手上不会没有戒指。"

"我也敬这个！"蕾说。

"我也敬。"阿吉亚娜接着说，对未来充满兴奋，"干杯，亲爱的，敬我们。"

可爱得头昏眼花

三个月后。

"艾米!"蕾在阿吉亚娜的卧室大喊,那里除了有她毛茸茸的盖被外,还有一整面挂满银色相框的墙,此外她最喜欢那张阅读椅了,坐起来好舒服。"车子快到楼下了。我们要迟到了!"

她听到朋友在不同房间跑来跑去,把所有没打包的东西统统塞进行李箱。"你看到我的随身听了吗?或是手机充电器?我什么都找不到!"

蕾把收拾整齐的手提行李箱拉链拉上,小心地把小包放在上面。她在心里把所列表单重新想了一遍,满意自己什么都没忘后,把行李拉到走道上。她走进艾米的房间(之前那里是苏沙家的客房),直接走向衣橱,把随身听和手机充电器从巨大的玻璃水缸里拿出来。艾米把它当做了收纳杂物的箱子。"这里。把它们扔进皮包,我们赶快走吧,可不能错过班机。"

"知道,知道。"艾米低声应着,一边用力梳头,"起床时间太不近人情了,况且还要出门,我已经尽力了。"

又花了十五分钟艾米才准备好出门。又在楼下花十分钟等车子绕了一圈,掉头来接她们,然后朝肯尼迪机场驶去。她们刚好比蕾预计的时间迟半小时。蕾一贯认为尽管航空公司建议旅客提前两小时到机场,并不表示提前两个半小时到不会更好。像这样迟到通常她会发脾气,可是今天她兴奋得不想让任何事影响心情。上次看到阿吉亚娜已经是三个月前的事了。当初她们是与另外二十五位最亲近的好朋友，在历史悠久的韦弗利酒店为她办欢送晚宴。现在总算要到西海岸去拜访她了。

阿吉亚娜搬走后，艾米懒得寄出三十天的提前退租预告，她多付了两个月的补偿金，立刻搬了出来。蕾原本以为可能要多花点时间才能把公寓卖掉，毕竟当初她花了一年的时间才找到这个地方。可是第一个人来看房后两天，中介就打电话来说有人开价。最后她把公寓卖给一对来看过房子的夫妻（他们刚结婚，对一切都很兴奋），卖价比一年前买的时候高百分之十二。就算把给中介的佣金扣掉，蕾的初次投资还是让她赚到了足足几个月不用做任何事的钱，直到九月开学。

"你觉得我们会去常春藤餐厅吗？"艾米问，双手握着星巴克的热咖啡，"我知道听起来有点没新意，可是它有性价比高的早午餐。我觉得我们应该去。"

虽然现在天色才刚亮，艾米嘴巴就像停不下来似的一直在讲话。

"我不知道。"蕾说，希望她不要怂恿她。

"你相信吗，在常春藤餐厅吃饭已经是那么久之前的事了。"艾米说。

"我知道，这很疯狂。感觉好像昨天才发生的事。"

"昨天？你是不是疯了。感觉像十年前发生的事，这一定是我这辈子过得最慢的一年，时间好像静止不动，好像我在时间的洪流之中停住了。"

"艾，亲爱的，别误解我的意思，但在到达之前你可不可以别讲话了？"蕾说。

艾米举起一只手，点点头。"够清楚了，不会生气。我不知道自己为什么会这样，好像精力耗尽了，同时强迫症也发作了。我越累，话越多。"

"拜托。"

"对不起，对不起。"

蕾的电话响起,当她看到来电显示的昵称时,心里一阵甜蜜。"嗨!"她对着电话说,"你这么早起床干吗?"

"要是我说,我调好闹钟就是为了对你说一路平安,旅途愉快,你相信吗?"杰西问,声音听起来又累又愉快。

"我会说你是个大骗子,然后你应该告诉我实情。"

他笑起来,蕾也跟着微笑。光是听到他的笑声就能让她心里雀跃不止。"嗯,既然如此,那你应该知道我整个晚上没睡,独自坐在那里,等着到时间了就打电话给你。"

"我相信你整晚没睡,可是等着打电话给我就不一定了。"她回头看到艾米正望着她,手还一张一合地模仿她讲话的样子。蕾微笑着给了她一个飞吻。

"好吧,你说对了。其实我一直写到凌晨三点,然后在三点到六点间玩《侠盗猎车手》,接着喝咖啡,最后打电话。这样比较可信了吧?"他问道。

"好多了。"

如果发现其他男人爱玩电子游戏的话,她可能会被吓到。这曾经是她认为必须分手的原因之一(其他的还有毛发旺盛的背、容易出汗、喜欢讲黄色笑话以及任何宗教信徒),虽然她动不动就在念叨(损他、翻白眼、不断嘲笑),可是私底下觉得他很可爱。说实话,她还挺喜欢开始玩新的电子游戏时,他让她挑游戏人物的服装。这算是爱吗?她还没准备好说是,可是一定很接近。

"你在车上?"他问。

蕾叹口气,想象他四肢摊开倒在床上,准备要好好睡几小时,然后去艾斯提亚餐厅喝一杯。"是啊,我们快到了,所以我得挂电话了。我想你。"

"我也想你。"艾米在旁边小声说,"哦,杰西,宝贝,我好想你。"

整整四天见不到你,我该怎么办?天啊,真是两心交会的恋人。"蕾想捏她,可是艾米已经退到车门边。

"她在说什么?"杰西问。

"没什么。"蕾笑着说,"下机以后,我会打电话给你,好吗?去睡觉吧。"看在艾米的份上,她控制住没对着话筒做出亲吻的声音。

"天啊,你们真是相爱得让我头昏眼花。"艾米夸张地叹气。

头昏眼花,蕾也知道,可是她开心得不在乎。在那"事件"过后两个月内,杰西不断地打电话给她、发电子邮件、在她助理那儿留言、一天传三四五通短信给她。她每次都故意忽略他,不想让自己已经一团糟的生活更加混乱(不过只是感觉上比较复杂而已,其实一点也不会)。不管他打多少次电话来要道歉和解释,杰西已婚的事实并没有改变,没什么好说的。和他上床已经是个够大的错误,没必要再进一步交往,让一切变得更糟。

说的和做的都有了效果,直到她决定离开布鲁克·哈利斯。离开前,她仍然每天去办公室,只是为了把自己负责的作家事务交接给新的编辑。亨利明智地亲自接手杰西,因为只有经验丰富的编辑才能既不冒犯又让杰西配合。拿到样稿后,蕾很赞赏改进后的成果,杰西的确有写出畅销书的本事。蕾大部分时候都能不去想他,直到有一天她收到一封全篇使用粗体字的信,上面写着"晚上七点在阿斯特广场的星巴克见面,只需要十分钟。在那之后,只要你开口,我就不再打扰你。拜托你来。杰"。

蕾做出一般理智女性会做的事:删掉它、克制回信的冲动、清理垃圾桶,不能再还原。可是之后,她打电话给技术部门,请求恢复所有最近删除的信件。她曾短暂考虑要不要把信转发给阿吉亚娜和艾米,询问她们的意见,可是又觉得这根本是浪费时间。事实上,她肯定会去。

星期一那天晚上,蕾准时到了星巴克,心里一团乱,一会儿觉得自己疯了,一会儿认为自己是个白痴,想要和杰西——前情夫、前知名作家讲话，有什么意义？她喜欢他，没错。那一刻她承认了这一点但那又怎样？她想要的是什么，奖励吗？来会面只是让她显得更笨、更自虐，一定只会带来更多失望，这个月已经过得够糟了。杰西总算到了，迟到十分钟，他旁边伴着一个年龄足以当他女儿的亚洲女孩，这情况可没让蕾的心情变好一点。

"蕾！"他高兴地笑着，朝她伸出手，"很高兴你来了。"

"嗯。"她应道，没有起身向他们问好。没必要站起来，那个带着微笑的女孩已经拉开椅子坐下，很快地，她和杰西在桌子对面坐好。

"杜蒂，我想向你介绍蕾。蕾，这是杜蒂……我妻子。"

蕾的目光先射向杰西（他一点也没有觉得不妥），接着又转去看那个女孩。仔细打量过后，蕾觉得她可能比刚才所想的还年轻，虽然没有那么漂亮。杜蒂有漂亮粗黑的头发，可是被剪成与脸型不相衬的奇怪发型。"天啊。"蕾在能阻止自己以前已经大声叫出来。

杜蒂甜甜地咯咯笑，蕾看到她牙齿明显咬合不正。要是这是在其他情况下，蕾会觉得这个女孩很可爱，甚至挺迷人的。可是今晚这种情况下，这超过了她的忍受范围。

"杜蒂，很高兴见到你。我，呃……"她原本要说"听过有关你的很多事情"，可是这会有太多种含义。所以她说："我得先走了，只是过来看看而已。"

听到这话后，杜蒂的脸色沉下来。"这么快？"她皱着眉问，"好吧，我去点杯喝的，留你们独处。蕾，杰西，想喝什么？"

杰西拍拍她的肩膀，摇摇头说不，杜蒂便蹦蹦跳跳地去点餐台。

"你在想什么，为什么把她带来这里？"蕾听到自己这样说，显然她的脑袋和嘴巴已经断了联系。她把三颗戒烟锭丢进嘴里，等着自己平静下来。"不要回答。我才不管你在想什么，我现在只想离开。"她开始收拾东西，可是杰西握住了她手臂。

"她二十三岁,来自印度尼西亚巴厘岛的乌布镇。我曾经与一群非常有钱的欧洲人在那里待了一年,在其中一个人的父亲家里连续开了一个月的派对,大家都很开心。直到某天有人用药过度,而隔天基地组织又把巴厘岛的一家夜店给炸了。"

蕾点头。她记得这条新闻。

"不用说,派对取消,而我不知为什么继续留在了那里。我离开库塔,那个被炸的城市,朝内地前进。走向被高山和稻田环绕的村落,我看到很多艺术家、雕塑家和作家都住在那里。显然,乌布挤满了那些人。那个地方很不可思议,每天都有不同的庆祝活动。而那里的人,天啊!他们好可爱、很热情、开放。杜蒂的父亲和我变成了朋友,他只比我大四岁,女儿已经这么大了……"说到这里,杰西摇摇头,"他是位有天分的木雕师,其实更接近艺术家。我是在他的店里认识他的,他邀我去他家吃晚饭,那是一个幸福的家庭。长话短说,我欠杜蒂的父亲很多。他引导我回归正常的生活……从很多方面来看,他救了我……所以当他问我愿不愿意娶杜蒂时,我没有想太多。"

蕾不知道这故事会有什么结局,可是她很想继续听。她已经明白了为什么当初八卦杂志没有得到这个消息。但是她不愿向他露出想继续听的意图。于是,她啜口咖啡,试着表现出漫不经心的样子,然后说:"她很甜美,杰西。我看得出来你为什么娶她。"实际上她想说的是,你对我说这些干什么?

杰西笑出来。"蕾,我说娶杜蒂是因为她的父亲对我很好,而且要求我这么做,这是真的。她是个小孩,现在也还是。我很疼她,可是我们之间从没有浪漫的关系,以后也绝对不会有。"

"是啊,这都说得通。"她不想说些尖锐的话,可是这情况让人一头雾水。

"'九一一'后,美国把印度尼西亚列入恐怖主义国家的名单中,即使百分之九十八的巴厘岛人都信奉印度教。总之,杜蒂申请不到签证来美国。她的父母辛苦工作一辈子就为了让她来美国受教育,他们之前也已经把儿子送到美国了,可那时新的政治情势不允许了。于是我帮了他们的忙。"

"你娶她好让她得到签证?"蕾讶异地问,"这不是只在电影里才会出现的情节?"

"是的。"

蕾不可置信地摇头。

"你真的觉得很惊讶吗?"杰西问,"这就是为什么我之前不想提的原因。"

"我不会用惊讶来形容,可是这绝对……很奇怪。"蕾盯着他看,审视他的脸,"你难道不想有天与自己所爱的人结婚吗?还是从来没考虑过?"

"我知道你可能会觉得这很奇怪,可是老实说,我以前真的从没考虑过。我出版过一本超级畅销小说,每天马不停蹄地奔波,参加派对、女人一个接一个地换,婚姻的事我几乎没有考虑过。我只是杜蒂名义上的丈夫,实际上她和三个室友住在下东区的小房子里,晚上去上学,有个看起来还不错的新男友。我一个月带她出去吃两次午餐,她喜欢把脏衣服带到我家,因为我的清洁工会帮她洗。她就像是我的侄女或是小妹妹一样。给我生活从没带来什么负面影响……直到最近。"

直到现在,三个月后,蕾仍记得杰西接下来讲的每一句话。他说在亨利办公室见到蕾的第一眼就被她吸引;他们一起在汉普敦工作时,他有多喜欢、尊重她;他从没想过自己会如此在乎一个人。他对她说,自己知道一切都发生得太快,可是他不想再浪费生命到处玩乐或随便找人上床。她需要多少时间考虑都可以,尤其是与罗素之间的事情发生之后(亨利把一切都告诉他了),可是他只要她,只对她忠心。只要现在告诉他，她是否有同样的感觉，纵使机会很渺小，但只要她有，他就会等她。有没有很渺小的机会呢？回想起这些时，她脸上露出微笑。

一路平安飞抵洛杉矶。阿吉亚娜就如所许诺的，在提领行李的地方等她们，见面后大家一下子提出了一堆度周末的不同点子。

"我们先去逛街吧。"阿吉亚娜用遥控打开全新的苹果红色宝马M3敞篷车的车门时说。

"真漂亮！"艾米感叹道，用手抚摸它的外表。

阿吉亚娜开心地笑。"是不是很棒？怎么可以住在加州却不开敞篷车？太浪费这里的好天气了。这是我爸妈送的'独立纪念礼'。"

"你在开玩笑。"蕾说，很开心她们能马上就回到过去无话不说的状态。

"绝对没有。"阿吉亚娜轻松地说，"他们想'支持我'自立自强的决定，顺便一提，房子的租金是我自己付的，所以车子就这么来了。理论上我可以拒绝，可是那样也太笨了吧？"

她们陆续坐上敞篷车，在常春藤餐厅吃过午餐后，又去罗伯逊大道逛街，艾米替自己的外甥买了婴儿装。随后她们开车逛威尼斯海滩，拜访阿吉亚娜的新邻居。她的小套房光线明亮且充满现代感，没有太多东西，很是清爽，离海滩、商店和餐厅只有不到两条街的距离。蕾已经很久没这么开心了。大家一起喝着酒，为晚餐换衣服时，她突然感到了更进一步的解脱，那些令她焦虑心悸、紧握双手让指甲掐进手掌心的事情统统都过去了。她已经不吃戒烟锭了，连晚上睡觉都不再有问题。这很难想象，如果要选择一个词来形容现在的心理状态，她可能会用"放松"来形容。

一路唱着夏奇拉的歌开车到西好莱坞，她们准备晚上要疯狂地玩一下。阿吉亚娜把车停在柯依餐厅的代客停车区，享受摇滚巨星般的待遇，接着有人崇敬地在她脸颊上吻了两下，还听到那位高傲的侍者说："真他妈的漂亮，阿吉亚娜！"之后，她们马上被簇拥着经过那些正在吃寿司、喝清酒的客人，坐进餐厅最棒的位子——一个可以看到餐厅全景的地方。随后几杯荔枝鸡尾酒摆到她们桌上，几分钟后，大家都兴致高昂起来。

"有什么计划？"蕾问阿吉亚娜，过去十分钟内不止三个人过来向她打招呼。

"你好像大明星。"艾米摇着头对阿吉亚娜说，"不是说我很讶异，只是……"

阿吉亚娜露出洁白无瑕的牙齿，性感地拨弄自己头发，蕾发誓听到隔壁桌的人发出赞叹的声音。"亲爱的，拜托，我脸都红了。"

"才怪。"艾米说，"我们害羞、容易受伤的小花正准备尽情绽放。"

"好吧，也许没那么害羞。"阿吉亚娜同意，"至于计划，我们没有什么很确实的计划，晚点可以和托比见个面，或是……"阿吉亚娜邪恶地笑着，清楚表示了这个选择才是她喜欢的，"我们可以到葡萄园去，与几个奋进经纪公司的人碰面。其中一个有座豪宅，总是办很棒的泳池派对……"

"我听到什么？新的恋爱对象？那托比怎么办？"蕾边问边朝嘴里塞进一片生鲑鱼片。

"托比怎么了？"阿吉亚娜说，"无所谓"的笑容再度浮现，"他很好，如往常一样。可是不用说，有这么多帅哥在这里……"

"他知道吗？"艾米问。

阿吉亚娜点点头。"他很好、很贴心，有时候还很有趣。我对他说，不想只跟他一人约会，希望他也同意。你们怎么能期待一个女孩初到帅哥云集的新城市却只选一个人呢？太不人道了。"

"那我们打的赌……"艾米说，没把话讲完。

"这就是我们为什么来这里，不是吗？从打赌那天起已经整整过了一年，我们本该在这周末打个分数，宣布谁是胜利者。"蕾说。

阿吉亚娜挥挥手不想再谈。"打的赌？拜托，我早就没放在心上了。"

艾米笑着说："那你自愿认输了？"

"没错，百分之百，想都不用想。"阿吉亚娜说完喝了口马提尼，优雅地舔着自己嘴唇，"你们看，没有戒指。"她张开左手在大家眼前挥动，"之前可能有过，之后也可能有，从托比或其他人那里得到。虽然我已三十岁，还处在一群二十多岁的美女之间，可是我在这里待得越久，就越明显地发现：她们都是业余的，像小女孩似的。她们一点都不懂勾引或留住男人的方法。而我们是女人……字面上的意思还不清楚吗？"

服务生在她们桌旁出现，开始打开一瓶顶级香槟。"我们没有点这个。"蕾说，看着朋友们想得到确认。

"是坐在吧台最后面的先生送的。"他答道，软木塞砰的一声弹出，结束了他的话。

三个女人同时转过头去看。

"他们很帅。"蕾用名花有主的语气说。意思是：对你们来说，他们还不错，但我可没兴趣，因为我已经疯狂爱上一位更好的……

"太嫩了。"阿吉亚娜主动说，她锐利的眼神只需一瞥就把他们四个看透了。

"我们不用和他们上床，可是我们得邀他们过来喝一杯。"蕾用最合适自己的语气说。

"拜托，我们又不欠他们什么，只要露出感谢的微笑、挥挥手就够了。"阿吉亚娜说，同时把动作做了出来。

两个女人都没注意到艾米的脸红彤彤的，她玩着自己的手指，不愿去看吧台。

"你还好吧？"蕾问，猜想艾米是不是在后悔邓肯的事，或更糟——他们是邓肯的朋友。他们看起来像东海岸的大学生，一点也不像加州本地人。蕾看到艾米越来越不自在，她确定自己猜对了。"那些人是邓肯的朋友吗？"她问。

艾米摇摇头说不是。"太丢脸了。天啊，我永远没想过会再见到他。国外发生的事就该留在国外，不是吗？或装作没发生过……"

"她在说什么啊？"阿吉亚娜问蕾。

蕾耸耸肩，要是她知道就好了。

"他们其中一位是'荡妇之旅'的幸运儿吗？还是不止一位？"阿吉亚娜不怀好意地笑着。

"那样就好了。"艾米叹气道，"其中一个……穿条纹衬衫的那个……是保罗。真不敢相信他还认得出我。太丢脸了，我该怎么办？"

"谁是保罗啊？"蕾边问边在脑海里搜寻去年艾米征服的男人名单，"那个以色列人？"

"鳄鱼先生？"阿吉亚娜问。

"博奈尔海边那位？"

"某个我们从没听说过，等会儿要好好'折磨'你的那位？"

"都不是。"艾米小声说，看起来无法专心，"是我在巴黎的考斯特酒店遇见的保罗……'荡妇之旅'刚开始的时候。我原本要献身给他，可是他却完全拒绝我，说要去参加前女友的派对。想起来了没？"

两个女人同时点头。"那已经是一年前的事了。"蕾说，"我确定他不记得你曾邀他进房间，你们只是聊得很愉快罢了。"

"啊……啊，继续说谎嘛。"阿吉亚娜说。

"看起来你没办法躲了。"蕾低声说，"他要走过来了。三点钟方向。三、二、一到了。"

"艾米？"他说，声音听起来很紧张可是还算讨喜，"我不确定你记不记得，我们在巴黎遇到过，在世上最糟糕的酒店。保罗，保罗·威克夫。"

"嗨！"艾米显出不多不少的热情，"谢谢你的香槟。这两位是我的朋友，蕾和阿吉亚娜。这位是保罗。"

大家握握手，稍微聊了一会儿后，保罗公布了两个惊人的消息。保罗来加州是看望新生的侄女，为期一个星期，事实上他六个月前就搬到了纽约，住在上东区的豪华公寓。这些似乎还不够，他还提到艾米没有回复他留在接待处的短信让他多么难过，他在信中为那样丢下她一个人认真地道歉，他一直希望能有艾米的消息，好让他可以补偿。

"短信？什么短信？"艾米问，所有装出来的冷淡都消失了。

"这么容易就忘了？"保罗笑着说，艾米觉得她得站起来捏捏他的嘴，"我为那晚的突然离开写了一段道歉的话，还留了我所有的联络方式，基本上是在求你与我联络。隔天我退房时交给考斯特的柜台……"他没把话说完，笑着想到发生了什么事，"你从没收到，是吧？"

艾米摇摇头。"当然没有。"她开心地说。这有可能是今天她听过最好的消息了。

保罗叹口气。"我应该知道的。"他看着蕾和阿吉亚娜，询问是否可以打断她们用餐，把艾米借走到外面的花园一会儿。

"她是你的了。"蕾很高兴看到她这么开心，挥手要艾米快走。

"只有几分钟。"阿吉亚娜接着说，"吃完饭后我们还有计划。"阿吉亚娜转向蕾，摇摇手指提醒。"不要让他那么容易得逞。"她叮咛着。

二十分钟后艾米回来，她兴奋得双颊通红。

"怎么样？"蕾问，"从你的脸上看起来，我猜并不是那么丢脸。"

艾米笑出声。"至少，对我来说不是。他说他今晚鼓起好大的勇气才把香槟送过来，因为我一直没打电话给他，让他很没勇气。你们相信吗？"

"不可思议。"蕾摇着头说，"而且他现在住在纽约？是不是在开玩笑？"

艾米开心地笑着，可是还没机会庆祝，一分钟后，保罗又回到她们桌旁。"嘿，我很不想这么做。"他疲倦地笑着说，"可是我得走了。"

艾米吃惊得说不出话来，当然也无法把心里所想的说出口。她想的是保罗可以把他刚才讲的所有话，像是"很抱歉你没收到短信"的借口完全推翻。几分钟前她心里还在想，今晚跟保罗离开时需要准备些什么（记下阿吉亚娜家的地址，好让自己明早可以过去；向蕾借卫生棉条；确定自己穿着可爱的衬衣），现在她又要……被留下？

"参加另一个前女友的派对？"阿吉亚娜甜美地问。

"事实上，我，呃……老天，这听起来很笨。"

说出来吧！艾米在心里想着。我们三个女人已经听过所有愚蠢的借口了。

保罗把手插进口袋前先看看自己手表，然后清清喉咙。"我替我哥哥和嫂嫂代晚班，差不多现在就要开始，所以……"

"晚班？"艾米问。

"是啊，他们才出院四天，已经累坏了。我刚好还有几天的假期，觉得自己习惯了晚上不睡觉，所以自愿在晚上替他们照顾小孩。"他摇摇头，"她可麻烦了。"

蕾和阿吉亚娜互看对方一眼。这个男人额头上印着"艾米未来孩子的爸爸"字样。

"哦，你真贴心。"艾米柔声说，所有的愤怒和失望立刻消失了，"你嫂嫂把母奶挤出来保存在奶瓶里，对不对？婴儿健康吗？如果她整晚不睡，一定是肚子不舒服。我妹妹也刚生完小孩，他是个小坏蛋。"

"是啊，我嫂嫂不太会照顾小婴儿，她说这是她做过最困难的事，现在孩子是母奶和奶粉混着喝。可是史黛拉很乖，只是我嫂嫂没什么经验，你懂吧？她每两个小时就要起来一次。"

"哦！"艾米发出充满爱怜的声音，用满是爱意的眼神看着保罗，"她听起来好可爱。"

"是啊,所以我得走了。"他停下来好像在想什么,"呃,当然要看你愿不愿意,我知道你和朋友们在一起,可是如果有人陪我的话那就太好了。"

艾米没等他把话说完就打断了他。"我愿意。我现在几乎是专家了,看得出来你很需要帮忙。"

保罗微笑着,就连阿吉亚娜也觉得他很好看。"太好了!我去拿外套,顺道向我好朋友道别。几分钟后门口见。"

艾米点点头,看着他走回吧台。

"你不会真的要去吧?"阿吉亚娜询问的方式好像表明早已知道答案是否定的,"他可不能在这样不期而遇后,就要你像只小狗般地跟着他跑。"

艾米一口气把马提尼喝干,小心地把杯子摆回桌上,对阿吉亚娜微笑。"我想我现在该汪汪叫了。"

"艾米!"阿吉亚娜开始说,"我不是教过你……"

艾米举起手,而蕾则鼓励她。"不要这么专制,阿吉亚娜。把这些话留给你那些年轻、没经验的小妹妹们吧!我们……"她挨个指指她们三个,咧嘴对朋友们开心地笑,"现在都是专家了,而我们要用老方法。"

阿吉亚娜想开口争论,但又忍住了。"好吧,"她了解地点头说,"我相信你。"

"敬我们。"蕾说着举起杯子。

三个女人让彼此的杯子在空中轻碰,相视而笑。赌约也许已经结束,但不知道为什么,她们都感觉到,好事才刚要开始。

图书在版编目（CIP）数据

五克拉的Mr.Right／〔美〕薇丝伯格著；张云尘，刘真仪译.-海口：南海出版公司，2012.4
ISBN 978-7-5442-5770-1

Ⅰ.①五… Ⅱ.①薇…②张…③刘… Ⅲ.①长篇小说－美国－现代 Ⅳ.①I712.45

中国版本图书馆CIP数据核字（2012）第016425号

著作权合同登记号　图字：30-2009-132

Chasing Harry Winston by Lauren Weisberger
Copyright © 2008 by Lauren Weisberger
This edition arranged with Curtis Brown Group Ltd.
through Andrew Nurnberg Associates International Limited
All rights reserved.

五克拉的Mr.Right
〔美〕劳伦·薇丝伯格 著
张云尘　刘真仪 译

出　　版	南海出版公司　（0898）66568511	
	海口市海秀中路51号星华大厦五楼　邮编570206	
发　　行	新经典文化有限公司	
	电话（010）68423599　邮箱 editor@readinglife.com	
经　　销	新华书店	
责任编辑	马秀琴	
特邀编辑	毛文婧　何　娜	
装帧设计	王晶华	
内文制作	马海燕	
印　　刷	三河市三佳印刷装订有限公司	
开　　本	890毫米×1280毫米　1/32	
印　　张	9	
字　　数	209千	
版　　次	2012年4月第1版	
印　　次	2012年4月第1次印刷	
书　　号	ISBN 978-7-5442-5770-1	
定　　价	25.00元	

版权所有，未经书面许可，不得转载、复制、翻印，违者必究。